普天之下・盡是好書

普天出版家族 Popular Press Family
凌雲文創 A-Plus Creative Company

貓飯奇妙物語 全集

重口味的午夜驚悚讀物！

最詭異的構思，最玄妙的想像，挑戰你的思維極限！

張寒寺——著 阿澀——繪圖

一個不懂浪漫為何物的博士，埋頭製造具備「接吻」功能的機器人，只為把它送上月球去執行一項任務……

從外村嫁來的四姨，懷胎十月之後，如預言一般地生下了一個叉燒包。

正準備享受單身生活的男子，突然收到妻子從世界各地寄來的明信片，詭異的是，他的妻子在不久前剛剛被自己殺死。

而遠在明朝，宮裡的太監總管正暗暗發愁，因為皇帝陛下又偷走了他的肚兜……

【出版序】

最詭異的構思，最玄妙的想像

書中數十個光怪陸離的故事，能勾起恐怖、搞笑、懸疑、溫情等各種情緒。每個故事最後都有著神妙的轉折，戛然而止的結尾總是出乎意料。

《貓飯奇妙物語》是首屆華語網路文學雙年獎第五期推薦作品，作者張寒寺用細膩的文筆、詭異的構思、玄妙的想像、生活化的場景，編織出一個又一個光怪陸離的世界。

無論是科幻、玄幻故事，還是恐怖、驚悚故事，或者是最老生常談的感情題材，總帶給讀者荒誕的眞實感。說它荒誕，是因爲故事的情節總是那麼詭譎離奇，似乎只有在夢境中才有可能出現。說它眞實，是因爲它們又那麼契合現實生活中的情景，不斷引發讀者共鳴，閱讀之後生出心有戚戚焉的感覺。

日式風格的《貓飯奇妙物語》沒有固定的故事類型和行文風格，不管你喜歡看什麼樣的故事，都能在這本書裡找到。這些故事的兩個共通點是：一充滿奇異玄妙的情節，二結局絕對超乎你的想像。

書裡面有不懂浪漫的博士，埋頭製造具備「接吻」功能的機器人，只爲把它送上月球去執行一項特殊任務。有動物園飼養員，深夜潛回動物園，試圖偷走一隻獅子；有走錯房間的職業殺手誤殺了睡在房裡的男人，正欲離去時遭遇同樣走錯房間的妓女……

還有正準備享受單身生活的男子，突然收到妻子從世界各地寄來的「冥信片」，但他的妻子不久前才剛剛被他殺死……

此外，從外村嫁來的四姨，懷胎十月之後，如預言一般地生下一個叉燒包！而遠在明朝，宮裡的太監總管正在暗暗發愁，因爲皇帝陛下又偷走了他的肚兜……

當然，玄妙的故事不僅僅這些，書中數十個光怪陸離的故事，篇幅不長，幾分鐘就能看完，卻能勾起恐怖、搞笑、懸疑、溫情等各種情緒。不論是暖心的、驚悚的、逗趣的，或是懸疑、玄幻的，甚至是深沉的愛意、毛骨悚然的執念、狡黠的應對，每個故事最後都有著神妙的轉折，戛然而止的結尾總是出乎意料，在在挑戰著讀者的思維極限。

她們母女遭遇了車禍，那輛裝滿泥土的翻斗車從十字路口另一邊衝過來的時候，我剛好經過長途跋涉後抵達，準備全面認識一下我的守護對象。

掀開那塊黑布，觀眾轟地響起一片掌聲。因為大家都看見秋聲從箱子裡坐起，活動自己的四肢。她站起來，邁著久違的步子在舞台上走了兩個來回，身姿綽約，美妙動人。

我大概已經預料到即將展開的悲慘人生了。轉生就是一段自以為代表莊重與聖潔的音樂——其實只是雜訊，劈哩啪啦，轟隆隆咚鏘鏘……然後，在一片光彩之中，迎來了我的新生。

「沉默的花瓣」又發來一條訊息。羅傑斯一時沒太明白這句話的意思，他猜測是她打錯了字，或者開了個不那麼好笑的玩笑……

伴娘的儀式

我那時候覺得他在扯淡，哪能把這種事說得這麼肯定？現在看來，他的預測確實很準，他還真把她帶到婚禮現場來了，只不過不是當新娘，而是當伴娘。

彩排的時候我遲到了，主持人揮著手裡捲成一卷的A四紙，看樣子對我很不滿，「你身爲伴郎，怎麼能遲到這麼久？」

心裡雖然嘀咕我又不是主角，何必這麼上心，但終究不敢說出口，只是「嗯嗯啊啊」地應付，夾著幾句「對不起」。

「男方父母等你半天沒來，都到樓上休息去了。你啊，在這坐著吧，只能過會兒再開始了。」主持人語氣甚是懊惱。

我哪料到一個戲份以秒計的配角竟會惹出這麼大的麻煩，一時惶恐不安，又覺得他們小題大做，我好歹是個生活能自理的成年人，就算不彩排也不至於在婚禮上出醜，給他們家丟人。

我一屁股坐在椅子上，環視四周。大廳裡都是桌子椅子，空空蕩蕩的，除了婚慶公司那幾個人在遠處低頭玩手機，離我最近的、說得上話的，就只有坐在對面的這個姑娘了。

要是沒有額頭那道長長的疤痕，她倒算是個美女。

「喂，妳是伴娘？」

姑娘放下喝水的杯子，點點頭，沒吭聲。

對這種沉默的異性，我最感興趣，「衣服挺好看，女方準備的吧？不像我，衣服還得自己弄。」

她笑笑，還是沒說話。

難不成是個啞巴？

我心想，當伴娘這種差事應該還不至於動用殘疾人的就業指標，「妳是女方的朋友還是男方的？」

這回總不能光點頭不說話了吧？

果然，她開口了，「男方。」

我是出於兄弟義氣才接下這個費時費力費精神的活，不知她又是出於什麼，總不能是什麼前女友之類的角色吧？

「妳跟他認識多久了，我怎麼沒見過妳？」

「一年，就去年認識的。」

也是，他去年一年都在北方打拼，上個月才跑回來，我也快兩年沒見過他了，他的新圈子我自然一無所知。

「他人挺好的。」

「嗯，是很好。」

「他要是不好，也請不動妳來當伴娘，妳肯定都不認識新娘。」

「你認識嗎？」她反問一句。

我搖搖頭，「長什麼樣我都不知道。妳跟新郎是怎麼認識的？」

她愣了愣神，「我在社區門口擺攤賣水果，他每天下班回來，路過的時候都會來照顧我的生意，買串葡萄、半個西瓜什麼的。」

「一來二去就認識了？」

「哪有那麼簡單？他下班都挺晚的，我晚上七點就收攤了，經常等不到他，他就跟我說，以後把水果放在樓底下的小賣部，那地方關門晚，他回來順道就拿了，錢也留那兒，我第二天再去取。」

「他特愛吃水果，能當飯吃。」

她臉上又有了笑意，「可不是嗎？我一開始不知道他最愛吃什麼水果，他也沒說，就留了些荔枝給他，還附了張紙條，問他明天要什麼。」

「他怎麼回覆？」

「他在那張紙條背後寫：妳剩什麼我就吃什麼。這人，一點都不挑。我可沒工夫猜他的喜好，反正每天賣完了，哪樣剩得多就給他留哪樣，香蕉、芒果、鴨梨、獼猴桃，就差榴槤沒留過，人家小賣部老闆不讓。他也挺逗，老在紙條上給我寫意見，什麼香蕉不夠新鮮啊，西瓜皮太厚啊，火龍果剝起來麻煩啊，反正哪，把我說得跟個奸商一樣。」

「這樣就熟起來了？」

「能不熟嗎？賣個水果還得送外賣。後來有一天，我去小賣部拿錢的時候，看到冰櫃裡有杯西瓜汁，我前一天給他留的就是西瓜，老闆說是他給我的。我看他在紙條上寫：西瓜太多了，吃不完。」

這麼低級的手法，虧他想得出，「於是妳就被感動了？」

「也沒多感動，就覺得這人吧，很會疼人。」

看來我沒把這位伴娘的身份猜錯，「後來在一起了？」

她臉上漸有紅暈，「是的……」

原來就是她，他曾在電話裡跟我說起過，有個女孩兒挺合適，肯定是要帶進婚姻殿堂的。

我那時候覺得他在扯淡，哪能把這種事說得這麼肯定？現在看來，他的預測確實很準，他還眞把她帶到婚禮現場來了，只不過不是當新娘，而是當伴娘。

「那今天讓妳來當伴娘，委屈妳了。」

姑娘一揚手，「沒事兒，我就當送他最後一程。」

是啊，送他最後一程，我們這些人聚到這地方，不就是爲了這個嗎？

我望著擺在大廳中央的那兩副棺材，他的屍體，還有他爹從鄰村請來的女屍，都躺在裡面，穿著紅色而喜慶的壽衣。

要是他沒推妳一把，兩個人一起在車禍裡死了，妳也不至於只當個伴娘。望著伴娘的眼睛，這句話我怎麼也說不出口。

關於藥物的副作用

那塊地毯被移開了，露出一個樓梯口，村下拿起砧板上的水果刀，走了下去。下面沒有燈，唯獨一扇小窗能透進陽光，照亮一小片地方，妻子正站在那裡。

妻子正在後花園給樹澆水，村下義宏看著她的背影，有些後悔了。

之前他以爲帶妻子去中國找那個醫生看病是值得的，按物價算，花的錢比在日本還少一些，而且，那個醫生確實像外界傳言的那樣，方法很獨特，見解很高明。就現在的結果來看，妻子的病的確正在好轉。

只是醫生最後單獨對他說的那些話，總讓他耿耿於懷。

「這個藥，持續服用六個月，就能消除她全身的傷痕。但是我要提醒你，這是從實驗室拿來的，全中國也只有我這裡買得到，因爲它的副作用比較強。」

「蔣醫生，請問是什麼樣的副作用呢？」村下記得自己那個時候並不是很緊張。

「它會改變你妻子的一些東西。」

原來中國人講話也這樣隱晦嗎？村下禁不住想會是什麼樣的改變，是乳房縮小，還是脾氣變得暴躁？再不然頭髮會掉光？其實，只要妻子還願意跟他在一起，別的都沒有關係的。

「她的記憶力會增強。」醫生直視著村下的眼睛。

「他那個時候一定是想傳達給我一些別的訊息吧，只是我沒有領悟到。」村下不安地想。

「老公！」妻子拿著花灑走了回來，「這棵樹長得比以前更茂盛了呢。」

「有嗎？」村下瞇著眼睛打量了一番，「我沒看出來。」

回國之後，村下監督妻子按照一天一次的頻率吃藥，吃了一個月之後，妻子的病情有了明顯的改善。

「她會變成以前我喜歡上的那個漂亮姑娘的。」他這樣想。

變化是在上個月出現的，那應該是在妻子開始吃第六盒藥的時候。

當時，村下正把藥片從盒子裡取出來，一片一片地放進妻子的手心——一直以來，他都是這樣做的。但是這次，他看見妻子的手顫抖了一下，雖然只有一瞬。

「妳怎麼了？」他問。

「不知道，只是……」妻子小口吐著氣，「突然覺得有點害怕。」

「怕什麼？有我在呢。」村下捏了捏妻子的手，綿軟溫和，一如從前。

妻子這才笑了出來。

在那之後，兩個人都沒再提這個小插曲，但村下心裡卻起了疑惑，「這個副作用，是會逐漸加強嗎？」

過了幾天，在一個早晨，村下出門忘帶鑰匙，半途折返回去，叫妻子開門。

「開下門。」他一邊按門鈴一邊說。

「好的，來啦，來啦。」妻子回應道，語氣很輕快。

但是，半天沒有反應。

村下繼續按門鈴。

門仍然沒有要開的跡象。

他把耳朵貼到門上，聽到了妻子的哭聲。

村下撥通屋裡的電話，好一陣才聽到妻子帶著哭腔的應答。

「妳怎麼了，親愛的？」

「我……聽到門鈴聲，突然不敢開門……」妻子講話斷斷續續，「對不起……老公，對不起……真的，對不起。」

「沒關係，妳把門打開。」村下靠在門邊，想像著妻子縮成一團、驚慌失措的樣子，「我進去，妳就不害怕了。」

從中國帶回來的藥已經吃掉了一半，妻子臉上的印跡在漸漸消退，天氣陰沉的時候，她也說疼痛感減輕了不少。

但是，她的記憶力也在漸漸強化。

那天，她一如既往地在廚房裡做飯——烏冬麵，她很擅長，村下也很喜歡吃，雖然吃到的次數屈指可數。

妻子端著熱氣騰騰的木碗，正準備走進飯廳，突然在地毯前停住了。她呆呆地看著那塊紅色的地毯，上面繡著漢字：無盡藏。

「這還是我們結婚前買的呢。」村下朝她走過去。

妻子的手又抖了一下，村下連忙按住她的手，以免碗掉到地上，不過湯還是灑出了一些，濺落在地毯上。

「啊，對不起！」妻子走到桌邊，放下碗，「我馬上擦掉。」

「不用了，妳先吃吧，我來。」村下拿過毛巾，俯下身去擦地毯，「妳最近總是心不在焉。」

「唉，我也不知道自己怎麼了。」妻子看著丈夫，「我剛剛走過來，看到那塊地毯，總覺得下面有什麼東西，一下又想不起來是什麼。」

「這下面哪有什麼東西？別胡思亂想。醫生跟我說過，那個藥有副作用，吃多了容易產生幻覺。」村下站起身來，走到妻子跟前，身影投在她的臉上，「妳臉上的印跡散得差不多了，我看不如把藥停掉吧。」

妻子撫摸著自己的臉，「這樣好嗎？醫生說一定要堅持吃完的。」

「他不過是爲了多掙一點藥錢。」

「我還是覺得吃完比較好……」

村下的語氣變得嚴厲起來，「聽我的，不准再吃了。」

妻子輕輕地「嗯」了一聲。

又過了半個月。

下班回來，村下義宏打開門，沒有聽到妻子的歡迎聲，走進房間，轉遍花園，也沒有看到妻子的人影，他意識到情況有些不對。

他走進廚房。

那塊地毯被移開了，露出一個樓梯口，是通往地下室的。

村下拿起砧板上的水果刀，走了下去。

下面沒有燈，唯獨一扇小窗能透進陽光，照亮一小片地方，妻子正站在那裡。

圍繞著她的，是十幾個大大小小的箱子和盒子，都被打開了，露出裡面的東西：衣服、書冊、洗漱用品，還有照片。

妻子轉過身來，臉上帶淚，手裡拿著一張照片，「這是什麼？這是什麼？」她的語氣裡一半是質疑，一半是恐懼。

那是她的結婚照，照片上的她笑得很好看，站在她身旁的卻不是村下義宏。

「妳還是在吃那個藥，是嗎？」

「我記起來了！記起來了！」妻子大聲喊叫著，「全都記起來了！唯獨記不起你！你到底是誰？告訴我，你到底是誰？」

「我愛妳，尤利加，我愛妳。」村下慢慢地走過去，藏好背後的刀。

桐谷尤利加看著周圍熟悉的日常用品——都是她丈夫的，與眼前這個陌生人是全然不同的氣味，記憶洶湧而來。

雨夜急促的門鈴聲……

謊稱快遞員的陌生男子……

擋在自己身前，大聲呵斥的丈夫……

丈夫身下的血泊，插在他胸口的匕首……

暗無天日的地下室，到處是爬動的蟑螂和老鼠……

無窮無盡的毆打和凌辱……

身上的血痕，臉上的傷口……

嘴上的膠布，脖子上的鎖鍊……

那條鎖鍊就在腳邊，像一條蟒蛇，桐谷尤利加尖叫著，她想逃，卻不知道往何處逃。

村下一步步走過來，「妳說妳已經忘了，妳說妳忘乾淨了，妳說可以跟我在一起，妳叫我老公，妳叫了很多次！我治好了妳的傷，讓妳變得跟以前一樣漂亮。妳做烏冬麵給我吃，我掙錢給妳花，我們抱在一起睡覺，一起醒過來，跟所有的夫妻一樣！我愛妳，尤利加，做我的妻子！」他狂暴地叫喊，幾乎要嘔出自己的靈魂，「到底有什麼不好？」

桐谷尤利加兩腿發軟，看著照片上的丈夫，「你在哪兒？爲什麼不來救我？」

村下舉起刀，陽光穿過院子裡的那棵樹，枝繁葉茂，光灑滿地，再透過地下室的窗戶，照在他的背，「我會把妳跟他埋在一起的。」

硬

我親眼目睹她與另一個男人睡在一起，姿勢可憎，面目猙獰。我到廚房拿了把刀，衝到她和姦夫面前。刀光閃爍，鮮血飛濺。

「老婆，我硬了，開門。」

「老婆，開門嘛，我真的硬了。」

認識妻子之前，甚至在和她結婚以前，我都以爲她是個溫和而純潔的人。

後來我才知道，潛藏在她如水般清涼的外表之下的，是一顆不斷在渴求並且以挑逗和虐待爲樂趣的心。

我們都不反對婚前性行爲，所以照生理講，新婚之夜並沒有太多情色和慾望的色彩，或許正因爲此，我的草草了事讓她頗感失望，假如第一個夜晚夫妻就相背而眠的話，未來的生活會是什麼樣子，也就可以想見了。於是，我提出玩點兒猛一些的，角色扮演、偷情遊戲，甚至是性虐待，隨她挑選。

都是新時代的年輕人，規則並不需要過多地解釋，她讓我扮成快遞員，去客廳敲臥室的門，這個角色和橋段都很老套，老套得令人髮指。但色情遊戲的關鍵是在於，與你演對手戲的演員是誰，劇本重要嗎？

我們隔著門調情，她一步一步地讓我脫光了衣服，我則從上到下猜測她的顏色和尺寸。我們的聲音漸漸失去自我，完全附著到角色的靈魂當中，春雷勾動地火，假如我是地火，那一定會把門板燒穿。

「老婆，我硬了，開門。」

她把門打開一個縫隙，遞出一道魅惑的眼神，有如扔進炸藥堆裡的火星子。

那一夜，我們做了四次。

我的新婚生活就是這樣開始的，註定了它的春色撩人。那以後，我有時是趁著她丈夫不在家入室強姦她的鄰居，有時是登門進行全身精油馬殺雞的按摩師，有時是進京趕考借屋簷避雨的窮困書生……

我是一切，我用一切合理的不合理的身份與她交合。

直到她厭倦。

一年之後，她的興趣轉移到別的男人身上，我成了多餘的擺設，既占地方，也浪費交流的時間。她對我不再有精神上的感情和肉體上的興趣，我的精神讓她感到乏味，肉體讓她感到噁心，不管從哪方面講，沒有我的時候，她都要更快樂一些。

如果我動怒，說明我還愛她，說明我還有不切實際的慾望。

直到我親眼目睹她與另一個男人睡在一起，姿勢可憎，面目猙獰。

不需要更多的解釋了，這種時候還追求解釋簡直就是自取其辱，我自小便知道應對這種場面的正確方法。

我到廚房拿了把刀，衝到她和姦夫面前。

刀光閃爍，鮮血飛濺。

那是十個小時之前的事情了。

現在，我在冰箱裡，隔著冰箱門，喃喃地低語：

「老婆，我硬了，妳開門。」

「妳開門哪，我真的硬了。」

「我的屍體，已經硬了……」

冥信片

阿隆想像不出一具屍體如何跑到泰國，腦漿灑在鄰座衣服上了，她有沒有跟人說對不起？請人拍照的時候，有沒有先把臉上的血擦乾淨？

將妻子推下山崖之後，阿隆收拾好行李，退掉酒店的房間，坐上了回程的班機。

香格里拉最大的優勢不過是它的名字與衆不同而已，在飛機上，阿隆這樣想。這地方沒什麼好，要不是爲了實現諾言，自己這輩子都不會來這個地方。好吧，既然她這麼喜歡，就永遠留在這兒吧。

他望著倒水的空姐，笑了出來——在以前，這是絕對不被允許的。

「先生，請慢用。」空姐朝他眨眨眼。

新生，終於開始了。

阿隆像往常一樣去上班，手提包裡還是放著一根香蕉，領帶還是選妻子最喜歡的那一條。在同事面前，他沒有表現出任何的異狀，甚至還跟鄰座抱怨說妻子昨晚看電視聲音太大，打擾到自己睡覺。

他知道，不管是自己還是外人，都需要時間來慢慢淡化關於妻子的記憶，慢慢地讓他們接受，那個女人已經被他親手殺死的事實。

臨下班前，櫃檯的漂亮姑娘告訴阿隆，有他的明信片。

他收拾好東西，想了兩個小笑話準備講給櫃檯小姐聽，要是可能，俯視一下她們迷人的乳溝也在計劃之中——聽說行政部的總監還強制要求她們穿了短得不能再短的短裙。

阿隆從那一遝卡片中抽出自己的，瞬間喪失了所有的色心和勇氣……竟然是妻子的字跡。

隆：

香格里拉的雪很乾淨，天也很藍，要是我們能永遠生活在這裡就好了。

背後的照片是藍天下的雪山，近處一個女人的身影，穿得跟妻子死的時候一樣，從香格里拉寄來，郵戳是殺死她的第二天。

阿隆急忙將明信片收進包裡，生怕被人看到他異樣的表情，連謝謝都沒說一聲，便轉身走進了電梯。

這是什麼拙劣的惡作劇？他想不出有誰能模仿妻子的筆跡，更想不到如何這麼快速而輕易地用自己的照片做明信片。還是說，其實她沒有死？不可能，我明明看到她頭部著地摔在懸崖下的大石頭上，腦漿混著血流了一地，絕對沒有生還的可能。阿隆焦急地看著電梯一層一層地降下去，心口似乎被一隻冰冷的手抓著，隨時可能被捏破心房。

門打開的那一刻，恍惚之間，他似乎看到妻子走了進來，忍不住大喊了一聲。

「郁組長，你叫什麼？」

原來不是，只是穿得像而已。

「沒事，沒事。」扔下這句話，阿隆匆匆地擠過她的身旁，朝大門走去。

不可能的，她已經死了，我親眼看見的，這是巧合，是某個字跡相像的朋友也去了香格里拉，一定是這樣，一定是的。

他把明信片扔進垃圾桶，繫上圍巾，縮了縮胳膊，融入冬天的夜幕之中。

一切如常的日子只過了兩周，第二封明信片就到了。

阿隆原本已經把這件事忘了，調整好自己的身心，準備重回夜場，去收割那些春心萌動的小白兔。但當他漫不經心地翻開夾在信件堆裡的明信片的時候，那熟悉的字體又照著他的腦門打了一棍。

隆：

聽說誰要是淹沒在天使之城，就再也找不到出去的路了。

日期在一周前，這個郵戳阿隆認得，是泰國曼谷。背後的照片是一尊佛像，一雙細長的眼睛像是嘲笑一樣地盯著阿隆，疑似妻子的女人跪在它面前。

所以，她又跑去泰國了嗎？

阿隆想像不出一具屍體如何跑到泰國，捂住腦袋上窟窿的是左手還是右手？腦漿灑在鄰座衣服上了，她有沒有跟人說對不起？請人拍照的時候，有沒有先把臉上的血擦乾淨？

阿隆感到一陣噁心，這個女人，活著的時候給我添堵，死了還不讓人安心。

於是，他跟櫃檯的姑娘們說，以後只要是寄給我的明信片，一概不收，更不要通知我。姑娘們自然不明白他的用意，但見他表情嚴肅，不像是開玩笑，也只好點點頭。

阿隆交代完畢，覺得不會再被這破事打擾，心情好了不少，順手將明信片撕成了碎片。

到公司門口的時候，已經遲到了三分鐘，阿隆還在回味昨晚那個女人腰眼上的胎記。

坐在位子上，沒有人在意他的遲到——很好，和往常一樣。阿隆看著忙得不可開交的下屬們，想到自己白天工作無聊，夜晚聲色犬馬，不禁歎了口氣。

「組長，歎什麼氣？」一名下屬抱著一遝雜誌走過來。

「沒什麼。」阿隆擺擺手。

「對了，組長……」那人從雜誌間抽出一張卡片，「有你的明信片。」

妻子的明信片。

隆：

金閣寺看起來好沒真實感，就像紙糊的一樣，不信你看背面。

日本，京都，時間一周前。

「誰讓你拿過來的?!」阿隆猛地站起來，劈頭蓋臉地大聲質問對方，「你也不怕觸死啊，要你管這些閒事？」

周圍的人，膽子大的回頭看一眼，畢竟這麼大聲地講髒話在公司裡並不常見；膽子小的低著頭，劈劈啪啪地敲鍵盤，就當什麼也沒聽見。

下屬驚愕地望著上司，表情就像恐怖片裡的主角，定格在初見惡鬼時的那一幀，「我以爲……」

「你以爲什麼？」阿隆翻過明信片，金閣寺在遠處，如同葬禮上紙糊的祭品，站在鏡頭前的，是妻子慘白發綠的臉。阿隆胡亂地把卡片揉作一團，大聲吼道：「這破公司沒法待了，到處都是蠢貨！你們別他媽在老子眼前晃了行不行？滾啊！」

既然已經罵得人盡皆知，自然無人挽留，即便如此，辭職的流程還是持續了將近兩周。

這下完事了，公司地址跟自己再也沒有關係了，郵局送去只會查無此人，管你是人是鬼，愛上哪兒上哪兒吧。阿隆彷彿卸下千斤重擔，頭皮發麻和後背發涼的感覺都減輕了不少，今晚大概不會再夢到推她下山的場景了吧？

爲了慶祝脫離苦海，阿隆決定約兩個姑娘來，他相信自己的魅力還在，又有豪車鑰匙護駕，雙飛這種事情並不會太難。

只用了一個小時，他的車裡就坐了兩個嘰嘰喳喳喝得面紅耳赤的年輕女學生。回到公寓，他摟著她們倆的細腰，一步一步往上走，一邊說著粗俗下流的笑話，一邊思索著待會兒先脫哪一個的衣服。走到門口，又與她們吻了一陣兒，他才拿出鑰匙捅開了門。

一個姑娘眼尖，「有東西掉了。」

「夾在門縫裡的。」另一個說。

沒等阿隆反應過來，姑娘就把卡片拾了起來，「是張明信片。」

明信片?!

阿隆猛然感覺到夜晚的寒意，它就像一條裹滿鱗片的蛇，正沿著他的腿緩緩往上爬，將它冰冷刺骨的體溫一點一點地傳遞過來，直至凍結他全身的血液。

「你們走吧，我今天沒心情了。」阿隆將兩個姑娘推出門外，不顧她們疑惑且憤怒的表情，獨自走進家門，然後關上了門。

這次是從夏威夷寄來的。

隆：

到處都是人，海風很暖，但我還是覺得冷。

妳是一具屍體，當然會覺得冷啊。

阿隆頹然坐倒在牆邊，呆看著背後的照片——妻子僵直的身體直挺挺地躺在沙灘上，開裂的傷口腐爛發黑，蛆蟲探出了腦袋。

我這輩子都擺脫不了妳的糾纏了嗎？

賣房子很難，租新房還是挺容易的。

阿隆決定搬到東城去，他的東西很少，妻子的東西雖然多，但以後也用不著了，他便慷慨地賣給樓下的廢品站。

書永遠是最重最費事的，爲此跟搬家公司爭執了半天才談攏價格，還有櫃子裡的衣服，塞滿好幾個箱子，抽屜裡零碎的單據、小飾物、小盒子，各種各樣的卡片，有用無用都要分辨半天，再分門別類地裝進袋子裡。

一直忙到晚上，阿隆還留在亂成一團的舊房裡收拾，時不時地就從角落裡清理出很久之前遺失的寶物：妻子的髮卡，她曾經爲此嘮叨了兩天；他的領帶夾，心血來潮買的小玩意，用了兩次就不見了，以及一封壓在箱底的明信片。

雖然沒有紙張發黃得那麼誇張，但捏起來軟綿綿的，似乎也有些年頭了，上面的內容很簡短，是阿隆自己寫的。

琴：

希望妳跟我一樣喜歡遠方，不僅是這裡，還有更多更遠的地方，香格里拉、曼谷、京都、夏威夷，我都會帶妳去的！

時間是五年前，郵戳就是這個城市。

這是他們結束兩年的異地戀，妻子終於下定決心離開故鄉的時候，阿隆寫給她的。至少那個時候，他對她更多的是迷戀和感激，並且暗自發誓，一定要給她一份遠比故鄉更安逸更舒適的幸福生活。

只是後來越來越忙，越來越疲憊，那幾個地方，一個也沒有去成。

再後來，爭吵、冷戰、厭惡、仇恨，直到動了殺機。

阿隆長長地出了一口氣，所以，都結束了吧，妳最終還是自己去了這些地方，不管是生是死，應該滿足了吧？希望在妳眼裡，它們和妳想像的一樣美。

阿隆再掃視了一眼房間，沒有什麼遺漏，關掉燈，準備離開，然後……他聽到了鑰匙插進門鎖的聲音。

緩慢而堅定地擰開。

月光照在手裡的明信片上，照亮背面的照片，那是這座城市的風景，在左下角，還有阿隆寫的一句情話：

但不管多遠的地方，都不如我們共同的家。

門被推開。

吱——呀——

路燈可魯的初放

原來是修燈的人來了！企盼太久的夢想突然近在眼前，可魯竟然生出一種奇怪情緒。感到那人爬到了燈罩下，可魯深吸一口氣，準備迎接自己的初放。

可魯是一盞壞了的路燈，它從來沒有亮過，所以是個瞎子，它看不到眼前的任何事物，不管醜陋還是美好。

它的名字來源於一張廣告，那天夜裡有一個戴帽子的男人急匆匆地在它的燈柱上貼了一張小廣告：治性病就來聖可魯斯性病專科醫院。

第二天天剛亮，清潔工人就不客氣地把這張廣告撕掉了，不過黏得太緊，只撕掉了大部分，恰好剩下「可魯」兩個字，工人悻悻地望了兩眼，也懶得再較勁，便把它留下了。

從此，這盞路燈有了名字。

可魯生活在一條死巷子裡面，這裡不通往任何地方，沒有任何建築的入口，所以十天半月也不會有人來。

就算偶爾有人出現，要嘛是走錯路的外地人，只聽到他們猶豫的腳步聲，然後尷尬地轉身折返；要嘛是半夜喝醉酒的糊塗蛋，一搖三晃地走過來撒尿嘔吐，恬不知恥，一地狼藉。

可魯不太明白自己爲什麼會被安排在這個地方，而且還沒有人來幫它修理。它既看不到人來人往，也見證不到卿卿我我，生活未免太無聊、太暗淡，別說天天翻新的情節，甚至連個像樣的角色都沒有。每個夜晚，它都盼著九點鐘的亮燈指令後有奇蹟發生，卻每次都失望地在黑暗中度過，除了偶爾能聽到兩邊住宅樓上傳來人的喘氣聲之外，夜晚總是孤獨得可怕。

它想做些更有意義的事情，有時候會幻想假如生來不是路燈，而是別的什麼東西，比如無影燈，那就可以看看醫生們的頭頂；再比如探照燈，聽礦工們一邊挖煤一邊講些粗俗下流的笑話。更有甚者，生在攝影棚，看到光鮮亮麗的俊男美女，誰說不是光彩照人，羨煞衆生。

可惜，這一切都是惘然，落在這死巷子裡面，沒翅膀飛到雲端，沒雙腳走往他鄉，終日渾渾噩噩，連個說話的人都沒有。

可魯盼著有一天能亮一次，哪怕就一次，亮完就爆掉了。爲了一眼的世界，自然可以在所不惜。

可魯憂鬱地從春天盼到夏天，又從夏天盼到秋天，一直到冬天的初雪降下來，它感覺到了嚴寒，也沒等到光明。

不過，也不是一無所有。

具體不知是從哪一天開始，可魯感覺到自己腳下有熱氣傳來。開始它以爲又是狗在撒尿，但這股熱量久久不散，它才明白，原來是有人靠在它身上。

這是個什麼樣的人，他爲什麼會靠在自己身上？

可魯既然別無他事可想，便時常揣測：或許他是守候在此的癡情男子，在等遲到的情人？

或許，她是鍾愛小提琴的少女，躲在這個沒人的地方偷偷練習？哎呀，不對，根本沒有聽到琴聲。

那會不會是一個心懷委屈的少年，背著父母在這裡啜泣？

假如有雙手，可魯想，我會抱住他吧？

有一個人陪著自己，估據可魯內心每一寸的寂寞感正在一點一點消退。

隔了一會兒，那股熱量在漸漸往上升。

他在往上爬，可魯意識到，啊，原來是修燈的人來了！它心底一陣狂喜，換一枚全新的燈泡？接好斷開的線路？補好破裂的燈罩？企盼太久的夢想突然近在眼前，可魯竟然生出一種想要逃跑的奇怪情緒。

好在，它無處可逃。

感到那人爬到了燈罩下，可魯深吸一口氣，準備迎接自己的初放。

市政接到電話後半個小時才趕到現場，為此挨了不少罵，他們並不分辯，只是默默地架好梯子，準備幹活。

一名在旁邊圍觀的居民突然開口道：「唉呀，我說，把這路燈也拆了吧，一年了，都沒見亮過，再說這死巷子裡也沒人來。」

另一人應和道：「對，拆了拆了，沒啥用，要不是這鬼路燈杵在這兒，咱們也不會碰上這麼晦氣的事情。」

大家連說「就是就是」，同時仰起脖子，眼神順著往上爬的市政工人上升。

在路燈的頂端，自殺者的屍體正吊在那裡，隨著凜冽的冬風微微擺動……

先生的糖罐

那個白襯衫黑色長褲的少年從洽談室走出來之後，員警們就逮捕了我，擺在我面前的是敞開的糖罐，裡面一顆顆的眼球，怨毒地看著我。

我當了七年小學老師，先是教國文，然後又教了一段時間的通識教育，最後覺得給全年級上通識教育課太辛苦，便主動申請當班主任，重新教國文，但只教一個班。就是在這個班上，我遇見了給我印象最深的學生，我不知道我的出現有沒有改變他的命運，但他卻實實在在地改變了我。

他的名字叫村下義宏，來自一個普通的受薪家庭，他平時愛穿白襯衫配黑色長褲，在同齡人都偏好色彩艷麗的衣服的環境裡，這身打扮顯得他要成熟不少，很多初識他的人都會以爲他是國中生。

村下義宏的成熟也不僅限於外貌，不管在課堂還是課餘，據我的觀察——我喜歡觀察小孩子，尤其是他們的眼睛，眞的是這個世界上最純淨的物體，這是我平生最重要的愛好——他都表現得沉默寡言。

我之所以說「表現得」，是因爲我看得出，他不跟其他人說話，既不是出於害羞，也不是因爲找不到有趣的話題，而是他覺得其他人幼稚，實在不值得他浪費時間。誠然，他的同學們確實很幼稚，他們最熱衷的話題是爭論誰吃過的糖果種類更多，最喜歡做的事情也是吃糖，尤其是一種叫作VIGAS的巧克力糖，一直是他們的最愛。

村下義宏對這些就沒什麼興趣，他無意與同學們爭論糖果的知識——雖然他們帶了新的糖果來也都會分給他，換來他不以爲然的表情。他大部分的時候都在做跟我一樣的事情——觀察別人。雖然我和他出於絕不相同的理由，但偶爾在課上目光相觸，兩個人都會心一笑，就像在人間相遇的兩個半神，能給彼此以尊重，並不需要互相打擾。

我和他相差二十餘歲，卻成了未曾交談過的朋友，我們都還不瞭解對方，尤其是在這個世界生存了三十年的我，並不指望只有九歲的村下義宏能理解我多少。

但這種觀點最終還是被改變了。

那是在一個體育日的下午，學校舉行運動會，所有學生都要參加，我把學生託付給旁班的同事，獨自在空無一人的辦公室裡偷閒。

村下義宏沒有敲門就進來了，當時我正在擺弄手裡的VIGAS糖罐，右手剛好把糖罐裡的東西摸出來，陽光照射在上面，反射著奇妙的光芒。

我相信村下看清了我手指間夾著的東西。

那是一隻人的眼球，準確地說，是一隻七歲小孩的眼球，我取的代號是Black Onyx。

當然，也還有Mars、Moon、Purple等，它們都在糖罐裡，互相瞪視著對方，輕易不得見人。我能分辨出它們每一個的區別，眼白和眼仁的比例，每一道血絲的紋路，拿在手中的質感，我都瞭若指掌。

因爲它們都是我親自從鄰縣的小孩眼窩裡挖出來的，它們都是我的寶藏，是我收集了幾年的結晶。

當然，我並不會對學校裡的學生下手，那樣太招搖，愛好這種事情，還是私人一些比較好。

雖然報紙上隔幾個月都會登載「小孩被連續作案犯挖去眼珠」這樣的新聞，但員警從來沒有找上門來，他們大概還在離我很遠的地方瞎忙吧。

我沒有負罪感，但是，我也不想讓人知道。

所以我那時很緊張，因爲我確定，村下看見了，以他的性格，大概還會在心裡泛起一個不冷不熱的概念：哦，原來挖眼珠的變態就是老師啊，眞是笨蛋。

我正在猶豫是把眼珠當作VIGAS呑進嘴裡以作掩飾，還是惱羞成怒把村下的眼珠也挖出來。

他卻像什麼事也沒發生一樣對我說了一句：「老師，我是來取花名冊的。」

原來是這樣。我拉出抽屜，把花名冊給他。

他眼神並沒有聚焦在糖罐上，接過冊子之後，他臉上的表情也沒有任何變化，說了聲「謝謝」便離開了。

後來的幾周我都把更多的注意力投到村下義宏身上，我緊盯著他注視的方向，看他是不是會悄悄到辦公室檢查我的糖罐，甚至會不會偷走它。

因爲，我確定他是跟我一樣的人。

我在這種緊張的日子裡度過了三個月，每天都害怕糖罐會突然消失，或者被掏得空空如也，還有村下帶著嘲諷的眼神，每次掃過我身上，我都有被俯視的感覺。他似乎在對我說：「老師，你的秘密被我知道了。」

這種煎熬終於在員警來到學校之後結束了。

他們滿校園尋找證物，還找很多老師和學生問話，我也被叫去了。他們問了一些行程方面的問題，比如某年某月某日在什麼地方做什麼，是否有能做證的人。

我清楚他們在找誰，而且，我從來就沒想過隱瞞罪行方面的問題，所以我一點不在場的證明都沒有，我成了他們的頭號懷疑對象。

但他們沒有證據，最關鍵的證物，他們一直沒有找到。

直到他們問詢了村下義宏。

那個白襯衫黑色長褲的少年從洽談室走出來之後，員警們就逮捕了我，擺在我面前的是敞開的糖罐，裡面一顆顆的眼球，怨毒地看著我，似乎有無數的話想要對我說。

獄長，這就是我的故事，你還有什麼想問的嗎？哦，你問村下義宏跟員警說了什麼？這個我還真知道，是我的律師轉告給我的。

員警問他有沒有覺得老師有什麼異常。

村下只跟員警說了一句話——

「先生有一只很大的VIGAS糖罐，但他從來沒有發糖給我吃過，很小氣。」

無言之月連環謀殺事件

這輪明明將阿鳴的身影投射到牆上，如同一個鬼魅。真相、兇手、殘殺、罪惡，馬上就要揭開，驀然，毫無準備地，我看見一個陰影向我襲來。

老黑的屍體就擺在外面，我們都擠到窗前看了一眼——個別膽子大的看了兩眼，然後誰也不說話。

這種局面擊潰了大家的心理防線——說起來，它還是老黑昨天好不容易重新建立起來的。昨天，他信誓旦旦地指著窗外阿雄的骸骨對大家說：「三天之內，我一定把兇手找出來！」

我們都相信他，不光是因為他長得最好看——這個世界上，好看的都是靠譜的吧？更因為，他是還活著的十七個當中最年長的。

只過了一夜，這個數字變成了十六，最年長的變成了我。

十三天，我們死了十三個兄弟姐妹，一天一個，不知道兇手是誰，不知道動機是什麼。

我們本以為，已經離真相很近了，尤其是當老黑說出那句「我已經知道兇手的手法了」的時候，他的眼睛裡閃爍著智慧和狡詐的光芒，讓我們心安，讓我們相信，過去每一天不斷累積的擔驚受怕和畏懼絕望都將消散不見，我們每一個，都將在下一個沉默的明月來臨之前得到救贖。

可是現在……

誰也不說話，都互相懷疑而防備地盯著。

「老黑昨天說……」我不得不開口，「這是連環謀殺。」

「廢話！」對面誰嘀咕了一聲。

我沒有理會他，繼續說道：「房間的門是從外面鎖上的，他已經檢查過每一道窗戶，沒有辦法從窗戶跑到外面去，也沒有辦法從窗戶外跑進來，換句話說……」我學著老黑刻意地停頓了一下，「這是密室兇殺案。」

應該說，大家都有準備，但還是有人尖叫了一聲。

「我們每一個，包括我，都有嫌疑。」我掃視著他們，目光儘量不在任何一個人身上停留過長的時間。猛然間，我想到，要是活下來的這些，全部都是兇手怎麼辦？「兇手顯然意識到自己就要被老黑發現了，所以決定提前對老黑下手。」

「動機呢？總得有個動機吧？我不相信誰跟大家都有仇！」說話的是阿花，阿雄的妹妹。失去哥哥之後，她看上去憔悴了很多。

我說得出誰和誰是情敵，誰和誰起過衝突，誰和誰對房間的分配有過矛盾，但要說哪個有殺死我們每一個的衝動，恐怕……「連環兇殺，很多時候兇手只是爲了滿足自己殺戮的慾望，根本沒什麼動機可言。我們的當務之急是弄清楚他作案的手法和規律。昨天被老黑問過話的都有誰？」

有六個向我示意了一下，「我記得是七個。」

大家都看向最角落的阿嗚，他一如既往地打瞌睡，站在他旁邊的趕緊搖醒他。

「阿嗚，你昨天是不是被老黑問話了？」我問。

他半睜著眼睛，懶洋洋地應了一聲，「是啊。」

「他問你什麼了？」

「他問我什麼時候睡的。」

「那你怎麼回答的？」

「當然是最後一個睡嘍，我哪記得具體的時間？」

老黑私下跟我講過，每一次兇殺都發生在深夜，發生在沉默的月光之下，所以兇手一定具備很強的夜行能力。假如兇手眞在我們當中，那麼平常誰晚睡，誰的嫌疑就大。我知道他在懷疑阿嗚，畢竟他晚睡早起嗓門又大的性格並不招大家喜歡。

我同意他的結論，但我有更合理的邏輯——我可以確定，大家都討厭阿嗚，假如兇手是除阿嗚之外的，那麼他一定不會讓阿嗚活到現在。殺阿嗚是很安全的，因爲誰都會有動機，簡直是「不殺白不殺」，可阿嗚卻一直活得好好的，日復一日幹他那些討厭的事情，那就說明……阿嗚就是兇手。

我爲自己這套推理而激動不已，但我還不能說出來，在沒有確鑿的證據之前，更關鍵的是，我不能再犯老黑那樣的錯誤，過早地把兇手的目光吸引到自己身上。

夜晚很快又降臨了，雖然心懷恐懼，但大家還是不得不睡覺，他們一個接一個地閉上眼睛——誰也不知道又會是誰見不到明天的太陽。

我努力對抗著睏意，同時監視著阿嗚，他在修剪自己的指甲，是爲今晚的屠殺做準備嗎？

月亮升上來了，這輪明明看到一切罪惡卻不發一言的月亮，它的光灑進房間裡來，將阿嗚的身影投射到牆上，如同一個鬼魅。

他望著月亮，一動不動，過了一會兒，合上了眼皮。

他在麻痺我嗎？

我用力掐了掐自己的腳，想到老黑的慘狀，告誡自己千萬不要睡著。

眞相、兇手、殘殺、罪惡，馬上就要揭開，驀然，毫無準備地，我看見一個陰影向我襲來。

「今天是什麼呀？」

「小公雞煲湯。」丈夫端著一碗湯坐到床前。

妻子伸了個懶腰，「這還差不多，我就說還是這種普通的公雞好吧？你昨天非殺那隻烏雞，我一吃就吐在裡面了，最後還不是扔掉？」

「知道啦，老婆大人，就按妳的口味做行了吧，我再也不自作主張了。」

「那是，你哪知道生孩子有多辛苦？」妻子喝了一口湯，「還有多少隻雞？」

「十五隻。坐月子，一天一隻雞嘛，妳媽說的，放心，管夠。」

「那隻天天打鳴的沒殺吧？」

「沒有，那麼能幹的公雞，怎麼能殺？」

妻子揪了揪丈夫的臉，「眞是我的好老公，愛你喲！」

「快喝，我也愛妳。」

嗯哼。

黑暗房間

一時獲得如此的主動權，阿圓很不習慣，伏到客人身上，用胸脯抵著對方的身體，意圖擦燃他的火焰，儘快消耗彼此的激情，結束這詭異的生意。

阿荃是個殺手，手法利索，不管用刀還是用繩，甚至三截棍，都能做到不留一點痕跡，絕不給雇主帶來麻煩。最重要的是，不給自己添麻煩。

阿荃一直都給客戶留下好印象，因爲他的眞實。要價眞實，說多少就多少，事成之後絕不加碼；證據眞實，拍照片也好，錄影也好，都能清楚地照到目標的臉，還有他們的死狀，既放心又舒心。當然，阿荃的名字是假的。

秉持著這樣的技巧和口碑，阿荃入行七年，從未失手，在員警那邊保持著「無頭案」數量的紀錄。

但一次，他終於出了岔子。

這是一棟老式居民樓，外牆爬滿青苔，分辨不出它本來的顏色，通道裡也沒有燈，昏昏沉沉，只有偶爾飛過的蟑螂。阿荃一般不揣測目標的身份，但這回還是心裡起疑，住在這種地方的人，得是結下了多深的樑子才犯得著被人雇兇殺掉。

老式的房子自然也只配老式的門鎖，阿荃沒費什麼勁就打開了門，屋裡沒有開燈，只聽得到冰箱的嗡嗡聲，以及男人輕微的打鼾。

按照戶型圖，左手邊便是主臥，虛掩的門縫透出一道淡薄的月光，循著這條指引，阿荃悄無聲息地潛了進去。

屋內有濃重的酒氣。飲酒是好事情，麻痺的神經即使吃痛，也不會有反抗的意志。阿荃曾經殺過一名高位截癱的老人——繼承者總是多生事端，他也無心深究——那雙了無希望的眼睛一直盯著他刺去的匕首，瞳孔伸縮之間，似乎傳達出些微欣慰的情緒。

阿荃站到床前，摸出懷中的匕首，這件稱手的武器已經飲過九個人的血，包括阿荃自己——他曾經因爲觸怒一個幫派而自行斬斷左手無名指。藉著月光，阿荃看見床上的男人赤裸上身，褲子脫了半截，兩隻手還無力地抓在褲腰上，可以想像他醉酒歸來，力竭倒在床上，未及脫光便睡死過去。

阿荃用匕首反射月光，將光照在男人粗壯的脖子上。經驗告訴他，那是最合適的切割位置，只需要在脖子上切開一個深深的口子，讓血液和空氣同時從那裡傾瀉，再按住他的手腳，要不了幾分鐘，沒有掙扎，沒有叫喊，他就會變成一具死屍。

這麼簡潔的殺人手法，只需要兩個條件：利刃和技巧。

阿荃都能滿足。

他左手壓住男人張開的嘴巴，右手帶著匕首在脖子上蜻蜓點水般地一劃……

也許只是錯覺，阿荃每次殺人，只要進展順利，耳邊都會響起一首叫做《星河與波光》的曲子。曲調舒緩平穩，甚至有些平淡，伴著汩汩的冒血聲，或者臨死者的呻吟，以及阿荃微睜寡淡的眼神，直至最後一個音符。

不過，這回阿荃沒有聽到曲子響起，雖然不願承認，他還是意識到，一定有什麼地方出了問題。

此時的他，心底雖有淺淺的影子，但尚未徹底察覺，自己其實走錯了房間。

來不及細想，他聽到了門被推開的聲音……

阿圓是個妓女，花樣繁多，單是從花名上，就能讓客人們聽出色情的味道。不似帶她入行的幾位姐姐，各有擅長應對的場面，阿圓既能在老頭面前扮清純如同他們未經人事的孫女，也能在大學生面前扮老師就像內心騷動的熟婦，還能在失敗者面前扮作女神，聲淚俱下地後悔自己當初沒有接受他的款款深情。

客人們都喜歡阿圓，喜歡她的眞實，眞實得全情投入，心甘情願做他們自我慰藉的道具。

這樣的生活自然稱不上美好，阿圓知道性是自己最強大的武器，卻也清楚，不可能永遠把它作爲唯一的仰仗。但她沒有辦法，她的生活已經被鎖死在男人的胯下，只能解答他們用下半身思索的問題。

今天與以往並無太大不同，雖然「外送」有些風險，但只要是老鴇作保，自可放心前往，更何況還能賺到更多的錢。

這棟民宅是老了些，不像是叫得起阿圓的男人住的地方，牆上都是青苔，居然還沒被拆掉，眞是奇怪。樓道裡黑漆漆的，拍了幾次手掌都沒見有什麼反應，反倒是驚起不知哪家的京巴狗叫個沒完。

阿圓對這些倒不怎麼在乎，畢竟她住的地方比這好不到哪去。她摸黑往上走，數了四層，到了客人房間，門竟然是開著的。

她走進屋內，沒開燈，只聽到流水一樣的聲音。姐姐們曾經教導，送外賣最大的禁忌就是評價和改變客人家的陳設，所以阿圓也不便開燈，就著月光，拐進左手邊像是主臥的地方。

床上躺著一個人，想必是客人了，想到這個人在這烏漆抹黑的地方等著自己，心有慾火卻無處發洩，阿圓暗暗覺得好笑。

「久等了吧？」阿圓一邊脫衣服一邊說。

按照往常的經驗，不等把衣服脫下來，客人一般都會打斷她說「讓我來，讓我來」，或者有更變態的，從頭到尾都不許把衣服脫光。

但這位客人似乎格外沉默，既沒有出言制止，也沒有發出什麼下流的喊聲。

阿圓就這麼順利而尷尬地把自己剝得精光，慢慢走到床前，拽過客人的手——滿是肌肉和青筋，探向自己的下身。

客人仍然沒有吭聲，只是任她擺佈。

一時獲得如此的主動權，阿圓很不習慣，伏到客人身上，用胸脯抵著對方的身體，意圖擦燃他的火焰，儘快消耗彼此的激情，結束這詭異的生意。

當她吻住他的嘴唇時，男人終於伸手攬住了她的腰，窸窸窣窣地，他也開始脫自己的衣服。

直到他有力地向她發起撞擊，柔情地吸吮她的身體，從未有過的快感陡然來臨又悵然離去之後，阿圓才意識到——這個左手無名指缺了一截的人，並不是一個嫖客。

此時的她，心底雖有疑惑和驚喜，但尚未徹底察覺，自己其實走錯了房間。來不及細想，她聽到了門被推開的聲音……

小誠五歲的時候，媽媽跟人跑了。「跑了」是爸爸教給他的詞，到底是怎麼個狀態，他至今沒有弄明白。

小誠唯一弄明白的事情是，這一定是他的錯，因爲自那之後，爸爸幾乎每天只做兩件事：一件是喝酒，喝得說胡話，流眼淚；另一件是打他，胸膛、背脊、手臂、屁股、大腿、小腿，凡是老師看不到的地方，都爬滿了傷痕。

小誠不喜歡爸爸喝酒，因爲喝醉了的爸爸，打他更痛。

他發現每天都是一樣的，今天想明天，明天想後天，後天想大後天，如此往復幾百個日夜之後，他終於確認了這一點。

但是，他還是想回到以前那樣的生活，睡在爸爸和媽媽中間，睏了，抱抱媽媽，怕了，抱抱爸爸。

今天，小誠又睡糊塗了，傍晚被捆住的手腕還火燒火燎的疼，背上的傷口好像還沒有結疤，那支永遠打不折的木棍仍然被擱在他的小房間門口，在月光之下投射出暴戾的陰影。

它們一起把小誠從夢裡揪出來，揪得他哭了出來。

他跌跌撞撞地爬起來，看了看窗外，月光如刀，割在皮膚上彷彿也會滲出血來。

他走出房間，穿過客廳，不敢開燈，刺眼的燈光只會引起爸爸的高聲叫罵。他在爸爸房門前猶豫著，趴在門縫上往裡看，床上似乎有兩個人影抱在一起。

就像過去一樣。

小誠按捺住噗噗跳動的心臟，躡手躡腳地走進去，輕聲甩掉拖鞋，鑽到兩個大人中間。

要喊一聲嗎？大概不用吧？

小誠擠到大人胸口，不敢細看他們，也不敢碰他們，只是仰面躺好，就像一個乖孩子一樣，閉上眼睛。

空氣裡有一絲血腥味，即將沉沉睡去的小誠告訴自己，這一定是爸爸和媽媽的味道。

替補守門員

一隻強壯的手長長地伸出，無用地摸到了左側的門柱。與此同時，一道閃電迅猛地從天空落下，擊中了球門……觀眾驚呼，有人捂嘴，滿臉驚恐和畏懼。

村下義宏上高中的時候，是學校足球隊的替補守門員。

替補守門員是個很尷尬的存在，尤其是主力守門員跟自己是同級生的情況下，只要教練沒有突發神經病，他就永遠不會把換人名額用在門將上。換句話說，村下將永遠沒有上場的機會，直到和主力守門員一起畢業。

村下覺得世界很虛偽，人生很空虛。

所有的比賽時間裡，村下都只是坐在場邊，兩隻戴著手套的手平靜地放在膝蓋上。他很難激動起來，畢竟主力門將從來都表現得非常穩定，幾乎是全縣所有高中前鋒的夢魘——當然，也是村下的夢魘。

村下不止一次告訴教練，自己很努力，全縣每一所高中的球場他都熟悉，幾十座球門之間有什麼區別，門樑、門柱摸起來手感有什麼差異，他全部一清二楚。至於其他高中的射手，他更是心知肚明。他們偏好左腳起球還是右腳抽射，踢角球的時候有多少機率起高球，有多少機率開戰術球，射點球前有什麼特別的眼神和手勢，甚至假摔喜歡往哪邊倒地，他都一一記在心裡。

但是沒有用，教練只用一句話應付他：健次表現得很讓我放心，沒必要換他。

桐谷健次，主力門將的名字。

嚴格地說，村下義宏和桐谷健次是好朋友，他們小學時便在球隊認識。與村下一開始便決定做守門員不同，彼時的健次還是個坐冷板凳的邊鋒——純粹是因爲做邊鋒很酷。但健次越長越高，而且沒有任何要停止的跡象，村下便勸健次一起來當守門員，並同他分享做守門員的樂趣。

「破壞進球美感才是世界上最酷的事情，健次君！」

於是，健次聽從村下的建議，把自己高出同齡人一個頭的身體擺到了球門前。他的這個身材優勢一直保持到現在，所以，他很快便成爲了全縣最優秀的「進球美感破壞者」。

順帶，也破壞了村下的夢想。

全縣高中足球賽準決賽這一天，天氣預報說會有雷陣雨。但上午的良好天氣給了大家信心，下午的比賽仍然如期舉行。

村下所在的高中對陣上一屆的冠軍，這次並不害怕他們，因爲對方上一屆的主力球員已經畢業了。

比賽出乎意料地激烈，比分從一比一跳到三比三只用了半個小時，有些本來只是來看啦啦隊隊員裙底的人，也開始關注起場上的比賽了。雙方的進攻體系似乎都很克制對方的防守陣形，互相往網窩裡砸球，兩邊的教練都在高喊後衛和門將的名字，他們早早地預見到，這場比賽的關鍵就在於後場。

如他們所願，當雨水開始傾注起來的時候，終場哨響，比分五比五，比賽終於被拖進了點球大戰。

所有人都圍聚到桐谷健次周圍，即使不說話也要握握他的手，希望把好運傳遞給他。大家的賭注都已經傾囊而出，交給神明做出最後的決斷，而這個神明，就是桐谷健次。

村下走到健次身邊，遞給他一張剛剛寫好的字條。

「是什麼？」健次問。

「對方所有人踢點球的習慣。」村下輕描淡寫地說。

「不愧是村下君！」健次喊起來。

「祝你好運，健次君，你至少能撲出兩個。」

「如果有第三個，我就把它獻給你。」

點球大戰開始。

雙方出場的第一個人狀態都不很好，也許是因爲雨越下越大的關係，都把球踢飛到了看台上，觀衆爆發出陣陣噓聲。

第二個球，對方派出了十九號，這是一名後衛，這個人幾乎從不參與進攻，誰也不知道他的射門習慣。

除了村下義宏。

字條上寫著：十九號，大力抽射球門正中。

裁判哨響，健次彎腰守在中間，沒有動，對方射門，球不偏不倚地飛進健次懷中。健次朝村下豎了下大拇指。

雨越下越大，開始夾雜著雷暴閃電。

對方第三個出場的是二十一號，一名身材高大的中鋒。

字條上的內容有點長：二十一號，七十%以上機率推射球門左門柱內側，反彈入網。

這種射點球的方式非常罕見並且冒險，但是有效，因爲即使門將方向判斷正確，也搆不到那麼遠。

但健次沒有這個問題，他橫向躍出後可以摸到門柱，所有隊友都知道這一點。

雷擊越來越響，天空似乎把一年的雨水都在今天倒掉，一切都被雨水打濕，健次連手套都摘掉了，生怕在關鍵時刻打滑。

村下又抹了一把臉，緊張地看著二十一號起腳—右腿踢出—內腳背觸球—球飛向球門右方。

健次卻躍向了球門左方，一隻強壯的手長長地伸出，無用地摸到了左側的門柱。

與此同時，一道閃電迅猛地從天空落下，擊中了球門……觀衆驚呼，有人捂嘴，滿臉驚恐和畏懼。

村下戴上手套，他明白，自己作爲替補門將出場的機會終於來了。

佳醇與父親的重逢

父親匆匆離去的背影殘酷而無情，讓這場溫馨的儀式陷入一種淒冷的氛圍之中。佳醇用手捂著眼睛，肩頭抽動，「永遠都是這樣！永遠都是半個小時！在他眼裡，我就值半個小時！」

佳醇八歲的時候，父母離婚了，她是在放學回家後才知道的。當時，她照例拿了三雙筷子擺到桌上，母親卻突然哭了出來，佳醇以爲自己做錯了什麼，慌亂得不知所措。

母親哭了一會兒，終於停歇下來，緩緩地告訴女兒什麼叫感情破裂，什麼叫離婚，什麼叫監護權，什麼叫探視權。

佳醇以她剛上二年級的智商琢磨了半晌，大致明白現在的狀況是：爸爸不愛媽媽了，爸爸和媽媽不會在一起生活了，自己以後只能和媽媽在一起，每隔一段時間爸爸會來看自己。

於是，她問：「那爸爸什麼時候會來看我？」

母親說：「我也不知道。」

那以後的日子自然算不上好過，佳醇從早晨起床到入夜睡覺，都要經歷各種各樣不習慣的變化。

母親煎的雞蛋不如父親煎的嫩滑爽口，母親經常忘記在前一晚的家庭作業上簽字；下午放學不會再有父親來接，更不會有他指著自己的下巴說「看，爸爸今天把鬍子刮乾淨了」。晚飯早早開場，因爲不再需要等待加班的父親，桌上只會有兩副碗筷，那只酒杯放在碗櫃最高的地方，佳醇再也沒見到過。

她好像有無數的機會來怨，抱怨憑什麼「爸爸」這個稱謂突然就只能從別人嘴裡冒出來，自己聽到後還會那麼難過。

可是，她沒有抱怨過，她睡覺時伏在母親懷裡，任母親的淚水打濕她的頭髮，每一次都假裝睡著。

父親第一次回來看佳醇，是在五年後。

那天她經歷了上中學後第一次大張旗鼓的考試，考得很糟。她拿著滿是紅叉的試卷，坐在小公園的長椅上，半張著嘴，呆呆地望著遠處草坪上那個跟爸爸放風箏的小孩。

「不開心嗎？」

這是時隔五年後，父親對佳醇說的第一句話。

十三歲的佳醇望著眼前這個看起來沒有任何變化的人——除了臉色有些不好，有一點陌生，這個聲音畢竟久疏問候；有一點怨恨，這張臉孔畢竟久未謀面。

她撇了撇嘴，努力了好幾次，最終還是不爭氣地哭了出來，眼淚順頰而下，淚如斷珠。

「你都不回來看我！我不開心！我就是不開心！」她撲進父親懷裡，痛哭如嚎。

「沒事的，會好的，剛開始是很難的。」父親拍拍女兒的背，有些語無倫次。

佳醇向父親訴說生活中的種種不如意：媽媽做的飯不好吃，鄰居的狗晚上老是叫喚，坐在後排的男生總是玩她的長髮，還有上課，「爸爸，數學真的好難好難啊，我可不可以不學啊？」

「爸爸，你別走了好不好，你回來吧。」佳醇仰起頭，望著父親。

父親搖搖頭，笑笑說：「不行的。」

那天，父親挨著佳醇坐了半個小時，然後離去，沒有留下聯繫方式，也沒有約定再見面的日期，即使佳醇再哭出來，他也沒有回頭。

時間一直在走，對有的人來說過得很慢，對有的人來說過得很快。

佳醇高中二年級的時候，談了第一場戀愛，無聲無息地開始，無聲無息地結束，還沒來得及完全體味它的甜蜜，便要硬著頭皮承受分開的痛苦。在她即將開始懷疑這個世界是否都能毫無憐憫地拋棄她的時候，父親再一次出現了。

十七歲的佳醇坐在父親對面，只盯著眼前的咖啡，一次也沒看他，她不想跟他說話，也不知道跟他說什麼。聽母親說，這個男人這輩子只談過一次戀愛，就是和母親，連久病成良醫的資格都沒有。

她記起更小一些的時候，還曾經賭氣跟母親說，要離家出走去找爸爸。雖然最終未能成行，但那個時候，她多崇拜爸爸啊，認爲爸爸就是世界上的神，沒有什麼是他解決不了的。

可是現在——他跟我一樣無能，一副弱小無知的樣子。

「我聽說，大學裡有很多更好的男生。」

佳醇鼻子裡哼出氣，不置可否。

「我和妳媽媽就是在大學裡認識的。」

「但你還是拋棄了她。」佳醇強忍著沒說。

這次會面仍然只有半個小時，直到父親離開，佳醇一次也沒抬頭，也沒跟他說一句話。

大學在一個很遠的城市，佳醇以爲，既然年幼時就經歷過離別，這次應該不會那麼傷心，但看著母親耳邊的白髮，還是流下了眼淚——明明來機場的路上才剛跟她吵了一架。

臨安檢前，父親出現了，他看起來好像還是那麼年輕，但又似乎老了許多，也可能是越來越陌生，所以越來越沒有感覺了吧，誰知道呢。

十八歲的佳醇覺得才過一年，自己好像成熟了不少。她大方地與父親對視，主動開口說：「這次沒等個四五年，我還以爲要大學畢業才看得到你呢。」

「女兒去那麼遠的地方，當然要來送送。」父親張開雙臂，朝女兒走了一步。

佳醇看得出來他不是很自信，於是鬆開拉著提箱的手，邁了一步與父親擁抱，貼在他耳邊說：「放心，我還沒恨你恨到要當衆讓你出醜的地步。」

父親尷尬地笑笑，轉而耐心地說起大學的事情，如何跟室友相處，如何跟導師相處，什麼課値得選，什麼課不用去，事無鉅細，聽得佳醇心煩。

「好啦好啦，囉唆得很。我走了，拜拜！」佳醇向父母招招手，跨過了安檢口。

母親要求佳醇每星期往家裡打一個電話，佳醇深知母親的辛苦和寂寞，所以從來沒有忘記過，但她還是會問：「爸爸去看過妳嗎？」

「都離婚了，還看什麼？」

「那妳有沒有他的電話，他怎麼都不給我打個電話？」

「大概是很忙吧。」

這樣的對話每隔一段時間都會發生，都在兩個女人對同一個男人的抱怨中結束，直到佳醇畢業，都是如此。

畢業對每個人來說都是極爲重要的日子，佳醇心裡也這樣認爲，所以從畢業典禮開始，她就四處張望，尋找那個熟悉又陌生的人。

典禮上的人很多，認識的、不認識的、笑的、哭的、興奮的、失落的，唯獨沒有佳醇最在乎的。

最在乎嗎？都沒見過幾次。二十二歲的她在心底嘲笑自己。

到最後，父親也沒有出現。

大概這個城市眞的是太遠了吧，不値得。佳醇站在人群之中，感到前所未有的落寞。

未婚夫問自己父親會不會在婚禮上出現的時候，佳醇眞的給不出準確的答案。她之前已經和他討論過「母親把我的手交到你手裡」的婚禮方案，雖然不尋常，但只要大家明白新娘家的情況，應該也不會顯得多麼格格不入。

可是在心裡，還是希望牽自己入場的是父親——什麼啊，明明已經很久沒見過這個人了。

「我問過媽，說可能會來。」佳醇望著鏡中的自己，回想十多年前在公園長椅上哭泣的那個小女孩，這樣漫長的改變，父親還認得我嗎？

「會來的，一定會來的。」

未婚夫那邊的家人表示了理解，尤其是母親離婚後一直沒有改嫁，說起來都有點封建道德模範的意味。這樣的故事，似乎更應給予同情，他們甚至同意婚禮在佳醇的故鄉舉行。

所以在結婚當天，母親和佳醇準備好了應急方案，還想了一句自以爲能逗笑全場的對白，「小子，別以爲你一個人養她不公平，我這麼多年也是一個人養的！」如果不是父親突然出現的話。

母親很自然地把位子讓給了父親，好像理應如此一樣——眞是豈有此理，你竟然可以來撿現成的，佳醇憤憤不平地想。

二十五歲的佳醇被父親領著走向未來的丈夫。這段路很短，短得兩人想不出該說什麼話，以洞穿橫在他們之間七年未見的隔膜。佳醇偷眼望父親，他好像還是沒有老，又好像滿臉疲憊，他的鬍子仍然刮得乾乾淨淨，模糊的，是他眼中的淚水，還是佳醇眼中的？

只剩最後幾步了，佳醇有些著急，她知道餘生不會再有比此刻更神聖的日子，她希望，眞眞切切地希望，父親對她說點什麼，祝福新生也好，回憶舊痛也好，什麼都好，她想聽見父親的聲音。

在手被遞到未婚夫手裡之前，父親終於開口了，「開心嗎？」

佳醇的眼淚奪眶而出，用力地點點頭，「開心，爸爸，我很開心！」

婚禮持續了整個上午，父親卻仍然只待了半個小時，他匆匆離去的背影殘酷而無情，讓這場溫馨的儀式陷入一種淒冷的氛圍之中。

佳醇爲此向母親埋怨：「他怎麼可以這樣？他難道不是只有我一個女兒嗎？對他來說，這個世界上還有比我出嫁更重要的事情嗎？」

母親只是看著手錶，一句話也沒有說。

倒是丈夫抱著佳醇的肩膀安慰，「也許父親眞的有別的事情，我們要理解他，以後還有機會見面的。也可能，他畢竟這麼長時間沒見過妳，和這裡的其他客人也不熟，坐在這裡會不好意思吧？」

「他有什麼不好意思的？我是他的女兒，他跟我親就好了，爲什麼要在意別的事！」佳醇用手捂著眼睛，肩頭抽動，「永遠都是這樣！永遠都是半個小時！在他眼裡，我就値半個小時！」

丈夫不知道該說什麼，只是更緊地抱著她。

「要是他沒時間來，那就乾脆不要再來了！」佳醇抹掉眼淚，最後說道。

佳醇確實沒有再見到父親，三天之後，母親告訴他，父親去世了。

此時的佳醇已經從婚禮的情緒化波動中平靜下來，無心追究父親的我行我素，也不會後悔自己說過的狠話。她告訴自己，既然已經把一生託付給另一個男人，有沒有父親也就無所謂了。

但事實並非如此，在父親的死訊面前，她才發現自己所有的倔強都是假裝的。

「他死的時候在哪裡？是一個人嗎？有人陪在他身邊嗎？」

母親沒有正面回答，只是說：「我帶妳去見他。」

佳醇突然意識到，某個埋藏了十幾年的秘密即將被揭開。

這裡是一所醫院的地下室，寒冷而陰森，四周只聽得到像冰箱一樣發出的低低的「嗡嗡」聲。

沿著走廊，除了頂部密佈的管線之外，就是牆邊依次排去的大鐵櫃子。

「那是什麼？」佳醇問。

「人體冷凍櫃。」母親一邊回答，一邊朝遠處一個櫃子走去。

「是做什麼的？」

「妳知道冬眠嗎？這個跟冬眠一樣，可以把人冷凍起來，讓時間在他們身上停止，等到需要的時候，再把他們喚醒。」

佳醇還是不明白，「爲什麼要冬眠？人類又不缺食物。」

母親走到一個櫃子前停下，那上面寫著父親的名字，「每個人都不一樣，有的是覺得現在活得沒意思，想靠這種辦法去未來；有的是得了絕症，醫生目前治不好，只能指望將來。還有的，比如妳父親……」

「是因爲什麼？」

「因爲剩下的時間不多。」

「妳的意思是說……」

「是的，佳醇……」母親轉過臉來，看著女兒，臉上帶淚，「我們騙了妳，妳爸爸他沒有跟我離婚，這十多年，他一直都被冷凍在這裡。」

「醫生查出他得病的時候，他已經沒剩下多少天可活了，醫生說他雖然表面上看起來沒什麼大礙，但隨時都可能死，以現有的技術，別說治療，連病因都找不到。我們沒有別的辦法可想，除了等死以外，我和妳爸爸每天數著日子，看著他一天天憔悴下去，他連遺書都改了好幾遍。快到最後的時候，醫生問我們願不願意試試人體冷凍，因爲還在試驗期，所以是免費的。」

「你們同意了？」

「我們沒有別的選擇，一種是死，一種是保留一丁點希望。」

佳醇無法想像父親那個時候對生的渴望有多麼強烈，「可是，你們爲什麼不告訴我？」

母親按下櫃子旁的閥門開關，「妳還太小，不會明白這樣做的意義。而且，妳爸爸說，萬一冷凍期間出了什麼問題，他還是死了怎麼辦？也可能，不管冷凍到哪個時代，他的病都沒辦法治好，又怎麼向妳解釋？與其讓妳被一個虛無飄渺的希望折磨，不如讓妳認爲他是一個無情的父親。」

佳醇內心感到陣陣酸楚，「那他怎麼不乖乖冬眠，老是回來看我？」

「因爲這才是他接受冷凍實驗的眞正目的。妳爸爸對治癒沒抱多大希望，他只是放心不下妳，妳還那麼小，路還那麼長，妳碰到障礙和挫折的時候，他希望能親自給妳鼓勵和勇氣。所以，他請求醫生和我安排時間喚醒他，以便在妳需要他的時候，他可以及時地出現在妳身邊。醫生一開始是反對的，因爲這會嚴重影響冷凍品質，但架不住我們一次又一次地懇求，醫生最後批准了，但要我們保證每次喚醒只有一個小時。」

曾經發生的一切，在這一刻，都說得通了。

原來，每次半小時的重逢，都是父親消耗生命換來的珍貴賜予。

母親拉出大櫃子，玻璃表面下，能看到父親的臉，他似乎沒有變化，鬍子刮得很乾淨，就像是睡著了一樣。

「他在這裡面躺了十幾年，會不會很冷很孤獨？」佳醇輕聲問。

「他有很多話想跟妳說，都寫在這裡面。」母親從口袋裡拿出一遝信，「這是他改了很多遍的遺書，每一個版本都在這裡。」

佳醇接過信，看到最上面那一封的封面寫著：「女兒，爸爸剩下的時間不多了，但還是想親眼看著妳長大……」

偷獅子

我把獅子帶上車，牠對這個更小的「籠子」倒沒什麼排斥，都沒咕噥一聲，只是安靜地趴在後窗前，好奇地往外面張望。

已經三十歲的人了，不僅沒有而立，還熱衷於玩「真心話大冒險」這種遊戲，是不是太幼稚了？

我停好車，熄燈後又在車裡坐了一會兒，然後搖下車窗，見周圍沒有別人，悄悄走下車來，朝園內走去。深夜的動物園很安靜，只是偶爾會聽到夜行動物寂寞的叫聲，不過牠們也得不到回應，所以都有些百無聊賴。

腦子雖然有些恍惚，我卻也不敢多做停留，憑著熟記於心的路線，徑直朝獅籠走去。獅籠距離停車場並不遠，很方便我的行動。

如果沒記錯，這一路過去一共有四個攝影鏡頭。我停下腳步，摸出一根煙點著，抽了一半，然後看到攝影鏡頭的指示燈被關上了，不錯，勇哥辦事很牢靠。我掐滅煙，小心地收進口袋裡，然後繼續往前走。

還沒到籠子邊，我就聞到了獅子的氣息，原始而充滿野性——也夾雜著濃烈的糞便氣息，當然，牠肯定在更遠的地方就發現了我，不過牠並沒有表現得躁動。

因爲，我是牠的飼養員。

我打開籠子，輕輕叫這隻母獅子的名字，我養了牠七年，我們彼此都有完全的信任感。果然，我聽見獅子起身走了過來。牠的臉在我伸出的手掌上蹭了蹭，一雙巨大的眼睛在月光的映射下發出瘆人的光亮。假如我不是這個身份，我一定已經被嚇得當場癱倒，只能任牠擺佈了。

「走，帶妳去個好玩的地方。」我拍拍牠的頭，示意牠跟我出來。

沒錯，我是來偷獅子的。

獅子試探著跟我走出了籠子，牠緊跟在我身後。畢竟是從小在動物園長大的，牠並沒有要逃跑的意思，只是不住地打量周圍的景色，儘管已是深夜，但對牠來說，想必也是亮堂堂的吧。

勇哥已經坐在車裡等我了，「怎麼樣？順利吧？」

「我搞不懂爲啥要選這麼變態的大冒險？」

「說好的願賭服輸，對吧？」

「我眞是瘋了，拿自己的工作跟你們開玩笑！」

「行啦，行啦，趕緊上車走了，小偉還在家等著呢，他喝那麼多酒，別一會兒睡著了。」

我把獅子帶上車，牠對這個更小的「籠子」倒沒什麼排斥，都沒咕噥一聲，只是安靜地趴在後窗前，好奇地往外面張望。

勇哥車開得很快，我連聲叫他開慢點，本來就喝了這麼多酒，待會兒碰到交警，怎麼解釋車裡的大型食肉動物。

他大笑一聲說，老子放獅子咬死他。

回到家，我們費了半天勁才把獅子弄進房間，人味太重，牠有些不適應，不安地在客廳徘徊。

小偉已經在臥室的床上躺下了。

「他都睡了。」

「那又怎麼樣，他自己選的大冒險，必須執行。」

「好吧。」

我把獅子趕進臥室，然後鎖上了房門。

「你說，他選這個大冒險會不會沒當眞，只是開個玩笑？」趁著腦子還有一點意識，我說出了自己的懷疑。

勇哥輕蔑地一笑，「小偉是說一不二的男子漢，他既然敢選被獅子咬死，就絕對不是開玩笑的！」

在這間滿是酒氣的房子裡，我和勇哥繼續喝著酒，一邊聽小偉的慘叫聲，一邊等著天亮。

調鐘人

醫生的聲音陡然拔高：「妳就當被我耍了，行吧！耍徹底一點，讓妳寫就寫！」唉，真是攤上神經病了。我在紙上寫下那四個字。

三個月前，我第一次見到醫生，我們的對話我還記得很清楚。

他聽完我絮絮叨叨的講述之後，只是望著我背後牆上的掛鐘，我不知道他是在發呆還是在思考，好半天，他終於說：「妳丈夫沒有死。」

這是我希望聽到的答案，雖然之前遇到的，不管是肇事司機、交通警察，還是其他醫生，都反覆跟我強調我的丈夫死了。但他們都拿不出證據，駁不倒我內心某種詭異的直覺——是，我們是出了車禍，我是很久沒再見到丈夫，但我就是知道，他沒有死。

可是，我也不知道他在哪裡。

「那他在哪兒？」我問醫生。

醫生沒有立即回答我，他拿出筆在紙上飛快地寫著什麼，寫完後遞過來，「妳照著我的方法去做，應該可以再見到他。」

字跡一如他的同行們那樣潦草，我努力辨認了一會兒，然後覺得有一種被欺騙的感覺，「你要我每天早起調鐘的時間？」

「對，每天調，一天都不能中斷，而且要嚴格按照我指定的時間點和頻率。」

「你到底是醫生還是算命先生？」我也顧不得這句話是不是無禮了。

他一笑：「很多人都這麼問，妳就當我是算命先生吧！而且，我馬上要說的話特別像算命先生。」

「你要說什麼？」

他身子湊過來，「照我的方法去做，時間也許很長，長得妳無法忍受，長得讓妳怨天尤人，但只要妳相信我，就一定會再見到他。」

這是個神經病，我在心裡做出評價。

從醫生那兒回來的第二天，雖然沒有設鬧鐘，我還是在早上七點三十分醒來。我已經很久沒有起得這麼早了，自從丈夫消失之後，似乎也沒有早起做飯的必要了。所以突然恢復以往的習慣，也讓我懷疑是否潛意識裡其實信了醫生的鬼話。

那好吧，我站上凳子，取下牆上的掛鐘，盯著鐘面，等待醫生指定的時間——七點五十分。

說起來，這只鐘還是結婚前一天才挑好的。商場裡似乎就只有那種很土氣的鐘，不是金燦燦如同暴發戶的樣子，就是各種裝飾亂燉，還是丈夫最後跑了很遠的地方才選到合適的。

快了，還有一分鐘就七點五十分了，捏著旋鈕的手指竟然緊張得微微顫抖，額頭滿是汗水，我還眞是沒用。

秒針指向了十二，七點五十分。我輕輕扭動旋鈕，把秒針往回調了一秒，咔嗒，秒針發出清脆的聲響，七點四十九分五十九秒，呼，剛剛好。

我掃視整個房間，什麼都沒發生，什麼都沒出現。

這有什麼意義呢？

自那以後，除了每天早上起床把鐘調慢一秒之外，我的生活與往常——失去丈夫之後的往常——並無任何區別。

翻出他的襯衫一件一件地熨燙，一件一件地折疊；在被我戲稱爲「寡婦群」的聊天室裡與那些同樣失去丈夫的女人們聊天；參加父親給我報的職業課程，準備重新回到職場掙錢養活自己；下課後經過我們常去的公園，在長椅上坐著看日落，趁無人注意的時候哭一會兒；做他喜歡吃的菜，放上兩雙筷子，把兩個碗裡的飯都吃光，並代他謝謝自己的廚藝；睡覺時枕在他的枕頭上，他的味道還殘留在上面，一天天淡去。

我想夢到他，卻一次都沒有。

我想生活有些改變，卻一點都沒有。

我確定已經過去了二十三天，因爲我已經把時鐘調慢了二十三秒，二十三次咔嗒，當別人家的鐘是七點五十分時，我手中的鐘卻是七點四十九分三十七秒。

我打電話要求醫生告訴我答案，做這種傻事還要做到什麼時候，堅持到何時才會看到結果？結果又是什麼——除了攪亂我的生物鐘之外？

醫生只是強調一定要相信他，其餘的，他一概不談。

我討厭這樣的狀態，明知道對方是個拿我尋開心的神經病，還要把剩下的全部希望交到他手裡。

三個月過去了，生活終於起了變化，我在一間小公司做行政，有開明的上司和友好的同事，雖然回家經過公園時還是會忍不住鼻酸，但我相信，生活是在向著好的方向前進。

調時鐘的事情我還在繼續，一天都未停止，如今我的鐘已經比別人的慢一分半了，還是不知道這樣做有什麼用，大概，我已經把它當成一個無聊的遊戲了吧？

現在的我正坐在醫生面前，臉上有了一點笑意，不再像之前那般木然，「醫生，我可能要停止調鐘了。」

醫生兩手交叉放在桌上，似乎也比之前自信了不少，「能說一下原因嗎？」

我說出一句爛俗的話：「我覺得，他也不想看到我每天這個樣子。」

「妳的意思是……」

我點點頭，「嗯，我接受了，他死了，他不會再回來了。」

醫生鼻子裡哼了一聲，「其實，這三個月我也沒閒著，我計算了準確的時間，有了一個明確的結果，妳再堅持一周如何？」

「醫生，我很累了。」

「再堅持一周，一定會有轉機。」他的口氣容不得人拒絕。

一周其實只是把時鐘調慢七秒，這七秒卻漫長得有如隔世。

我記得，他曾經對我說過，從見我的第一眼到愛上我，他用了七秒。我覺得他是說來哄我開心的，說不定還是從什麼狗血電影裡抄來的台詞，戀愛中的人嘛，總是說些肉麻的話，聽的人也會跟得了傳染病一樣信以爲眞。

所以，我決定再等他七秒，權當是我們之間的告別。

第一天，把他的衣服全部裝進箱子。

第二天，退出了吵鬧的「寡婦群」。

第三天，通電話告訴父母我沒事了，春節會回去看他們。

第四天，去了公園，看了最後一次日落。

第五天，學習新的料理，嘗試曾經不怎麼感興趣的口味。

第六天，收起他的枕頭，獨自入眠。

第七天。

我想是最後一次了，我調慢秒針，哢嗒。

還是什麼也沒發生。

「醫生，沒有你說的轉機。不過，還是謝謝你。」我在電話裡說。

「妳手邊有紙筆嗎？」

「有。」他又要玩什麼把戲？

「寫，在紙上寫，照我說的寫。老公，你好。」

我脫口而出：「你真的是神經病啊！」

醫生的聲音陡然拔高：「妳就當被我耍了，行吧！要徹底一點，讓妳寫就寫！」

唉，真是攤上神經病了。我在紙上寫下那四個字，歪歪扭扭，根本不像一個女人寫的字。

「等五分鐘，再回去看。」說完，醫生掛了電話。

我還要上班的好不好？我既生氣又窩火，拿出手機，隨便點開一個小遊戲，以打發這難熬的五分鐘。我怎麼總是在跟時間過不去？

很快，五分鐘過去了，我往紙上瞟了一眼——上面多了四個字：老婆，妳好。

我呆住了。

這是什麼魔術嗎？

我伸出手指順著紙上的筆劃滑動，是丈夫的字，我認得，橫撇豎捺，都是他的印跡。

「你出來！你出來！」我在空無一人的房間裡高喊，空曠而荒涼，已經很久沒有聽到過這樣的聲音了。

無人應答。

「現在相信我了？」坐在對面的醫生一臉得意。

「我還是沒見到他，鬼知道是不是你變的魔術。」我心裡至少重燃了一點希望。

「時間還沒到。妳知道，我們所有人能互相看到，是因為我們活在同一條時間線上。那次車禍並沒有要了妳丈夫的命，而是撞亂了他的時間線，其實他一直和妳在一起，只是活在我們的時間線之前。我讓妳每天起床調時鐘，而且還要一秒一秒地調，就是為了一點一點地糾正他的時間線，把他帶回到正常的時間裡來。」

「這個過程很緩慢，就像妳站在濃霧之外朝一個迷路的人揮手，一開始，他不會有任何反應，直到妳調了三個多月之後，才終於有了效果。我算出他的時間線距離我們還有五分鐘，妳的任何有形的行動，比如寫字，他都能在五分鐘後看到。妳明白嗎？」

我想了一下，點點頭，「那他現在也在這裡嗎？」

「在五分鐘之後的這裡。」醫生說：「妳現在要做的，就是繼續調時間，還是一秒一秒地調，五分鐘，就是三百秒，也就是……」

「將近一年。」

「對，還需要一年的時間，妳就可以見到他，妳有這個耐心嗎？」

我的生活又恢復到了老樣子，每天早上七點五十分，我會把秒針往回撥一秒。我會熨燙襯衫，因爲知道五分鐘之後他就要穿；我會燒他喜歡吃的菜，因爲五分鐘之後他就會吃到；我會去公園看日落，因爲五分鐘之後他就會坐在我身邊。

我和他之間的距離，只有五分鐘而已。

我堅持著這個有些傻的行爲，七點五十分，我想起來了，那是每天早上他去上班的時間，而現在，是把他帶回家，帶回我身邊的時間。

噠嗒、噠嗒、噠嗒、噠嗒……

我是站在濃霧之外，指引他回家的人，每一天，他都在朝我走來。

我就在這裡等待著，等待著他再出現的那一天，等待著他在家門口瀟灑地轉身，對我說：「老婆，我去上班了。」

我想，那一天一定會到來。

未被召回的故障機器人

如果不能刪除關於上一個主人的記憶，它就無法接受新的主人。愛葛莎遲疑了一陣，假如沒有新主人，啰嗒的唯一去處就只能是電子垃圾回收站。

刪除指令：#一八七六六

聽到父親開門的聲音，愛葛莎正坐在沙發上和哢嗒做遊戲——一種簡單的拼詞遊戲。他們昨天拼出了「地外文明」這樣長的詞，得到了父親的表揚。

「愛葛莎，爸爸有話跟妳說。」父親坐到沙發上，將五歲的女兒摟進懷裡。

「爸爸，你看！哢嗒教我的！」愛葛莎指著哢嗒的螢幕，上面組合出了「核醣核酸酶」這個詞——當然，她並不理解這個詞的意義。

「爸爸的愛葛莎一直都是最聰明的。」父親用胡楂頂了頂女兒的小臉蛋，愛葛莎咯咯地笑出聲來。

玩鬧一會兒之後，父親繼續說道：「爸爸今天收到通知說，他們要召回型號爲XU八七五〇的機器人。」

「那是什麼？」愛葛莎頭也沒抬，繼續用手指在哢嗒的螢幕上滑動。

「XU八七五〇就是哢嗒，哢嗒就是XU八七五〇。」這台幼稚教育機器人剛買回來兩天，愛葛莎就給它取了名字——因爲它走動的時候總是會發出哢嗒哢嗒的聲音。

「那什麼叫召回呀？」

「召回就是，我們要把哢嗒送走。」

「不要！不准！」愛葛莎立馬掙脫父親，撲過去護住啰嗒，一臉不樂意。

「愛葛莎，妳聽爸爸說，他們說啰嗒身上有毛病，要送回公司修理。」

「騙人！啰嗒明明好好的，你看它這麼聰明！啰嗒，拼一個長長的詞給他們看！」機器人轉眼就在螢幕上顯示出一長串醫學名詞，看得人眼暈。

父親撫弄著愛葛莎的頭髮，說道：「我們把啰嗒送回去，他們還會給妳一個新的。」

「新的還是啰嗒嗎？」

「不是，但是它會跟啰嗒一樣聰明。」父親不想說謊。

「不行！不行！」愛葛莎尖叫道：「我只要啰嗒！」

「要是啰嗒突然有一天壞了怎麼辦？」

女兒眼睛裡都是淚水，「它不會壞的，不會的，要是……要是它壞了，我們再送它去醫院，好不好，爸爸？」

「好吧。」父親退讓了。

刪除指令：#二五三六一

確實像愛葛莎說的那樣，啰嗒從來沒有出過故障，它仍然忠心耿耿地教愛葛莎讀書、認字、數數、畫畫。

愛葛莎現在已經十二歲了，像其他小女孩一樣梳小辮子，穿連衣裙。她喜歡讀詩，尤其是中世紀的詩，那些一瞬間無法完全理解的句子，總能在時間的流逝中慢慢融化人的心靈。

「唠嗒，我喜歡這首，萊特昂．布蘭朵的這首，你讀過嗎？」

唠嗒的螢幕上顯示出幾行詩：

晨風也還會吹過我的面龐
杜鵑也還會在枝頭歌唱
泥土也還會散發芳香
紅楓也還會翻飛枯黃

「就是這個！你腦子裡到底存了多少東西？」愛葛莎握了握唠嗒的機械臂。這個機器人其實只是一個有著四只輪子的圓盤，有一英寸厚，除了機械臂和螢幕外，外部再沒有別的構造。

「唠嗒，你讀得懂這首詩嗎？」

機器人晃動身子，螢幕上顯示著「不，我沒有理解詩詞的功能」。

「你果然很笨，那個時候應該把你送回去修理的。」

刪除指令：#二九一四五

中學三年級的時候，愛葛莎被數學老師叫到辦公室。她的書包被放在老師辦公桌上，拉鍊打開，暴露出藏在裡面的東西——呷嗒，它的指示燈還一閃一閃的。

一定是後排的胖子告的密，愛葛莎想。

「妳把它帶來作弊用，是嗎？愛葛莎小姐。」數學老師是個刻薄的老女人，她的性格就像她的頭髮一樣頑固。

愛葛莎沉默不語。

「妳並不是第一個被逮到用機器人作弊的學生，愛葛莎小姐。」老師伸手將呷嗒抱出來放在桌子上，「但卻是最可笑的一個。妳這個機器人是哪個年代的？」

愛葛莎還是不說話。

「不說話對妳可沒什麼好處。我再問一遍，這個機器人是哪個年代的？」

「XU八七五〇。」愛葛莎輕聲嘟囔道。

老師快速在手機上查詢了一遍，「十年前的型號了，還是個幼稚教育機器人。愛葛莎小姐，我不認爲妳這台都快生銹的機器能解答出我的題目。」

確實如此，愛葛莎一共悄悄問了唠嗒三道選擇題，一道算術題，它只回答了一道，答案還是錯的，「是，它答不了。」

老師翻過唠嗒，看了看它底部的銘牌，「而且，妳這台機器當年沒有被召回去修理？」

「我覺得這跟現在的事情沒有關係。」

「對，妳可以不回答。但是，作爲老師，我還是有必要告訴妳，如果公司認爲它有毛病，那它就一定有毛病，固執己見是會吃苦頭的。」

愛葛莎不置可否。

刪除指令：#三一〇八六

上大學前，愛葛莎執意要把唠嗒也帶去，雖然遭到父親的反對。他的理由是：「唠嗒只是個幼稚教育機器人，它已經教不了妳什麼了。」

就像很多年前一樣，愛葛莎還是沒有聽他的。她知道，唠嗒早就不再是她的老師，而是她最重要的夥伴。

大學是個夢幻而艱難的地方，對愛葛莎和唠嗒來說。

課業沉重，愛葛莎覺得自己喘不過氣來，當她埋頭在書本之中時，似乎連抬頭看一眼藍天的時間都沒有。啰嗒大部分時候都安靜地坐在書桌一腳，一動不動，因爲當它移動的時候，還是會發出啰嗒啰嗒的聲音，惹來室友的不滿。

「愛葛莎，要是妳喜歡機器寵物，現在有很多新款，功能豐富，也不貴，最關鍵的是，它們都是無聲的。」

室友們這樣說過好幾次，偶爾，她們還會更直接地說：「愛葛莎，妳的機器人老是啰嗒啰嗒響，是不是壞了？它肚子裡一定掉了好大一把螺絲釘。」

愛葛莎總是微笑，並不理會她們的暗示和指責，只有在夜深的時候，她才會敲敲啰嗒的頭，讓它讀幾首詩來「聽聽」：

晨風也還會吹過我的面龐

杜鵑也還會在枝頭歌唱

泥土也還會散發芳香

紅楓也還會翻飛枯黃

刪除指令：#三六四一三

婚禮舉行的前一天，愛葛莎和父親起了爭執。

愛葛莎安排啰嗒當自己的「領路花童」，父親則堅決反對，說樂意走在前面撒花瓣的小孩子很容易找，爲什麼非要用一台不完美的機器？「妳應該記得它當年是沒有被召回去修理的，要是它走著走著爆炸了怎麼辦？」父親這樣說。

愛葛莎很不高興，「憑什麼別人用小孩，我也要用小孩？你要是不同意啰嗒當花童，那我只好讓它當伴郎了。」

父親只好同意。

婚禮上，啰嗒第一個滑進教堂大門，頭上頂著一只花籃，兩隻機械臂上各掛一只燈泡，正襟危坐的親朋好友們都忍不住笑出聲來。它倒毫不緊張，抬高前輪，花籃向後傾斜，穩穩地向前走，於是小花朵被撒了一路。

刪除指令：#三八七七七

愛葛莎的丈夫是外國人，她要和他去很遠的國外生活。

她被告知不能帶啰嗒走，因爲奇怪的海關法律不允許一國的機器人進入另一個國家。愛葛莎知道，這一次她無能爲力了。

她將啰嗒託付給父親，要他們互相照顧，一個是生了白髮的老人，一個是過了保修期的老式機器人。

父親不需要幼稚教育，他把啰嗒放到書架上，隔個十天半月幫它擦一次灰塵。

哢嗒從此就坐在書架上，不動也不亮燈，更不會發出哢嗒哢嗒的聲響，它平靜而有耐心地等待愛葛莎回來。

愛葛莎一年回來一次，回來時她會把哢嗒取下來，啓動它，跟它玩一會兒拼詞遊戲。不過，它拼的每個單詞愛葛莎都能讀出來，倒是愛葛莎學的新辭彙，哢嗒經常給不出答案。

刪除指令：#四〇一一四

再後來，愛葛莎生了孩子，她不得不將她全部的精力傾注在新生命上，父親知道她的辛苦，便說「妳別往回跑了，我去看妳吧」。

於是，愛葛莎回來的次數越來越少，哢嗒等待的間隔越來越長，一年、兩年、三年、五年……

刪除指令：#四〇一二五

愛葛莎的父親去世了，愛葛莎最後一次回來，料理他的葬禮。

她在書架上找到了哢嗒，這麼多年過去了，它的電池已經耗盡了。

她知道仍然帶不走它，於是把它送回生產它的公司，希望他們爲它找一個新主人。

「不，女士，我們不能為它找新主人。」工作人員客氣地說。

「為什麼？」

「當初我們發現了這款機器人的故障，發佈了召回令，您並沒有將它送回來，是嗎？」

「是的，沒有，但是這麼多年它也沒有壞過呀。」

「它的故障是我們沒有為它設計記憶刪除裝置，這是機器人守則所不允許的。如果不能刪除關於上一個主人的記憶，它就無法接受新的主人。」

愛葛莎遲疑了一陣，假如沒有新主人，哢嗒的唯一去處就只能是電子垃圾回收站，那是她不想看到的。

「那你們能補救嗎？」

「可以，我們現有的技術可以做到強行刪除，您稍等，我先為它充電。」

工作人員將電源線連接到哢嗒身上，只用了不到一分鐘，哢嗒的指示燈就亮了起來。

「那麼，我現在開始刪除了。」

愛葛莎點點頭，「刪吧。」

工作人員一邊操作一邊解釋，「這種老式機器人的記憶中樞分成三個區域，一個區域是它出廠時就具備的技能，這個很好刪除，只要輸入當時的指令。」他在鍵盤上按下一組數位，「好了，刪掉了。第二個區域是它經歷的事件，需要給它高壓超載……」哢嗒的表面閃過一片電火花，「最後一個區域，是關於主人的資訊，只要……咦？」

「怎麼了？」

「女士，我第一次見到這樣的主人資訊。」

哢嗒的螢幕上顯示著一首詩：

晨風也還會吹過我的面龐
杜鵑也還會在枝頭歌唱
泥土也還會散發芳香
紅楓也還會翻飛枯黃
我願意相信誠如往常
生命的淒冷寒灰裡

記得關於你的所有
原本就是我一生的惆悵
刪除指令執行完畢。

小滿

小滿的遺物是一只小箱子，裡面裝著她的幾件玩具和病歷，還有一封信。我們按照她的遺願，將它們連同她的骨灰，埋在那棵樹下。

「我剛剛睡著了？」

我點點頭，「是的，睡著了。」

「對不起，我不是故意不聽的，我真的太睏了。」

「沒關係，我明白。」我合上放在膝蓋上的書——一本詩集，「這種藥含有催眠成分，醫生跟我說過。」

她露在被子外的手指抽動了一下，「我睡了多久？」

我用眼睛的餘光瞥了手錶一眼，「差不多一個小時。」

她抱歉地笑笑，「那你念到哪裡了？」

「萊特昂．布蘭朵。」

「是那個法國詩人嗎？以前，院長也有一本他的詩集，很薄，只有小手指這麼厚。」

我直視著她的眼睛——由於嚴重的病毒感染，她的眼仁呈灰褐色，「對，他的詩很少，因為他十九歲就死了。」

她抿了抿嘴，吸了口氣，「他也……得了什麼絕症嗎？」

「他愛上了一個農家小姑娘，每天纏著她，陪她收小麥，陪她擠牛奶，後來這個姑娘被人當作女巫燒死了，於是他也殉情而死。」

她愣了愣神，似乎不太相信，「你編的吧？」

「千眞萬確，我看歷史書看到的。」

「有人願意陪她死，也挺好的。」

聽她這樣說，我不禁後悔起來。我不應該把死亡說得這麼溫情，對於此時的她來說，或許我把那個詩人說得更慘反而會讓她好受，「不，小滿，死人一點都不好，眞的，我不騙妳。」

小滿是她的名字，也是二十四節氣之一，因爲她是在小滿那一天，被孤兒院院長從門口撿回來的。她自己倒不這麼認爲，她告訴我，小滿是「未成熟」的意思，說不定院長一開始就知道她活不到成年。

我難以否認。

「死人一定很好，要不然，爲什麼那麼多死了的人，沒見哪個活過來？」

我被她這種荒謬的邏輯逗笑，「妳就這麼盼著死？」

「對呀。死了比活著舒服，肯定的。」

至少對她來說是這樣，「隨妳怎麼說吧，反正我不同意。」

小滿哼了一聲。

「那我念首死亡的詩給妳，怎麼樣？」

「不聽，我們觀點不一致，讀來也沒什麼味道。」她拉起被子蓋住自己的臉。

這條被子很短，蓋到臉就會露出腳踝，小滿的腳上全是血紅的瘡疤，「那妳要不要喝點優酪乳？」

她的聲音從被子底下傳來，「不喝，除非你喝一口，不然我不喝。」

「我來的時候就跟妳說了，我對乳製品過敏。」

她又掀開被子，長長地出了一口氣，「真是怪人，還有對牛奶過敏的。看護中心都找怪人來當志願者嗎？」

我來這裡十天了，至少解釋了三十遍我不是志願者。

第一次與小滿見面的時候，她躺在床上，正在數天花板上的花紋。

我在她床邊坐了半個小時，她才「正式」注意到我。

「那個誰，你幹嘛的？是志願者嗎？」

「不是，我不是志願者。」

「那你是誰？」

「我算是妳的朋友吧。」

她眯著眼睛看了我一會兒，「騙人！我得的病是多，可沒得失憶症，我都不認識你。」

「我知道妳叫小滿。」

「那又怎樣？」

「我還知道妳喜歡喝優酪乳，喜歡讀詩。」

「調查做得還行，院長告訴你的吧？」

我笑笑，不置可否。

小滿對我的排斥只持續了一天，可能是因爲她沒有精力跟我爭辯。

「喂，那個誰，我要喝優酪乳。」

我打開一杯優酪乳，用勺子盛了一勺，遞到她嘴邊。

她勉強吃下幾勺，便再沒力氣張口，平躺回床上，呆呆地看著我，「誰叫你來的？」

「我說是妳叫我來的，妳信不信？」

「神經病！」

「妳看，我說實話妳又不信。那妳覺得是誰叫我來的？」

「是院長！」小滿脫口而出，「他那麼忙還顧著我，眞是好人哪。其實，你也覬覦本姑娘的美色，主動想討好我，對不對？」

小滿一直都吃不下多少東西，即使吃下，衰竭的消化系統也無能爲力，所以她日漸消瘦，深陷的眼窩裡看不到任何神采。

「我說過了，是妳自己叫我來的。」

「我什麼時候叫過你？我怎麼不記得？」

小滿的病情越來越嚴重，左眼已經不能完全睜開，一天中的大部分時間，她都在睡覺，而夾在一段一段睡眠之間的，是一次次驚醒和掙扎。

我用濕毛巾小心地擦去她額頭上的汗珠，燒得發燙的身體，讓人總以爲她身體裡一定有一個噬人的惡魔。

「那個什麼昂？」小滿的手指動了動，有氣無力地對我說。

「萊特昂。」

「萊特昂，寫過情詩嗎？我，想聽。」小滿問。

我把詩集打開，翻到其中一頁，「寫過幾首，我給妳念一首吧。」

「嗯。」

「打開豬圈的門，我看到豬的眼神，

盯著妳手裡的玉米，就像我盯著妳一樣熱切而深沉。」

小滿擠出一個笑容，「你騙我。」

「這是萊特昂寫給他初戀情人的，我說過了，他的情人是個鄉下小姑娘，所以他才寫得這麼淺顯直白。」

「男人，爲了騙人，什麼都肯做。」

小滿今年十五歲，從沒談過戀愛。她七歲起臉上便開始長斑，身體裡的器官總有各種各樣的毛病，不能劇烈運動，不能大聲說話。院裡的小孩都不願和她玩，調皮些的還會趁她不注意，在她後背貼上寫著「怪物」的紙條。

「爲討人歡心，做些事情，不好嗎？」

「騙人，不好。」

「以後也會有人來騙妳的。」

「不會，我這麼難看。」

我沉默不言，不願對她說謊。

小滿現在長期處於昏迷狀態，偶爾，我會以爲她是不是已經死了，是不是已經實現了她期盼已久的夢想。

她又一次醒過來，嘴唇動了動，「喂……」

「嗯？」

「那棵樹，怎麼樣了？」

窗外的院子裡有一棵小樹，是小滿一年前種下的。那時候她還可以自己走路，院長爲了鼓勵她好好治病，便給了她一棵樹苗讓她種下。院長說：「這種樹可以活很多很多年，小滿，妳也要活很多很多年。」

一開始，小滿每天去給樹澆水，盼著它快快長大。隔了一段時間，小滿被護工攙扶著去陪小樹說話。再後來，小滿坐在輪椅上，停在小樹旁邊，呆呆地看上幾個小時。

而現在，她只能躺在病床上，連坐直身子或者抬一下頭都做不到。

我拿出手機給她看，裡面有那棵樹的照片，「看，長高了，葉子更綠了。」

她偏過頭，用右眼對著螢幕，認眞地看了一會兒，「看到了，眞的哈。」她一邊笑一邊咳嗽，「喂，你說，這棵樹能活多久？」

「能活到很遠很遠的未來吧。」

小滿低聲說：「眞好。」

在再次昏睡前，她又說：「等我死了，把我埋在樹底下，好不好？」

我點點頭。

「還有，還有我的遺物，別忘了。」

我握住她的手，「我不會忘的。」

醫生來通知我說，小滿想見我最後一面。

她戴著呼吸面罩，身上插滿了管子，只有右眼能勉強睜開，我知道，她還看得見我，她轉動眼珠，望向桌上的詩集。

我明白她的意思，翻開它，翻到她想聽的那一首。

「《來自波西米亞》，萊特昂．布蘭朵。

我聽人說，你是國王，

又聽人說，你雙目已盲，

所以你一定不屑於知道，

死神長什麼模樣……」

小滿眼中流下淚水，渾身顫抖，她咬著嘴唇，咬出血來。

我扔下詩集，走到床前，伏下身去，輕輕地抱住她。

「你拽緊韁繩，讓風吹在你身上，

　　你摘下頭盔，讓雨打濕你的頭髮，
　　你沉默於此，你挺立於此，
　　於此等待，等待死神擁你入懷。」

終於，小滿停止了哭泣，停止了顫抖。

她死了。

小滿的遺物是一只小箱子，裡面裝著她的幾件玩具和病歷，還有一封信。

我們按照她的遺願，將它們連同她的骨灰，埋在那棵樹下。

「這些天多謝你了。」院長客氣地說。

「我做得不多。」

「說起來，我們都還不知道你是誰，眞不好意思。」

我撓撓頭，「我算是個志願者吧。」

「你覺得，那封信是寫給誰的？」院長問。

「大概是寫給未來的某個人。」我說。

「那會寫些什麼呢？」我沒有回答。

其實，我知道她寫了什麼，因爲我在將來看到過。

「我聽說，每個人都能遇到愛自己的人，幫她承受苦難。我的苦難太多，大概遇不到這樣的你。假如有，你也一定在未來的某個時間裡快樂地生活著，我不知道你是不是在等我，但看樣子我好像已經無法抵達。我就要死了，渾身疼，又醜又邋遢。喂，要是你的時空裡，眞的有時間機器的話，你可不可以穿越過來，在我死之前，餵我吃幾勺優酪乳，給我念幾首詩，在我死的時候，抱抱我？這樣，我就不害怕了。」

我把信放在箱子裡，埋到樹下。

小滿，我說過，這棵樹能活很久，能活到很遠很遠的未來。在未來，我會找到這封信，讀懂它，讀懂妳的故事，並且，如妳所願，來到妳身邊。

陪妳喝優酪乳，給妳讀詩，在妳死的時候，抱著妳，讓妳不再感到害怕。

總統先生與蕾絲內褲

他只能任由無盡的汗水滴了下去，樓下那個小孩抬起頭，藉著月色，大聲呼道：「哎呀，媽媽，你看，上面有個叔叔沒穿衣服！」

總統先生坐在辦公桌前，看著檔上的名字，久久思索，難以下筆——《關於在全國禁止出售蕾絲內褲的決定》。

蕾絲內褲，那是一個遙遠的符號以及一段難忘的青春。

十六歲的時候，他當然還不是總統，只是鄉下一個普通的少年，每天騎著單車在鄉村公路上飛馳，遇到漂亮的姑娘吹一吹口哨，見到勞作的長輩伸一伸舌頭，這就是他那時候的全部生活。但並不是無憂無慮，實際上，他也有他的煩惱。

他太愛出汗，吃了辣椒會出汗，心裡緊張會出汗，見到心儀的女孩會出汗，甚至遇到解不開的數學題也會出汗。而且，汗水一出就停不下來，滿臉就像是山洪暴發，如同上天降下的劫難。

他的父母為他遍訪名醫，不管是城裡敞亮光鮮的大醫院，還是鄉下陰暗可怖的小診所，都留下父母謙卑的身影和他日漸不屑的眼神。

那些醫生都給出了同樣的解決方案：除了常備一塊毛巾擦汗之外，沒有別的辦法。少年，讓毛巾成為你身體的一部分吧。

年輕的總統先生漸漸長大，飛馳的少年胯下的單車也變成了更加飛馳的摩托車，搭在肩頭的毛巾換了一條又一條。他仍然喜歡在空曠的道路上被風吹拂，被風吹去他臉上細密的汗珠。

煩惱也還在，好在總統先生有一張帥氣的臉孔和勻稱的身材，這樣的他頗得女性的垂愛。進城上大學以來，情竇初開的女同學，萍水相逢的美少婦，無不向他送去春天的芹菜和秋天的菠菜。

他自然來者不拒，揮舞起青春的鐮刀，勤勞地收割這些隔夜成霜的青菜和果實。雖然汗如雨下、腰酸背痛，但畢竟每一滴都凝結著年輕人的澎湃激情。

後來有一天，他聽信一位少婦「今晚我丈夫不會回來」的謊言，到她家尋找人生的真諦，坐而論道只到一半，便聽到門鎖旋轉的聲音。

總統先生大驚失色，六神無主，汗如尿崩，一發而不可收拾。

少婦讓他速速迴避，還說她丈夫平生好收藏槍枝，長槍短炮無所不有，並且練得一手好槍法。

總統流汗流得幾乎要脫水，無處擇路，便如無數先賢一樣爬到窗外，準備憑藉雙手來停下這荒謬的青春，忽然想起一物，「親愛的，我的毛巾！」

少婦心下惴惴，繫著自己胸前的衣扣，哪裡顧得上什麼毛巾，隨手抓起一件東西扔過去，「先用這個擦！」

總統吊在三樓的窗外，好在臂力驚人，即使單手把住窗沿，也可以舒暢地欣賞夜空皎潔的月光。可是，汗水從他的每一寸皮膚上冒出，萬里奔湧。他慌忙用少婦給的東西去擦，卻怎麼也擦不掉，除了讓汗水更加四溢之外，別無用處。他從未有過如此的心驚，未曾釋手的毛巾不在身邊，便覺自己不完整，好像船隻失掉了風帆，他只能任由無盡的汗水滴了下去，如同冬雨。

汗水滴在樓下那個小孩的頭上，後者抬起頭，藉著月色，拽住媽媽的衣角，大聲呼道：「哎呀，媽媽，妳看，上面有個叔叔沒穿衣服！」

少婦的丈夫聞訊而來，殺氣陣陣。

在掉下三樓之前，二十一歲的總統先生最後看到的是指著自己右手的槍口。

而現在……

總統先生坐在辦公桌前，繼續看著那份文件，餘光掃過右手掌的可怖傷疤，他不再遲疑，寫下了「同意禁售」的字樣。

一會兒，他又覺得理由不夠明朗，加了一句話——蕾絲內褲不吸汗！

上帝創世的第七天

上帝踩著雲朵降落凡間，伸出手穿透亞當的肉體，取出他那根斷掉的肋骨，亞當看著斷骨血淋淋地被從自己身體裡扯出來，問：「什麼是女人？」

第六天

上帝照著自己的樣子，造了第一個人，取名為「亞當」。他把亞當放到伊甸園裡，讓他在草地上奔跑打滾。

亞當快樂地跑啊滾啊，滾啊跑啊，一會兒劈叉，一會兒倒立。

站在雲端的上帝看了一會兒，覺得有些尷尬，於是又給亞當穿上了草裙。

亞當對伊甸園裡的一切都感到好奇，草葉上滑動的露珠，花叢中飛舞的蝴蝶，樹林裡跳躍的猴群，雲朵間盤旋的雄鷹，他片刻不停地問上帝這是什麼、那是什麼。

上帝不厭其煩地回答，告知他哪些可以吃，哪些不可以吃，哪些吃了會發胖，哪些吃了會拉肚子。

亞當問上帝，「雲可以變成多少種形狀？」

上帝說：「我不知道。」

亞當數了一個小時，眼睛差點瞎掉。

亞當問：「我可以像猴子一樣在樹杈之間飛來飛去嗎？」

上帝說：「你可以試試。」

亞當試了下，摔斷了肋骨。

亞當躺在地上問：「你猜我有多少根肋骨？」

上帝反問：「你覺得我造的肉體不夠好嗎？」

亞當按著斷掉的肋骨，一邊哼唧一邊說：「沒有呀。」

上帝又問：「那你是感到無聊嗎？」

亞當問：「什麼是無聊？」

上帝遲疑了一下才說：「不知道自己下一刻該做什麼就是無聊。」

亞當說：「那我是有一點無聊。」

上帝踩著雲朵降落凡間，伸出手穿透亞當的肉體，取出他那根斷掉的肋骨，「我造一個女人來陪你。」

亞當看著斷骨血淋淋地被從自己身體裡扯出來，問：「什麼是女人？」

上帝問：「我扯出骨頭的時候，你有什麼感覺？」

亞當說：「感覺心裡空落落的……」而後他又補充一句，「我想它回來。」

上帝說：「那就是女人。」

上帝造出了女人，給她取名爲夏娃。

「她是我的一部分？」亞當說。

「不，你是她的一部分。」上帝說。

天黑了。

上帝說：「希望你們有一個愉快的夜晚。」

第七天

天亮了。上帝撥開雲層，望向伊甸園。
亞當坐在樹上，夏娃立在湖邊。
「你對她沒有興趣嗎？」上帝問亞當。
「她的左邊眉毛有五百六十八根，比我多三根，她贏了。」亞當興奮地說。
上帝愕然，「你們數了一夜眉毛嗎？」
「是啊，數了好幾遍呢。」亞當說。
上帝轉頭看向夏娃，又看了看她在水中乾癟的倒影。
噢，原來如此。
上帝說：「要有胸。」
於是夏娃就有了胸。
人類文明，從此開始。

四姨生了個叉燒包

大家感歎，「生叉燒包就是跟生孩子不一樣」，開始問叉燒包的事兒，名字取好了沒有啊？四姨帶叉燒包辛不辛苦呀？夜裡哭不哭呀？打算上哪所幼稚園呀？

聽說四姨確實生了一個叉燒包，大家都很緊張。

村子裡有讓小孩摸孕婦肚子的習俗，只要小孩的手搭上去，說生男就生男，說生女就生女，準得差點申請非物質文化遺產。

所以，當村東那個胖小孩杵在四姨面前，嘴角掛著口水說出「叉燒包」三個字的時候，在場的人都愣了，一時不知如何接下句。什麼「男孩好，男孩傳宗接代」，什麼「女孩好，女孩孝順」都吞回了肚裡，大家一邊回味中午吃的叉燒包到底是什麼味道，一邊往外擠圓場的話。

「這小孩得有七歲了吧？上七歲就不準了，咱換一個。」

「什麼叉燒包啊，吃撐了吧？滾一邊玩沙子去！」

大家都張羅重新找一個小孩的當口，四姨手一抬，不以爲意地說了句，「散了吧，叉燒包就叉燒包。」

那是當然了，四姨是從外面嫁過來的，村裡這一套她從來就沒信過，要不是給各位長輩一個面子，她那好牌子的孕婦裝怎麼肯讓油嘴油手的小孩碰？所以，大家也不再勉強，遂了四姨的心意，懷胎十月裡，也沒人再提過這事。

但不提，不代表大夥不信，每個人掰著手指算日子，日子一到，都候在四姨家門口等消息。

果然沒等到啼哭，只聽到四姨的號啕。

她到底是生了一個叉燒包。

大夥最開始也激烈地討論些學術問題，比如：這個叉燒包的餡兒是豬肉還是人肉？是生的還是熟的？幾斤幾兩？是不是夠申請個世界紀錄什麼的？是男叉燒包還是女叉燒包？

爭來爭去，爭不出個結果。

別人家可以把這事兒當智力競賽來用，四姨家就不行。她公公中風一年，癱在床上話也不說，動也不動，除了不能光合作用，跟植物沒什麼區別。醫生都放棄了，一大家子只能指望點醫學之外的奇蹟。

具體來說，就是四姨的肚子，盼她爭氣，生個大胖孫子，沖沖喜，讓老人重新煥發生機。

結果，四姨生出個叉燒包。

等到叉燒包滿月，村裡跟四姨家沾親帶故的人才真正著急起來，這該送什麼好？學步車？用不上。

奶粉？就著叉燒包當早飯嗎難道？

小陽傘？四姨帶孩子出門哪需要這個？往兜裡一揣不就完了。

大家想破腦袋抓破頭，發現除了直接送錢之外，一點選擇餘地都沒有。

於是，他們開始討論送多少合適。

這是不成文的規定，有多親送多少，誰送多了那是挑事，是破壞全村的團結。爲了避免「這錢拿去買點豆漿湊一副」和「妳生得眞好，再接再厲多生幾籠」兩種不討好的結果，送少送多都是不行的。

大家吵了半天，定下了「五八八」這個吉利的數字，還諧音「無辦法」，表達一點「天命如此，終究難違」的唯心主義宿命觀，讓四姨接受這個慘痛的現實，也減輕一點她身上的負罪感。

但到了四姨家，大家發現四姨跟一個月前全然兩樣，忙前忙後，笑臉相迎，連點坐月子的樣子都沒有。

大家連連感歎，「這生叉燒包就是跟生孩子不一樣」。

送上禮錢，話完家常，打破了尷尬的氣氛，大家就開始問叉燒包的事兒，名字取好了沒有啊？四姨帶叉燒包辛不辛苦呀？夜裡哭不哭呀？打算上哪所幼稚園呀？

四姨也都微笑著一一回答，名字一歲的時候再取；帶叉燒包不辛苦，他很乖很聽話，也不認生；他夜裡不哭，在冰箱裡安靜得很；聽說有家幼稚園是素食的，打算去試試。

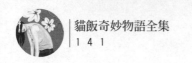

大家聽四姨說得頭頭是道，暗想村外的女人看來也能出模範母親，紛紛表示要把叉燒包抱來看一看。

四姨春風得意，說「叉燒包在他爺爺床邊，天天盼著醫學奇蹟呢」。她起身往屋內走去，要去把叉燒包抱出來。

四姨走進公公的臥室，只見那老頭兒已經坐直在床頭，牙齒開合，腮邊流油，手中拿著半個叉燒包，「媳婦兒，妳怎麼知道我好吃這個？這叉燒包真香，嚼起來一點兒不膩，是什麼餡兒的？」

出售回憶的妳

記憶正在流失，一切正常。我問妳記不記得那個人是誰，妳搖頭。終於，我鎖定了全部深層記憶，所有關於他的事情都將被完整地剝離出妳的身體，一點不剩。

「我明說吧，妳太老了。」我關上電腦，準備下班。

妳舔了下嘴唇，按在桌上的手沒有收回去的意思，「上個月剛滿六十四歲，可以再試一次。」

其實，妳看上去有七十歲……

「記憶收購不是光看年齡的，我們還要看銷路，妳的記憶不會有人買，現在大家都喜歡刺激的、年輕的。」

記憶出售是個新行當，我們把人的記憶收購回來，包裝一番，再賣給需要的人，賺一筆差價。獨一無二的記憶自然是市場上的寵兒，像高空跳傘、深海潛水、與男明星共餐、與女明星車震，諸如此類，不是賣給文藝青年，就是賣給變態大叔。但像老年人的記憶，陳芝麻爛穀子，從來都是票房毒藥，連成本都收不回來。業內都明白這個道理，所以會以年齡太大，身體無法承受作爲理由拒絕他們，但是偏偏……

「我這可是感情方面的回憶，你再考慮一下吧，會有人買的。」

「妳上次也這麼說，我是生意人，賠本的生意我不幹。」

「你可以不給錢，我不要錢，我免費轉讓給你們。」妳站了起來，生怕我趕妳出去的樣子。

確實有這樣的情況發生，畢竟收購記憶是要把記憶從人腦裡完全剝離出來，對當事人來說，就跟失憶一樣。打個簡單的比方就是，我們只能「剪切」，還做不到「複製」，所以，總會有人爲了擺脫痛苦的過去，請我們免費拿走他的回憶。對於這種請求，我當然……

「行，妳等著，我拿一份授權書給妳簽字。」

妳說妳姓莫，也可能姓孟，我知道妳的記憶本身就有點混亂，所以也沒有記。

妳要出售的記憶量很大，只要是跟妳丈夫相關的，從年輕到衰老，從認識到分開，事無鉅細，統統賣出，完全是「恨不得從來沒見過這個人」的架勢。我一直以爲只有十七八歲的少女才會有這麼幼稚的想法，原來像妳這麼老的女人也不能免俗。

我告訴妳因爲記憶量太大，爲了不傷害大腦，只能一點一點地透過妳的講述來定位和提取。整個過程會持續好幾個小時，還會伴隨時有時無的偏頭痛，對妳來說，就相當於得了漸進性失憶症，妳丈夫的形象會在妳的記憶裡慢慢模糊，直到最終消失。

妳說妳可以接受，只要能完全忘記他，妳什麼都願意做。

妳最先跟我講的是他的葬禮，是個雨天，妳撐著傘，站在他的墓碑前，跟妳的養子抱怨選錯了照片。在水汽濛濛之中，他看上去並不是妳剛剛認識他時的那個樣子，至少笑得不如那時好看。

妳的養子說，這就是爸爸年輕時的照片，沒什麼不同。

妳說不是，不一樣，他以前笑起來酒窩會動，這個沒有動，說完妳就把自己逗笑了。妳用傘遮著墓前的香燭，燭火在風中搖動，妳一直盯著它，沒有再說話，直到它完全熄滅。

我憑著這塊記憶碎片在妳的腦海裡標記，與它相關的記憶區域都興奮起來，我大致知道了整個記憶的規模，如我所料，跨度非常大。我要求妳繼續。

妳又講了你們一起寫遺書的事情，你們經常爭論誰會先死，誰會留下來處理遺產，誰會看著對方被埋進土裡。

他在遺書裡寫要把那些發黃的舊書留給妳，如果妳眼睛還看得清楚，不如再看上一遍。妳說好啊，賣給收廢品的還能換幾天菜錢。

妳在遺書裡寫的是，等妳死了，希望他養一條狗，取一個跟妳一樣的名字，每天牽出去曬曬太陽，舔舔手心。

現在，妳的包裡，總是放著一本他留給妳的詩集，句子長長短短，錯落不齊。

妳讀不懂，卻也覺得安心。

我告訴妳可以連接記憶體了，妳點點頭。我把一根帶吸盤的電纜貼在妳的後頸窩，妳閉上眼睛，等著那股麻麻的電流傳至大腦皮層。

妳繼續講你們的故事，你們的養子提出接你們去他的城市一起生活，也好有個照應。妳原本想同意，但妳丈夫說如果走了，院子裡種的葡萄誰來照顧，一顆顆爛在架子上也怪可惜的。妳笑說想得倒挺多，自己這把老骨頭都要人扶著了，還惦記著那幾串葡萄。

他說還不是因為妳喜歡吃，又嫌外面賣的不乾淨。

妳鼻子裡哼氣，說什麼都要推到我身上，心裡想的卻是，說「喜歡吃葡萄」還是結婚前的事情，他卻記到了現在。

我試探著剝離了一些淺層記憶，並提醒妳敘述時可能會出現時空上的混亂。

妳說，他剛退休那段時間心情不好，悶在家裡哪也不想去，誰也不想見，總是埋怨自己成了大件的垃圾，只能靠吃退休金過活，這種坐吃山空的日子真是過不下去。妳提議一起出去旅遊，看看山看看水，等到兒子高考成績出來，還能出國，去東南亞吃海鮮。他不願意，說戴個紅帽子舉個小旗滿世界跑，太像牽出去耍把戲的猴子，不是被遊客笑，就是被導遊罵。

妳說那好啊，既然不肯出門，就待家裡跟我學織毛衣吧。他跟妳織了三個月，織出一雙襪子，一長一短，滿是線頭，妳批評他毫無天賦，終於把他罵出門跟老夥計們去下棋了。

現在，天氣冷的時候，妳會穿著那雙襪子睡覺，一腳蹬出床沿，也無人阻止。

我試著指出妳故事裡的錯誤，妳的養子當時已經工作十年，而不是還沒高考。妳尷尬一笑，說看來是記錯了。

我知道，記憶正在流失，一切正常。

妳又說起他工作上的一件事，因爲專案推進速度太快，和他配合的兄弟部門連續加班也趕不上，爲此到上司那裡告了一狀。上司不問青紅皂白把他叫到辦公室罵了一個小時，說他不重團結，不懂爲人，還威脅要罰錢以作警示。他回家跟妳抱怨這事，幾杯酒下肚，說來說去都是想不到幹了二十多年，配合如此默契的上下級，還抵不過別人兩句讒言。

妳正準備開導他的時候，上司的電話打了過來。妳搶過來接了，連珠炮地質問對方怎麼回事，還搞不搞得清楚誰是好員工、誰在吊車尾，大不了我家男人不幹了，以他的本事，還怕找不到下家嗎？

妳的彪悍，上司早有耳聞，賠了幾句不是並認了錯，總算還了妳丈夫清白。從那以後，公司都說他「家有虎妻」，同事們誰也不敢再招惹妳。

從頭到尾，妳都沒有提起上司的名字，以前妳好像記得很清楚。嗯，那些不重要的人，正在從妳的腦海裡消失。

妳談起你們第一次去福利院見你們養子時的情景。一群小孩坐在教室裡，你們隔窗悄悄看著他們，也猜不到哪一個會進入你們的家庭。你們各有一套挑選的標準，妳的標準是孩子必須長得像他，他的標準是孩子必須長得像妳。

他們上了一節音樂課，學著唱《排排坐，吃果果》，咿咿呀呀，聽不出唱的是普通話還是廣東話。

你們最後選了一名四歲大的小男孩，唱歌很努力，卻又很安靜，下課後既沒有跟男孩搶玩具，也沒有拽女同學的辮子。更重要的是，眼睛像他，鼻子像妳。

我問妳具體是哪一天去福利院的，這樣重要的日子，妳卻說忘記了。我在螢幕上又標注了一下，將要剝離的記憶區域漸漸成型。

妳說起你們在幼稚園外站了兩個小時的那天，看那些小朋友在老師帶領下跑來跑去，扮小雞，扮老虎，踢毽子，丟手絹，一會兒哭，一會兒笑。

他說，小孩兒眞麻煩。

妳說，是啊，還經常弄壞東西。

他說，何止？他們還會把自己也弄壞。

你們哈哈大笑，直不起腰。

笑完了，他陪妳去醫院，照著醫生的吩咐簽了字，切掉了卵巢，保住了性命。這應該算是痛苦的回憶，標記之後，我注意到只剩下邊邊角角。螢幕上，妳的大腦興奮區域越來越明顯，越來越完整，我汗濕的手握著滑鼠，等待著最後的時機。

妳說那天晚上妳和某個人喝酒喝到凌晨兩點，什麼都說，什麼都談，官場腐敗商場狡詐、天上掉了飛機、明星八卦同事犯賤、路上訛錢的老太太倒地不起……收不住，停不了。妳記得那天晚上妳無處可去，妳被房東趕了出來，因爲他要收回房子給女兒做嫁妝。

妳喝得醉醺醺的，滿嘴胡話，說結婚有什麼了不起。

陪酒的男人說，就是，大不了我們也結給他看看。

我問妳記不記得那個人是誰，妳搖頭。終於，我鎖定了全部深層記憶，所有關於他的事情都將被完整地剝離出妳的身體，一點不剩。

最後，妳說那天是一個雨天，妳站在公司樓下，沒有帶傘，眼巴巴盼著雨停。妳看著水汽濛濛之中，一個撐傘的人朝妳走過來，他笑起來臉上有酒窩，大概能緩和陌生人之間尷尬的空氣。

你們都構思著各自的開場白。

妳說到這裡，戛然而止，迷茫地問我知不知道那個走過來的人是誰。

我點頭說知道，是妳後來的丈夫。

妳問，他對我好嗎？

我笑著點頭，然後點擊了「確認」。

全部關於他的記憶，剝離殆盡，抽身而去，就像他從來沒出現過一樣。

媽媽，這是妳的故事，是我第五次講給妳聽。

爸爸去世五年來，妳每一年都要求我抽走關於他的記憶，再按日期一天天地重新移植回妳的大腦裡。

是啊，我相信，相信妳的記憶一定賣得出去，因爲唯一的購買者就是妳自己。

我明白妳這樣做的苦心和目的，妳是想和他重新認識，再經歷一次你們之間的感情，讓你們之間的故事無限輪迴下去。

可是，妳最後還是要接受他已經不在的現實，所以，即使沒有回應，我也要繼續請求妳，不要再有下一次。

就讓那些回憶，甜蜜也好，平淡也好，一直陪伴著妳。

妳說好嗎？

韓小姐的減肥手術

「別再送水果來了，我不喜歡你了。」韓小姐在給前男友的語音留言裡道：「不知道以前為什麼會看上你，明明那麼噁心卑鄙的一個人……」

桌上放著一根香蕉，淡黃外皮，稀疏黑點，熟透的樣子。

這是韓小姐最喜歡吃的水果，高熱量，高糖分，聞起來香，吃起來胖。

她拿起來，剝開皮，試著咬了一口。

是酸的。

像酸葡萄，像小時候吃過的那種最酸的葡萄。

韓小姐將香蕉扔在桌上，捂著嘴往衛生間跑去，掀開馬桶，痛快地嘔吐起來。

眼前狼藉，腹中疼痛，但臉上卻擠出了笑意，韓小姐知道，手術成功了。

一周前。

醫生姓蔣，這是韓小姐到醫院前瞭解到的唯一資訊，她做好了被當成瘋子趕出來的準備，壓低聲音問掛號處，是不是有一個姓蔣的怪人在這裡出診？護士扶著眼鏡看了她一眼，順口問了一句看什麼病？

韓小姐按著網上查來的辦法，回答說失憶症。

「四樓，出電梯左拐到頭。」單子上寫著醫生的名字，蔣牧山，科室是「其他科」。

大概是很少有人來的緣故，雖然距離電梯只有二十幾米遠，但是這個科室還是顯得冷清。韓小姐敲門，聽見有人說了聲「請進」。韓小姐走進去，一位中年男子坐在桌旁，桌上擺著一頂魔術師常戴的那種帽子，他的手裡，正拎著一對兔耳朵。

「請問是……」韓小姐覺得，如果錯走到了獸醫科，也算是爲今年的楣運增添了一個小笑話，「蔣醫生嗎？」

中年男子把兔子拎出來，放回桌腳的籠子裡，再把帽子搭回架子上，然後才答，「對，我是，妳是來問診的？」

韓小姐暗自琢磨這人的長相與網上流傳出的印象大相徑庭，按那些現身說法的病友所言，蔣醫生不僅體貼入微，而且睿智博學，舉手投足都讓人想到西洋的紳士、東洋的大師。但此刻面前這位，怎麼看都只是個落魄的魔術學徒——那一臉的胡渣子，醫院都不管嗎？

「嗯，我聽說您醫術很高明。」

「高明是相對而言的，得看是什麼病。說吧，怎麼回事？」

韓小姐的手指情不自禁摳著手包上的搭扣，發出啪嗒啪嗒的聲響，「我上個月跟我男朋友分手了，我們談了五年，這是我們第四次鬧分手，前幾次……」

「停！」蔣醫生拿起遙控器，關掉空調，對於三十九攝氏度高溫的今天來說，這個舉動並不友好，「我不是心理醫生，感情方面的東西我不懂，也沒興趣聽。」

「醫生，你聽一下嘛，關係很大的。」

蔣醫生翻了個白眼，「那妳三句話說完。」

「那怎麼可能？」

「還有兩句。」

「每次分手，男朋友……前男友就買水果來哄我，要跟我復合，他很懂我，總能買到最對我口味的，我又想起他以前的各種好，捨不得他，吃了幾個就會答應他了。幾次這麼下來，他越來越不把我當回事，覺得我是幾個水果就能打發的女人，偏偏我的嘴巴又不爭氣，越吃越沒骨氣不算，還越吃越胖！」

蔣醫生伸了個懶腰，「減肥的話，有專門的整形醫院，醫院有規定，我不能給妳推薦別的醫院，但是我可以給妳推薦健身房。」他拉開左手邊的抽屜，「我這有張還剩半年的健身卡，半價轉讓給妳，妳看怎麼樣……」

「醫生！我是認眞的！要是別的辦法管用，我也不會來找你了！我就是聽說你很厲害，才想讓你幫幫我。我覺得：第一，我要有骨氣，要能拒絕他和他的水果；第二，我要瘦一圈，瘦給他看。你看我這只鐲子。」韓小姐舉起右手晃動，「戴著都不晃了，哎呀，不晃了，以前它可是上下晃的，眞的，上下晃。」

「我就這麼趕妳出去也不行，考核要計時，唉，眞扯淡。既然妳問診的是感情問題，我就給妳背點心靈雞湯吧。」蔣醫生不顧韓小姐尷尬的表情，望著天花板，自顧自地念叨起來，「這個世界上，最浪費時間的，莫過於糾纏於感情，更浪費時間的，莫過於糾纏於上一段感情。如果不從陰影裡走出來，如何讓未來的摯愛看到陽光下的妳？不管星座不合還是緣分已盡，都不過是別人對妳長相的誠懇評價。好看的人迎風而立，不好看的人只能學豬，對著風口，看能不能飛起來？飛得起來還好，飛不起來摔地上，摔得更醜。發生這樣的事情，大家都不想的。但是下周我就退休了，查完這次的案子，我就會去加拿大跟女兒生活……」

「別背台詞啦……醫生……」韓小姐趴在桌子上，聲音有氣無力，「我只是想對抗自己的弱點，想減肥，你就成全我吧，你肯定有辦法的。」

蔣醫生停頓了一會兒，「辦法確實有一個，但是可能比較殘忍。」

「快說！」韓小姐坐直身子，兩眼放光，「能比他玩弄我的感情更殘忍嗎？」

「妳說妳抗拒不了那些水果，妳有沒有想過是爲什麼？」

韓小姐深吸了一口氣，「啊……是因爲水果含糖量高，長得又好看，還是健康食物，吃起來沒有負擔，所以就吃得多，是這樣嗎？」

蔣醫生從櫃子裡拿出一個蘋果放在桌上，「是因爲妳喜歡它的味道。」

「醫生，你是用心在跟我講話嗎？」

「妳看見這只蘋果，妳的大腦就會調動蘋果味道的記憶，妳拿起來嘗一口。」

蔣醫生把蘋果遞到韓小姐嘴邊，她輕輕咬了一口，「什麼味道？」

「怎麼說？蘋果味？」

「對，就是蘋果味，這個味道是妳的大腦告訴妳的，而妳的大腦，它的判斷依據是妳第一次吃蘋果的時候保存下來的味覺記憶。所以，在那之後，凡是能與這份味覺記憶匹配的味道，都被稱爲蘋果味。對妳來說，妳喜歡的不是蘋果，而是蘋果的這種味道。」

「醫生，好複雜，聽不太懂。」

「有沒有什麼食物是妳很不喜歡的？」

韓小姐想了想說：「我不喜歡吃蘑菇，總覺得味道怪怪的。」

「那麼……」蔣醫生一手拿蘋果，一手指著韓小姐的腦門，「如果我們透過腦部手術，把妳以前保存的蘋果味道的記憶破壞掉，再用蘑菇味道替換它，會發生什麼呢？」

韓小姐凝神望著那只被自己咬了一口的蘋果，略一沉思，「我會認爲，這只蘋果是蘑菇味的……」

「不，不止。」蔣醫生笑笑，「妳會完全忘記蘋果的味道，對妳來說，蘋果本來就是蘑菇的味道，從此，妳會非常厭惡蘋果，再也不想吃了。蘋果只是個例子，我們還可以破壞其他任何水果的記憶，只要是妳喜歡的，認爲吃了會讓妳長胖的，都可以，妳最喜歡的水果是什麼？」

「香蕉！前男友每次惹我生氣，都會買很多香蕉來哄我，這次我也是等了很久，等了一個月都沒有等到他的香蕉……唉，我眞是賤……」

「我們還是說香蕉吧，我把香蕉的味道替換成別的，比如芹菜，芹菜味的香蕉，噁心嗎？妳還吃得下去嗎？」

「醫生，你好殘忍……」

「妳也覺得殘忍了是吧！這種方法，註定妳這輩子就徹底告別水果了，妳以前吃過的美味，都會永遠消失，妳至多還記得吃過這種水果，但是爲什麼吃它，它原本的味道是什麼樣，妳今生今世都不會再明白。擺一個西瓜在妳面前，妳只會當場嘔吐，因爲我把它的味覺記憶改成了發餿的白水泡飯。妳不用再努力抗拒水果的誘惑，因爲，妳對它根本就沒有了興趣。」

「所以，我這輩子都不會再吃水果了？」

「對的，這個方法標本兼治，而且保證永不反彈，除非……」蔣醫生把紙筆擱到韓小姐面前，「有一天，妳喜歡上了肥腸味的草莓。」

「呃……聽起來就好變態。」

「妳考慮一下吧，要是考慮清楚了，就把喜歡的寫下來，不喜歡的也寫下來，我再來安排手術。」蔣醫生兩手抱著腦後，「這是個改變口味的大手術呢……」

所以，現在，面對前男友送來的水果，韓小姐再無一丁點興趣。那些五顏六色的形狀，新鮮欲滴的模樣，只是看了一眼，便聯想到它們令人作嘔的味道，眉毛緊皺，胃中翻湧，甚至連帶它們的主人也覺得可憎。

次次都是這樣，次次都想要同樣的結果，毫不費力。

「哪有那麼好的事？」她憤恨地想。

「別再送水果來了，我不喜歡你了。」韓小姐在給前男友的語音留言裡道：「而且，我也不知道以前爲什麼會看上你，明明那麼噁心卑鄙的一個人，眞不懂有什麼好。」

「抱歉，我的口味變了。」韓小姐自信地說。

公主，惡龍，還有勇者

殺進龍穴，沒見到綠龍亞格拉斯，看到被大石頭堵住的洞穴，裡面躺著一個衣服破爛的肥胖女人，對照畫像，不是公主。向下一個龍穴，前進！

勇者：

我被關在這個洞穴裡十五天了，也可能是十六天，我也記不太清楚。

還好身上帶了紙筆，可以給你寫信。

我知道不可能把信寄出去——這裡連個活人都沒有，怎麼寄啊？但我還是想寫信給你，哪怕當遺書也好。

這個地方很潮濕，內壁摸起來滑滑的，頭頂有一道裂縫，白天會有光線照進來，但是到了晚上就黑漆漆一片，什麼也看不見。我不敢四處走動，生怕碰到什麼可怕的怪物，只能蹲在角落裡。

我的衣服都髒了，這裡也沒法洗澡，渾身臭得要死，內衣貼在皮膚上，好難受。

你快來救我呀，我好害怕。

吻你。

公主

勇者的日記　七月十五日　雨

今天雨大，不適合出征，但國王很著急，公主已失蹤十五天，他許諾誰能救公主回來，就把她許配給他。

畫像上她端莊美麗，一看就是要做一位勇者的妻子。

還聽說，公主被迷霧森林的綠龍亞格拉斯擄去，這綠龍生性邪惡，手下有一批爲他效命的怪獸，一直都是王國大患。

我要親手砍下亞格拉斯的首級，把公主帶回城堡，讓吟遊詩人都歌頌我的功績！前進！

勇者：

你知道嗎，剛剛嚇死我了！

我看到那頭抓我來這兒的龍了，牠就在洞穴上面！透光的裂縫突然就被遮住，開始我還沒看出來那個大紅寶石一樣的東西是什麼，想了半天才想到，哎呀，那是龍的眼睛！牠正在盯著我看！

好可怕好可怕！竟然有那麼大那麼紅的眼睛！好像就要滴下血來一樣。

牠看了一會兒就走了，牠是不是要吃了我啊？你怎麼還不來！

公主

勇者的日記　七月二十日　大風

今天進了迷霧森林，有風，很吵。

遇見亞格拉斯的爪牙——九頭神牛，照著數數的順序砍下牠的九個頭，一個頭、兩個頭、三個頭、四個頭……牠的血很多，噴了我一身。

身上有血腥氣，這才是勇者的味道。

前進！

勇者：

我吃肉了，啊，我居然吃肉了！天啊，以前我都是只吃蛋糕和水果的！可是，可是這裡什麼也沒有，包裡的餅乾都壞了，我能怎麼辦呢？

原來關我的地方也是有門的，是一塊大石頭，你要是來救我的話，把它推開就行了。那頭龍剛剛就是這麼做的，牠扔了一大塊肉進來，然後又把石頭堵上了，那麼大一道門，我竟然只看得到牠的一隻腳！

肉好難吃，而且好像根本沒熟！我要吃藍莓水晶蛋糕！

公主

勇者的日記　七月二十六日　晴

迷路。

被一群巨狼圍攻，殺死三匹，剝皮，打算帶回去給公主做大衣。西南邊的山裡有黑氣，龍穴應該是在那邊。

前進！

勇者：

我臉上肯定都是血！那條笨龍，給我送吃的為什麼都不烤熟？血也不放！血腥得我好想吐，可是吐出來又會餓，氣人！

啊！肉上還有毛！怎麼剝的皮？難道洗都不洗嗎？

公主

勇者的日記　七月三十一日　晴

造了木筏，順河而下，遇到虎齒食人魚，比書上畫的大，找準機會，一劍一個，全部砍成兩截。

我的劍，王國第一鋒利。

前進！

勇者：

好無聊，我好像也只能在信裡寫寫每天吃什麼了。

今天的肉挺軟挺滑，不知道是不是烤過，聽說龍可以噴火，肯定能烤的。

肉裡有刺！

公主

勇者的日記　八月四日　陰

到龍穴山腳。

有四頭銀背大野豬看守，我左手拿盾，右手握劍，各個擊破，把牠們都殺了。

有一頭豬的獠牙頂進了我的鎧甲裡，我把它掰斷了。

我天生神力。

前進！

勇者：

你到哪兒了呀，我覺得我的力氣都快用完了，每天躺在地上都不想起來。

今天吃的好像是豬頭，我以前在城堡裡往外看的時候，見過豬的樣子。不過，我也不敢肯定，因為這個豬頭嘴裡有好長的牙齒，好可怕。

但是味道還挺不錯的，原來肉這麼好吃呀！

公主

勇者的日記　八月七日　雨

殺進龍穴，沒見到綠龍亞格拉斯，看到被大石頭堵住的洞穴，有被多次推開的痕跡。我懷疑有問題，推開大石頭，看到裡面躺著一個衣服破爛的肥胖女人，對照畫像，不是公主。

原來不是這裡。

向下一個龍穴，前進！

黑龍納里安：

我上月抓來一個人類公主，但這實在算不上好事。

因為自從她住到我的洞裡，我養在森林裡的牲畜就不斷死去。牛也好，豬也好，鹿也好，麒麟也好，甚至連魚都被人殺得精光，這些原本都是為我們下次聚會準備的食材，如今提前都被殺掉了。我又沒有辦法保存，只好把牠們弄回來都吃了，我自己吃不完，索性切了很多給那個人類公主吃。

她開始還不肯吃，到後來估計是餓得太厲害，竟然吃得和我一樣多，半天就能吃完，我們以前都低估了人類的能力。

如今，她比剛來時不知胖了多少，長得圓滾滾、肉乎乎的，很是可愛，你要不要來看看？我恭候您的大駕。

綠龍亞格拉斯

奈隆往事：戒指

青霜眼裡噙滿淚水，「我想把戒指還給你，監獄裡到處都是小偷和強盜，我不再需要它了。」她丈夫愣愣地接住，定定地看著它在自己手心發光。

在遙遠的南太平洋，有一個叫奈隆的國家，由於對婚姻的不同理解，這裡的人們分成了兩派：一派將婚姻視爲最高眞義，認爲如果不結婚，人生就不完整；一派將婚姻看作人生大敵，是禁錮自由的元兇。

隨著這種思想上的矛盾日漸激化，奈隆分裂成了兩個國家。西邊的人們擁護婚姻，嚮往夫妻組建的和睦家庭，叫作西奈隆；東邊的人們奉行獨身，安逸於自由地獨享人生，叫作東奈隆。

下面的故事就發生在這裡，是一個關於「間諜」的故事。

在接到南城區法院的指派之前，承敏只是一個離婚律師——是個在西奈隆很吃香的行當。所以，得知自己即將爲青霜辯護的時候，他的震驚程度並不比那些大呼小叫的媒體低多少。

青霜是「青霜案」的女主角。按照起訴書的說法，她是來自東奈隆的間諜，是滲透進西奈隆散播「獨身主義」罪惡思想的異端分子，陰謀顚覆西奈隆美好溫馨的婚姻制度。

美好？溫馨？作爲每天忙得要死的離婚律師，承敏對這兩個形容詞都有些看法。

但不管怎樣，法院的指派是不能拒絕的——如果還想在西奈隆的法律界混的話，這也是常事。

每個律師的職業生涯裡總會接到幾次這樣的活，那些棘手的案子，身份敏感的被告人，總得有個冤大頭出來爲他們辯護，爲他們裝模作樣地說幾句最後的陳詞。不然，如何向世界表明，只有我們西奈隆才繼承了奈隆的自由與法治？

還沒與被告接觸，法院方面就派人來跟承敏通氣，他們說這是牽扯到國家安全的案子，而且還涉及到與東奈隆的鬥爭問題，不能按「常規」辦事，不要爲難檢方，更不要爲難法官，走個形式就行了。計劃是一天審完，當庭宣判，刑期預計是十年，媒體已經把稿子寫好了。

畢竟在圈子裡摸爬滾打十幾年，對這樣扯淡的事情，承敏也早有耳聞，對外要有個冠冕堂皇的交代，對內要有個義正詞嚴的說法，而辯護律師就是這齣戲裡最重要的演員。演員嘛，不過是導演和編劇的道具，讓脫就脫，讓死就死。

當然，要是碰到不聽話的演員，情況就大不一樣了。不巧的是，承敏就是個不怎麼好的演員，他不但喜歡改詞，還喜歡搶戲。

承敏與青霜隔著玻璃牆聊了很久，大致弄明白了案情。

青霜是東奈隆人，丈夫是西奈隆人，兩人是在國外留學的時候認識的。五年前他們在西奈隆結婚定居，東奈隆作為反對婚姻的國家，自然無法接受這種行為，所以自那以後，青霜再也沒有回過自己的國家。

三個月前，東奈隆安全機要處副處長叛逃到西奈隆——據說是為了跟女朋友結婚。根據他提供的情報，西奈隆破獲了東奈隆精心佈置了十年之久的情報網，一下抓了三十幾個間諜，其中一個人是青霜的高中同學，青霜在西奈隆生活的這五年裡，經常與她一起逛街吃飯。

所以，安全部門認定青霜也是間諜之一，雖然情報上並沒有她的名字。

「我不是間諜，律師。」青霜帶著哭腔說：「我愛我的丈夫，他也愛我，我嚮往婚姻生活，只想和愛人過小日子，顛覆婚姻制度這種事情，我從來沒有想過。救救我，律師！」

「我會盡力的。」承敏對著話筒說，雖然他心裡並沒有多少底氣。

開庭的那天，很多媒體到場，不只是西奈隆的媒體，還有其他國家的記者。

承敏認為這是個機會，必須搶先殺殺檢方的威風，所以青霜剛在被告席上坐下，他就站了起來，「法官大人，我反對！」

法官推了推眼鏡，難以置信地望著這位年輕的離婚律師，「檢方什麼都還沒說，你反對什麼？」

「我的當事人與她丈夫的婚姻關係並未解除，他們的婚姻受到法律保護，我反對檢方調查期間沒收我當事人結婚戒指的行爲，我要求檢方現在就歸還。」

法官拿過手邊的卷宗翻了一下，然後對檢方說：「被告確實沒有離婚，你們提交的證物清單裡也沒有結婚戒指一項，所以我命令你們將戒指還給被告。」

檢方來了三個人，衣冠楚楚，交頭接耳了一陣之後，有一個就跑了出去。

不一會兒他又回來了，將一個小盒子交給工作人員，最後轉交到了青霜手裡。是一枚戒指，青霜朝著承敏的方向鞠了一躬，然後將戒指戴上。

承敏注意到後排的記者正在對著青霜拍照，相信他們會給她的無名指一個特寫。

贏了第一局，他暗暗想。

檢方第一輪提問，檢察官是個大鬍子，走到青霜面前，俯視著她，「被告，根據調查，妳是五年前定居在西奈隆的，是不是？」

「是……」青霜回答得很小心。

「妳認爲經過五年之後，妳是一名合格的西奈隆公民嗎？」

「我認爲我是。」

檢察官滿意地嗯了一聲，「在這五年裡，妳一共與代號為『拖鞋』的間諜見面二七九次，是不是？」

「具體次數我不記得了。」

「那我換個問法，妳們平均每週見一次，是不是？」

「我在西奈隆沒有別的朋友，只有她……」

「回答我是還是不是。」

青霜點點頭，「是。」

「既然妳們保持如此高頻率的見面次數，妳知不知道她是間諜？」

「不知道。」

檢察官輕蔑地一笑，「一點都沒懷疑過？」

「沒有。」

「妳這位朋友三十五歲了仍然沒有結婚，這在西奈隆有多罕見自然不需要我來說明，妳卻說你一點都沒懷疑過？」

「我不認為三十五歲不結婚有什麼了不起。」

「妳剛剛說妳是合格的西奈隆公民，看來妳說謊了！我告訴妳，任何一個西奈隆公民，知道有人三十五歲還沒有結婚的話，都會報警！」

承敏意識到這是一個反擊機會，「法官先生，我反對！西奈隆憲法並未強制規定公民的結婚年齡，三十五歲不結婚並不觸犯法律，檢方的說法有侮辱晚婚人士的嫌疑！」

法官點點頭，「反對有效。請檢方注意言詞。」

檢察官清了清嗓子，問道：「被告，妳與代號為『拖鞋』的間諜的聊天話題有哪些？」

「鞋子、包包、電視劇、打折商品、極品上司，閨密之間聊的我們都聊。」

「有沒有涉及婚姻制度的話題？」

「沒有。」

「真的沒有？」

「真的沒有。」

檢察官瀟灑地轉身，風衣翻起衣角，大概他覺得這個動作很帥。

「法官先生，我請求播放我們提交的一號證物。」

「同意請求。」

一號證物是一個錄音檔，是兩個人在對話，承敏聽出來一個是青霜，另一個應該就是那個間諜。

青霜：「妳昨天看《生死兒媳》沒有？」

間諜：「沒有，昨天很早就睡了，最近加班累得要死。」

青霜：「哎呀，大結局啦，妳居然不看？那個婆婆終於被兒媳弄死了！」

間諜：「弄死了？編劇不是花了三集把婆婆洗白了嗎？怎麼又死了？」

青霜：「洗白了頂屁用啊？她還不是非要兒媳改嫁，還說什麼我兒子死得早，委屈妳啦，現在妳我情同母女，既然妳是孤兒，我就給妳當娘家人，給妳說個好婆家。她哇啦哇啦說了大半集，到最後兒媳受不了她，就把她殺了。」

間諜：「為什麼呀？她說得不挺好的嗎？」

青霜：「哈哈，妳呀，跟她一樣，根本就沒弄清問題的關鍵所在……」

間諜：「哇！妳看那邊！看那個包，三折啦！我上半年就瞄上了，快，我要出手！」

錄音到此結束。

「問題的關鍵所在。」檢察官學著青霜的口氣重複道：「被告就是在暗示我國的婚姻制度，暗示婚姻制度是導致殺人案發生的罪魁禍首。如此反動的觀點，被告竟然說她們從來沒有談過涉及婚姻制度的話題。」

「我沒有！」青霜大聲反駁，「我沒有暗示什麼！」

「那請問妳所指的關鍵所在是什麼呢？」

青霜退縮了一下，「我……我忘記了。」

「是忘記了，還是不敢說？」檢察官對著旁聽席上的人們喊道：「任何攻擊婚姻制度的行爲都被視爲叛國，沒有人可以例外，等待妳的將是婚姻法的制裁！」

「反對！」承敏站了起來，「檢方威脅我的當事人！」

「反對無效。」

休庭的時候，承敏坐在法庭後院的台階上，抽著煙。

檢察官走了過來，向他借了火，深吸一口，「你贏不了的。」

「我知道。」

「那又何必？你明知這是一宗政治官司，劇本早就寫好了，所有人都是演員。」

承敏掐滅煙頭——好像有人曾經勸過他戒煙。

「既然是演戲，想多點人來看的話，總得有個反派才好看嘛，你說是不是？」

等那個人在證人席的位子上坐好，承敏走到他面前，「證人，你好，請告訴大家你的身份。」

「我是電視劇《生死婆媳》的編劇。」

「由於這部電視劇的劇情成爲了本案的關鍵證物，所以請你向大家表述一下，這部電視劇到底試圖表現什麼？」

編劇朝旁聽席望了望，看上去有點緊張，「這部劇，嗯，就是講一個奈隆島土著女人，嫁到了一個新移民家庭，我們開始想透過她和丈夫一家人的語言啊、習俗啊上的矛盾，反映這個……這個族群矛盾。拍了十幾集之後呢，我聽說NTV開播了一部新劇，也是講族群矛盾的，很受歡迎，所以就不想跟他們撞了，臨時改戲，給戲裡的丈夫加了很多內容，講他們兩個戀愛的故事，三角戀啊、異地戀啊，什麼都有，想弄一個愛情偶像劇。我們那個男主角還是挺帥的，他以前參加那個……哪個台來著，反正是個選秀節目，當時只穿了條內褲……」

「反對！辯方證人在說跟本案無關的內容，浪費庭上時間。」檢察官實在忍不住了。

法官睜大眼睛，晃晃腦袋，「證人，請你說話簡短一些。」

「好的好的，法官大人。反正還剩最後五集的時候，我們那個收視率掉得很難看，台長就說必須想個辦法，我本來打算大團圓結局的，兒媳爲婆婆養老送終，觀眾都留言說很久沒看過這麼溫馨的劇了。但是，爲了收視率，我只好再次改戲，我藏了一條暗線……」

「什麼樣的暗線？」承敏大聲問，以提醒那些打瞌睡的人。

「就是新移民來到奈隆的時候，殺了很多土著，這個婆婆也殺過，她殺的就是兒媳的父母，所以兒媳才是個孤兒。我還是用了很多暗示的，兒媳嫁到這家來其實是爲了復仇。」

「所以，殺人動機跟逼她再婚並沒有關係？」

「沒有關係，她本來就打算殺她婆婆，我們到最後還是想反映族群矛盾，能把主題說回來，我覺得我還是蠻厲害的。」

承敏指著編劇說道：「法官大人，您聽到了，編劇自己都說這部劇跟婚姻制度並無關聯，我相信世界上沒有人比他更有解釋權。所以，我認爲，檢方所謂的我的當事人借電視劇攻擊婚姻制度的論點站不住腳。」

旁聽席上有了稀稀拉拉的掌聲，承敏認爲自己又贏了一局。

檢察官要求再次向被告提問。

「被告，妳愛妳的丈夫嗎？」

「我愛他。」青霜沒有遲疑。

「他愛妳嗎？」

「他當然愛我。」她回答得仍然很堅定。

承敏明白這種把戲，西奈隆的大部分官司都可以這樣玩，把所有的問題都引向婚姻，因爲這個國家的人們相信，對婚姻誠實的人一定誠實。同理，在婚姻上說謊的人不僅不值得信任，甚至整個人格都會被唾棄。毫不誇張地說，婚姻就是評價一個人品質的最具參考性的標準。

於是，檢察官又問道：「所以，妳認爲你們的婚姻是建立在互相深愛的基礎之上的，我可以這樣理解嗎？」

「可以。」

檢察官轉身對法官說道：「法官大人，我申請一位關鍵證人出庭。」

「批准。」

那個證人確實很關鍵，他一走進來，青霜的右手就按著自己的左臂，不住地搓動。承敏知道她很緊張，或者說畏懼。

檢察官的風衣在陽光照射下被映成了淡綠色，他的硬底皮鞋踩在地板上，發出明亮的聲響，「證人，請告訴法庭，你與被告人的關係。」

「我是她的丈夫。」證人的話一出口，旁聽席上就發出一陣嗡嗡聲。

承敏有了不祥的預感，離婚律師出身的他很清楚，只要夫妻雙方同時出現在法庭上，就不會有好事發生。

「你跟她是怎麼認識的？」

「我在德國留學的時候，她加入了我所在的社團，經常跟我們一起活動。」

「你們是誰主動追求對方的？」

情況不妙，情況非常不妙，承敏的腿神經質地抖動起來。

證人朝被告的方向看了看，「她主動追求我的。」

「那麼……」檢察官似乎是不經意地瞥了承敏一眼，「我是否可以理解爲，從東奈隆來的被告多年以前就主動地接近了來自西奈隆的你……」

「反對！」承敏急不可待地站了起來，將桌子撞得砰的一聲響，「檢方在對證人進行誘導式提問！」

「反對有效。檢方請注意語言。」

檢察官笑了笑，「那好，我再問你，你們結婚之後，你有沒有發覺你的妻子有什麼不同尋常的地方？」

「有的。」

他的聲音很小，卻引起軒然大波，後排的記者敲擊鍵盤的聲音猛然激烈起來。

「比如？」

「我的妻子她……」證人遲疑了一下，「她婚後從未履行妻子的義務。」

青霜臉上一紅，「你說謊！」她試圖站起來，但是被法警按住了。

檢察官一臉得意，「也就是說，你們的婚姻關係只是表面上的，對於你們兩個人來說，只有互相稱謂上的變化，並沒有夫妻關係的實質，是嗎？」

「是的。」

旁聽的人們已經開始對青霜指指點點，承敏覺得勝利的天平已經開始大幅度地傾斜了。在這個國家，任何藐視婚姻，把婚姻當兒戲的行爲都會受到來自道德和法律的雙重審判。

「有想過原因是什麼嗎？」

「我問過她，她說，因爲如果不跟我結婚，就不能到西奈隆來，她需要妻子這個身份，以免跟周圍的人不一樣。她說如果不嫁人，會被人問來問去，很麻煩。」

「不是這樣的！他說謊！法官大人！他說謊！」青霜哭喊。

「她需要妻子這個身份。」檢察官大聲地重複，「什麼樣的人才需要一個身份？

換句話說，什麼樣的人會害怕別人知道她的眞實身份？那就是，有秘密的人！見不得光的人！」

承敏覺得自己有必要做些什麼，即便這是一場無法改變結局的官司，他也不希望自己是被謊言和詭計擊敗的，「反對！檢方在對我的當事人進行有罪推定！」

「反對無效！請檢方繼續。」法官終於露出了他的眞面目。

「每一年，成千上萬的西奈隆人，懷著愛與傳頌走進婚姻的殿堂，讓我們相信這個世界仍然可以被秩序和依賴維護。但是，同一時刻，在界河另一邊，還有成千上萬的異端分子，他們仇視婚姻制度，打著自由與天性的旗號，過著腐朽而糜爛的獨身生活。不止於此，他們甚至妄圖顚覆我們的婚姻制度，向我們輸出他們所謂的先進價値觀，就是這樣的人……」檢察官一步步向青霜逼近，「就是這些獨身主義分子，他們混進我們的社會，用他們骯髒的軀體和虛僞的語言，玷污我們神聖的婚姻制度，婚姻只是他們隱藏身份的工具，爲的是散播他們病態的獨身主義。如果這樣的人還不是間諜，那麼，什麼樣的人才是間諜？」

瘋了，都瘋了，承敏望著眼前的一切，這拙劣的演講，竟然不被阻止，這還是法庭嗎？還是嚴肅的審判現場嗎？

檢察官最後說道：「妳以爲你們追求獨身是因爲懂得自由？不是的，那只是因為你們畏懼承諾和責任！」

青霜眼裡噙滿淚水，但是一滴都沒有再流下來，等檢察官說完之後，她佝僂著腰，緩緩地說：「我認罪。」

「不！」承敏幾乎要衝過去，為什麼要在這個時候前功盡棄？為什麼要向以暴力壓迫平民的政治機器低頭？

「我認罪！」她又說了一遍，朝著仍坐在證人席上的丈夫說：「我為相信你描述的美好未來認罪，我為付出眞心願與你白頭偕老認罪。」她摘下了手指上的戒指，「我為此刻仍然愛著你認罪。」

庭上很安靜，沒有人說話。

「所以，我想把戒指還給你，監獄裡到處都是小偷和強盜，我不再需要它了。」她將戒指交給法警。法警轉遞到她丈夫手裡，後者木愣愣地接住，定定地看著它在自己手心發光。

與計劃一樣，青霜以間諜罪和陰謀顚覆婚姻制度罪被判刑十年，同時生效的，還有她與丈夫的離婚協定。

「到頭來，我還是打了一場離婚官司。」承敏懊喪地想。

東奈隆，某個不知確切位置的房間。

兩個人在對話。

「局長，結果出來了。」

「怎麼樣？」

「戒指熔化之後，裡面確實有一枚納米晶片，我們提取了裡面的資訊。」

「收穫很大吧？」

「沒錯，在西奈隆的情報網此前收集的所有情報都保存在裡面，憑藉這些資訊，我們可以立即著手重建我們的情報網，與那些失去聯繫的同志重新接上線。」

「很好。青霜被西奈隆控制之後，一直沒有機會將戒指送出來，多虧了那場官司，我們的同志才能接近她。」

「她犧牲了自己。」

「是的，但我們不會讓她白白犧牲。」

不准笑

一笑出來，我又瞬移了。所以，大哥，你現在能明白我為什麼一絲不掛地吊在你家窗台外邊了吧？我對天發誓，我跟你老婆真沒關係！

我爸爸從小就跟我講，淚點低，不可恥；笑點低，才可恥。

他對我講這話是有原因的，因爲我自小就得了一種治不好的病，只要發笑，我就會瞬間移動，移多遠，移到哪兒，全不受控制。

這病最早是在我五歲的時候發作的。

那天，我在奶奶家的壩子上玩得正開心，突然看見，豬圈裡的豬不知是中午吃太多消化不良還是怎樣，竟然從圈裡跳了出來。牠剛跑到壩子中央，家裡那條看門狗，大概是中午吃太少心情不好，也可能出於忠誠於主人的本能，猛地衝過去在豬的屁股上狠狠地咬了一口。

肥豬吃痛，居然吭嗤吭嗤地又逃回圈裡去了。

我頭一次見到這種奇景，開懷大笑，不能自已，等到睜開雙眼，發現自己正坐在屋頂上，瓦片在我屁股下咯吱作響。

從那之後，這病就一發而不可收拾。不管是看到電視上的喜劇節目，還是聽到周圍的人講笑話，只要我一發笑，就會突然瞬間移動，而且隨著年齡的增長，我移動的距離越來越遠。

爲了防止我移動得太遠沒法回來，爸爸要求我隨身帶著信用卡和現金；又爲了防止萬一哪天熟練度提高，技能升級，瞬移到了地底下，所以我還隨身背著包，包裡裝著各種求生工具，電鋸、軍用鏟、開山斧、衝擊鑽、照明手電筒……一個都不少。好在，這種情況目前還沒有發生過。

剛開始我還挺享受這種神技，就當是隨機旅行了。鄉縣、省會、首都，我都靠瞬移去過。

最爽的一次是航天局發射載人飛船，爲什麼那次他們臨發射前一分鐘宣佈推遲了？就是因爲我瞬移進了太空艙。

但後來，我就覺得累人了，回家要花錢這就不說了，關鍵是我沒法控制我出現的時機和地點，這讓我很困擾。

穿冬裝瞬移到夏天的三亞這算輕鬆的，瞬移到女生浴室也只是聽起來美好，我還瞬移到動物園的虎山過！

當時，老虎離我就一米遠，關鍵是，想瞬間逃離就必須逼自己眞心實意地笑出來，你根本不知道那樣子得有多傻。

最近的一次就是我在澡堂搓澡的時候，剛脫得精光，一個大胖子就踩到自己的肥皂，滑到中間的大池子裡去了，速度那叫一個快，那叫一個順暢。

我沒忍住，跟著其他裸男一起笑了個昏天黑地。

一笑出來，好吧，我又瞬移了。

所以，大哥，你現在能明白我爲什麼一絲不掛地吊在你家窗台外邊了吧？我對天發誓，我跟你老婆眞沒關係！

大哥，你先放我進去成嗎？我的臉都凍抽筋了。

男朋友典當行

郁博仁一段時間後才領悟到，這是她確認戀人是否還存在的方式，想要時刻提醒她自己，這個用當票贖回來的男朋友並不是一場夢幻。這種被愛的感覺彌足珍貴。

對於女人來說，前男友這種生物，就像是埋在地裡的屍骸，有的時候她們會在上面踩上幾腳，生怕他鑽出來嚇人；有的時候她們又在上面插幾炷香，盼望有鬼魂出來顯靈。

——《廢城生命集團人際交往分部員工手冊》第二頁

法則一：禁止暗示客戶故意「死當」

掛斷電話之後，程書寒躺在床上哭了起來，眼淚從眼角流出，滑過太陽穴，沿著髮際蜿蜒至耳邊，然後分成兩行，一行淌到脖子上冰涼刺骨，另一行滴落在床單上，淚痕點點。臨到最後的拒絕，她沒有想到，那個人竟然完全不顧及感情，只談論所謂的商業價值。

同一時刻，只有一牆之隔的廚房裡……

這把菜刀雖然是從朋友的店裡買的，但還是花了三百元，切起來也沒有廠家宣稱的那樣鋒利，所以心裡還是有點懊悔居然又上了熟人的當。懷著這樣的心情，阿隆手腕每一次抬起都感到格外吃力，刀刃與食材的摩擦聲噗嗤噗嗤，也毫無節奏感可言。

程書寒坐起來，望著牆上的海報出神。那是一張去年某個名作家簽名售書的海報，她也去了現場，除了像普通書迷一樣表達了仰慕之情外，她還跟對方約定了賭局：一年之內，我也會成為你這樣的人。

名作家腦子裡塞滿了角色、橋段以及樂於獻身的女文青，自然不太可能記得住一個狂妄後輩的話，但是程書寒卻是認真的，所以海報上還掛了一個倒計時牌，時刻提醒著賭局的存在和時間的流逝。

此刻，距離賭局結束還剩三天。

卻偏偏在最後的關鍵環節出了問題，明明已經看得到對面的風景了，面前竟突然橫亙出一條巨大的裂縫。

她站起來，倚著牆，慢慢地走到廚房門口，探出頭，看著男朋友阿隆背對自己站在操作台前，手腕上下擺動。

「喂！」她叫了一聲。

阿隆轉過頭來，嘴上帶笑，臉上帶淚。

「又切洋蔥？」

「親子丼當然需要很多洋蔥啦，餓壞妳了吧？半個小時內就讓妳吃上！」

程書寒斜睨著眼睛，他沒發現我剛剛在哭嗎？總是這樣，煮飯、燒菜、煲湯，老是以為做一些好吃的料理就可以滿足我、撫慰我。程書寒小聲歎口氣，要不要跟他講我正面臨的困境呢？要不要告訴他我現在的焦急、無奈還有無計可施，根本不是一碗日式親子丼就可以解決的？

「我跟出版社那邊談了，我的書可能印不了。」

「爲什麼？」阿隆並沒有停止手上的動作。

「剛剛主編打電話來說，嗯，就是認識了三年的那個主編，我以前也在他手底下實習過半年，算是老相識了。他說最近情感小說市場的行情不好，市面上流行的都是天文科普和旅行方面的書，已經沒多少人能靜下心來看情感小說了。」

阿隆切完了洋蔥，把它們一片片地裝進盤子裡。他總是切得很好看，每一片的厚薄都一樣。「是因爲剛剛證實的那個什麼末日傳言吧？那麼多科學家一起跳出來證實，還是很嚇人的。就算是在五十年之後，也還是會影響大家的情緒吧？人嘛，擔心起自己性命的時候，就沒工夫去看那些虛假的東西……」

「我寫的不是虛假的東西！」程書寒沒想到男友竟然又說出這個詞，已經不是第一次了。虛假、幼稚、做作，儘管老是用「我客觀地評價」這樣的話來開頭，但被貼上這樣的標籤還是讓身爲作者的自己無法接受，尤其是這個標籤還來自自己最親密的人。他，眞的是我最親密的人嗎？

「啊，對不起，對不起。」阿隆趕緊道歉，同時手邊的事情也沒有停下，他拿起碗裡的雞蛋，輕輕地在碗邊磕了一下，然後把蛋清和蛋黃倒進碗裡。

只會站在原地道歉，嘴裡說「對不起」有什麼用呢？程書寒皺起眉頭，恨不得說出「你就不知道過來抱抱我嗎」這樣的話。算了，這個只會躲在廚房裡的男人。

「然後，主編說，除非我自己出錢印刷。」

「自費出書嗎？」五只雞蛋都裝進了碗裡，阿隆拿起筷子調了幾下，勾出漂亮的紋路，「我們沒有那麼多錢啊，我的卡裡只剩不到一萬塊了。」

「我的更少。」程書寒握住調料盒裡的一瓶食用油，神經質地摳著上面的標籤，好一會兒，突然開口問：「這是新買的？」

「什麼新買的？」阿隆轉身看著女朋友，對方這樣的口氣在一年半的交往中已經聽過很多次，是她生氣的前兆。

「這瓶油。」

「對，今天買的。」

「幹嘛買這麼貴的？這個牌子比以前吃的那種貴一倍吧？」

「是貴一些，但是用這種油做出來的菜味道更好，而且我聽說……」

「我不想聽你說！把錢花在這些地方有什麼意義嗎？東西好不好吃還不是一樣吃？能填飽肚子不就行了？其實，我根本就不在乎做出來的菜是不是很可口、很正宗！一個大男人，把精力用在這些方面，眞是無藥可救！」

阿隆定定地看著程書寒，沒有說話，手裡的筷子定格在半空中，上面沾著的蛋液緩緩地滴落在地板上。

「我今天不吃飯了！什麼親子丼！蛋炒飯不就完了？」程書寒扔下這句話，重重地把食用油放回調料盒裡，沒再看男友一眼就走回了房間。

聽見臥室的門被關上，雖然並沒有很用力很大聲，阿隆仍有心臟被重擊的感覺，他看著擺滿操作台的食材，不知如何是好。

跟新入職的三名技術中層確認他們的期權認領。

和副組長完成這個月的薪水發放。

把過生日的同事的禮物分發出去，一共是七個人。

今天的主要工作就是這三項，中間還夾雜各式各樣的瑣碎之事，比如被從來不看員工手冊的同事詢問「爲什麼上個月的部門獎金到現在還沒有收到」，比如被剛剛辦完離職所以認爲不需要再對人力資源部同事態度謙和的前員工高聲質問「憑什麼季度獎金不能按比例支付」。

筋疲力盡。

程書寒趴在辦公桌上，嘴巴一開一合，如同一條擱淺在岸邊的魚。不要再有人來敲人力資源部的辦公室的門了，不要再有人來問那些傻問題了，不要再讓我看到那麼多高不可及的薪水自己卻無能爲力了。

我不想再這樣下去！

她在心裡喊，但無人應答。

「書寒，去吃飯吧。」薪酬福利組的副組長說。她是個溫和的中年女人，對誰都是細聲細氣，即使在那些剛剛畢業的大學生面前也是如此，一副很好欺負的食草動物模樣。

程書寒可以想像，如果自己繼續在這裡熬下去，過幾年就會是她那個樣子，一想到此，她就感到人生黯淡得尋不到光明的方向。

「嗯，好。」但她似乎還沒有底氣拒絕。

公司食堂仍然像往常一樣熱鬧，嘰嘰喳喳的女人和高聲喧嘩的男人，似乎每個人都有說不完的話。交流的話題也是包羅萬象，有關於公司高層的小道消息，有關於最新上映的電影，甚至連某個小國發生了饑荒這樣遙遠的消息，都有人在認眞地討論。

「對世界充滿好奇確實是一件很幸福的事情。」一邊叉起餐盤裡的雞塊，程書寒一邊這樣想。

副組長正在跟另一位女同事低聲交流著什麼。

程書寒打算加入這個話題，哪怕稍稍忘記自己的煩惱一小會兒也很好，「姐，妳們在說什麼呢？」

副組長喝了一口蛋花湯，臉帶神秘地說：「男朋友典當行，小寒，妳聽說過沒有？」

想出那幾個字寫在一起會是什麼意思之後，程書寒「哦」了一聲，「是什麼電影嗎？」

另一位女同事插話道：「不是電影，是真的典當行。典當行妳總知道吧？」

「知道，急需用錢的時候把值錢的東西給他們，就能換到錢。」

「對，就是那種地方。只不過，這家典當行收的不是東西，而是人。」

「人也可以典當嗎？這是犯法的吧？」程書寒搖搖頭，表示不相信。

副組長呵呵一笑，「小寒還真是單純的年輕人，現在這個社會有什麼不能變成錢啊？什麼都可以的，什麼都能有個價格不是？據說是只要把男朋友帶到他們那裡去，表達想換錢的意願，他們計算一番，就能給出價錢。」

程書寒吃了一口米飯，「這個怎麼算？能換多少錢？」

「具體怎麼算，我也不太清楚，我猜是看男朋友的價值吧？長相啦、智商啦、職業啦，說不定還要看性能力呢。」副組長又是一笑，「我聽說最多有換到一百萬的。」

「一百萬?!」程書寒把叉子豎在手中，明顯不太相信這個數字的眞實性。

「小寒，妳這麼感興趣，是不是眞的想去換點錢來試試？」

「不不不，組長您想哪兒去了，哈哈……」程書寒連忙又塞了兩口飯到嘴裡。

雙腿夾緊他的後腰，努力地把他的身體往自己這一方擠壓，同時舌頭也不顧一切地往他嘴裡伸，舔遍他的每一顆牙齒。兩個人的小腹貼在一起，隨著他下身前後用力，快感一波一波地襲來。

結束之後，程書寒像往常一樣被阿隆抱在懷裡。

「出書的事情，有進展了嗎？」

程書寒心底一沉，不知道從什麼時候起，她開始厭煩和阿隆談論這些關乎個人夢想的話題，尤其是在他主動提起的時候，「沒什麼進展。」

「語氣怎麼這麼低沉？今天老闆跟我說，我們這個季度的銷售超額七十％，年底會多發一點錢給大家。現在經濟這樣差，存錢越來越難了，我算了下，最快明年底，我就能給妳湊夠錢。」

程書寒推開阿隆抱住自己的手，平躺著望向天花板，「我等不了那麼久。」

「爲什麼不能？妳還年輕，晚出道一年沒什麼吧？妳還可以趁這段時間多攢幾本書，到時候一口氣出個痛快。」

「別說了，行嗎？」程書寒側過身，背對著男友。

「好，不說就不說。隨妳怎麼辦吧。」阿隆也側過身去，同時把被子往自己這邊拽了拽。

假髮，墨鏡，圍巾。

程書寒也說不清楚自己裝扮的目的是什麼，不過是因爲好奇想來看看而已，爲什麼要弄得這樣心虛？

在網路上搜索到最近的男朋友典當行之後，「一定要去看一看」的想法就在心裡蠢蠢欲動，不管怎麼壓制和忽視都無法泯滅這股騷動。即使是在自己的少女時期，面對一件符合審美的時裝或者一家揚名在外的餐廳，也從來沒有生出過如此強烈的窺探慾望。

下車之後還要走幾百米，沿途都是外國人開的或者開給外國人的酒吧，果然是舶來的新鮮品，不敢張揚地開在本地人聚集的商業中心吧？這樣也好，以自己的交際圈子來說，來這個地方最不可能碰到熟人。

目的地的招牌並不很醒目，沒有使用時下流行的全息投影技術，但也不是想像中那樣老氣的場所。玻璃自動門緩緩地旋轉，乾淨得能映出人影的大理石地板，還有統一著裝、面帶職業微笑的店員，一切都讓人覺得這裡不過是一家普通的銀行。

「歡迎光臨。」一個戴眼鏡的男子向程書寒走過來。

他的胸前別著一張小小的胸卡，上面寫了「客戶經理」四個字，果然是銀行的架勢。

程書寒趕緊點點頭，說了聲「你好」。

「請問您是來辦理什麼業務的？」

「嗯，那個，隨便看看，可以嗎？」

「可以，可以，歡迎參觀。不如我給您介紹吧，我猜，您是想看男朋友典當方面的，是吧？」

他一定是根據我的打扮來判斷的，想做那種見不得人的事情，自然會把自己包得嚴嚴實實，「嗯，是的，別的也希望能瞭解一下。」

「好的。您這邊請。」

被帶到角落的業務說明區後，程書寒小心地坐下。

椅子具有自適應系統，貼心地調整到了合適的高度，桌面觸屏滾動展示著典當行的廣告，旁白的聲音恰到好處，既不會聽不到，也不會吵到旁人。

「久等了。」客戶經理端來一杯清茶放在程書寒面前。

一切都讓人覺得舒適，程書寒緊張而羞怯的心情稍稍放鬆了一些。

經理坐到程書寒對面，在觸屏上滑了一下，螢幕上出現了目錄，大號的字體讓人一目了然，「那麼，說到男朋友典當，您對這上面的哪個部分最感興趣呢？」

一共有五個條目：

我可以用男朋友換到什麼？

我將會失去男朋友多久？

什麼叫「棄權當」？

什麼是「九出十三歸」？

一點免責聲明

「隨便選嗎？」

「嗯，選您最想知道的。」

程書寒伸出手指，在半空中猶豫了一會兒，最後點擊了第一條。

「大部分客戶都會先瞭解這一條呢。」客戶經理笑著說：「我們來看一下。」螢幕上的畫面開始變化，一張張照片迅速閃過。「大部分情況下，我們爲客戶提供的兌換物是錢。您看這張曲線圖，展示的是上個季度的男朋友估價均值。」

「均值？」

「對，就是統計每一天男朋友的估價，取一個平均數，對客戶來說，這是很重要的參考。」

曲線的波動並不大，基本都在九萬四千到九萬五千之間，其中有兩個波峰，前後相距大約一個月。程書寒分開食指和中指，指向那兩個位置，問道：「這兩天的估價似乎高出不少？」

「您觀察得很仔細。沒錯，這兩天的估價都是高出正常值的。第一個峰值是在二月十四日，也就是所謂的情人節。在這一天典當男友是很需要勇氣的行爲，即使有典當慾望的客戶一般也會克制自己，哪怕再等一天也好，但還是有人無法忍耐，選擇在情人節出手。第二個峰值是在三月二十一日，日期並沒有什麼特別，但那天有特別的事件發生，所以拉高了估價。」

程書寒在記憶裡認眞地搜尋了一下，「是指那兩位大明星分手的事情嗎？我一直以爲只是……」

經理豎起一根手指，擠擠眼睛說：「我什麼也沒講，對不對？」

程書寒識相地停下了話頭，心裡卻感到奇怪，那麼有錢有地位的女人還需要典當男朋友嗎？她又能換到什麼呢？

「一般是根據哪些指標來估價的？」

「您對以前的典當行，就是當鋪，有所瞭解嗎？」

程書寒腦子裡雖然浮現出「一個人舉起舊衣服，戴眼鏡的老頭兒尖著嗓子報價」的畫面，但還是搖搖頭。

「以前的當鋪都是由朝奉一個人說了算，儘管他有豐富的商業、金融知識，但還是難免武斷，不管對客戶還是對企業，都會造成不利的影響。爲了避免這種情況，我們通過多種分析軟體的聯合診斷，針對典當品的外貌、體能、社會技能、智商、情商、責任心以及感情投入程度，分別給出評價。我們稱之爲『七度估價法』，把這些相加，就會得到一個價格。」

阿隆長得並不算帥，鼻子不挺，眼睛也不夠大，體力倒是不錯，大學的時候好像是棒球隊的主力，智商、情商這些沒有問過他，但是從燒菜的能力上看應該也不算低吧？社會技能呢？程書寒情不自禁地把男朋友對號入座起來，「社會技能也會分等級嗎？」

「是的，每一天這個社會對人力的需求都是不同的，我們有專門的部門負責收集資訊並測算，給出等級劃分和排名。比如，今天……」他又在螢幕上點擊了一下，「您看，今天排在前三名的社會技能分別是農業工程、政府運作、物流統籌。」

「農業工程，是因爲近年來糧食匱乏越來越嚴重嗎？」

「您說得沒錯，農業工程已經連續五個月排在第一名了，不過，擁有如此強大社會技能的男朋友，哪個女人又會放棄呢？」

「也是啊。」程書寒心裡有一些空，就好像在月末績效獎排名上沒有看到自己的名字一樣，但終究還是忍不住問：「那麼廚師呢？似乎也跟糧食有點關係吧？」

經理往下滑動排名表，越往下滑，程書寒的期待就越低，「在這裡，您看，排在第四六五名。」

「唉。」她歎了口氣。

「您也不用失望，畢竟社會技能並不是唯一的評價標準。而且，『七度估價法』得出的價格也不是最終價格，事實上，還有一項加權。」

程書寒身體往前探了探，「什麼加權？」

「您只需要知道有一項加權就可以了，具體是什麼，我們還不能透露。」

「哦，這樣啊。」估計也不是什麼了不起的加權，以阿隆來說，也抬不了多少價位吧？對自己的男朋友這樣沒信心，程書寒還是感到羞愧，「那再看看其他的吧，第二項。」

「好的。典當時間的問題，我們的業務說到底實質是一種放貸行爲，既然是放貸就得有個期限，從典當行爲發生的時候算起，典當期一共是七天。」

「七天到了就要贖回？」

「理論上是這樣，七天到期之後，客戶可以選擇支付本金和利息然後贖回男朋友，當然，也可以選擇續當。」

「能續多久呢？」

「最短六個月，最長二年，時間越長，利息越高。」

程書寒知道下一個問題比較殘忍，但實在不願意不清不楚就做出決定，「如果再到期也沒有能力贖回的話，會怎麼處理？」

「那就是所謂的死當了，男朋友的所有權將被我行取得，他永遠都不會再與您有任何人身上的關係。」

「這違法嗎？我是說，我會因爲不贖回而受到懲罰嗎？比如罰款什麼的。」

「不會。」

程書寒長舒一口氣，「那再看看『九出十三歸』吧。」

「好的。」客戶經理的聲音並未因過長的說明而變得低沉，反而更加明朗有力，「所謂『九出十三歸』，是一句俗語，它是指……」

「化啦！」阿隆拍拍程書寒的肩膀。

程書寒這才回過神，「什麼？」

「冰淇淋融化啦。妳發什麼呆呀？跟我出來玩都不認真了？」阿隆在自己的冰淇淋上舔了一口。

「哦，不好意思，在想事情。」

「想什麼？說來聽聽。」

程書寒望向摩天輪窗外，地面上的男男女女成雙成對，無不炫耀著甜蜜的愛戀，誰又像我一樣在盤算著男朋友的價格呢？她的眼神移回窗戶玻璃本身，上面映出淡淡的影像，這張臉，會不會已經讓人一眼就能看出無情和殘忍？

「沒什麼。」

「唉，妳最近老是什麼都不跟我說。」

不是最近吧？其實，一直以來，我都不太願意跟你說心事的，程書寒在心裡埋怨著男朋友的遲鈍，「真的沒什麼。」

「不說算了。喂，妳看沒看最近那個新聞，跟摩天輪有關的。」阿隆瞇起眼睛，一臉壞相。

「不知道你說的什麼。」程書寒轉回頭，望向男朋友，雖然眼神實際是聚焦在他背後的招貼畫上。

「就是那對在摩天輪裡做愛的情侶啊！哪個地方的我忘了，說是被好多人拍到了，兩個人雖然還穿著外套，但看那個動作肯定是在做那個事情，妳有沒有興趣？」

程書寒慢慢揮出拳頭打在阿隆的下巴，「你去死！」

「哈哈，說不定別有一番刺激喲！來嘛，試一下。」

「滾吧你，不害臊。」

阿隆把嘴湊過來，「那至少，在這麼高的地方，接個吻總可以吧。」

程書寒沒說什麼，任男朋友吻住自已的嘴唇，但並沒有用力地回吻他。沒有臉紅的感覺，心跳沒有加速，手心也沒有汗水，這代表什麼呢？完事之後，她決定試一試那個問題，「喂，你知不知道今天是什麼日子？」

「五月十七日啊，嗯，在一起的紀念日？不對，應該是在七月份。你哪個家人的生日嗎？說起來，妳很少跟我講妳家裡的事情。」

「你可以再猜一次。」其實並沒有抱多大希望，他肯定不知道，程書寒想。

「難道妳辭職了？」

「不是。」家裡那個倒計時牌翻到了最後一天。一年來，阿隆從來沒有問過自己那個倒計時是做什麼的，當然，也可能他問過，自己並沒有回答。果然，兩個人的生活很久以前就已經朝著各自的方向絕塵而去了。

那一瞬間，程書寒已經下定決心。

而到了這一刻，她才恍然明白，自己並不對男朋友的回答抱持希望，反而是，希望他回答不出。

從遊樂園出來，阿隆非要去超市，說是今天可以買到正宗的進口糖霜，就可以烤味道更好的學院派小蛋糕了，不會像之前幾次那樣不倫不類。

學院派小蛋糕是什麼？什麼味道？什麼口感？阿隆似乎講過幾次，但程書寒都沒有記住，或者說，她並沒有興趣記住這些東西。

不過，也沒有必要違背他的意願，所以還是陪著他在超市逛了半個小時。

拎著小袋子的阿隆心情似乎還不錯。

「喂，我帶你去一個地方。」

「哦？難得呀，妳好久沒有主動約我去哪兒了。」阿隆說。

「哪那麼多評語？跟著來就是了。」

這裡距離典當行並不遠，走著去只要十分鐘左右。程書寒和阿隆默默地走著，手牽在一起，十指相扣的狀態並沒有持續多久，當程書寒想把手抽回來的時候，阿隆不失時機地抓住了她。

也許他已經察覺到什麼了吧？這樣沉默的氣氛，越來越疏遠的關係，即使回到家相擁在一個被窩裡，觸及彼此的皮膚，也很難再感覺到曾經那樣讓人安心的溫度了。

這條街到了晚上更熱鬧一些，外國人大聲用自己的語言交談著，空氣裡滿是烤麵包和黑啤酒的味道，時不時就會在音樂的間隙中聽到爽朗的笑聲。

「改天，我們來這裡的酒吧玩一晚上，好不好？」阿隆轉頭看著程書寒的側臉。

「嗯，改天吧。」程書寒吐出一句話，沒有看他。

典當行的經營時間是從上午九點到晚上九點，一般八點半以後就沒有什麼客人了，這些之前都已經向客戶經理打聽好了，所以才在這個時間點帶阿隆來。程書寒用力地把大拇指扣在阿隆的手背上，把他帶進了店裡。

「不喜歡了，是嗎？」阿隆輕聲問，語氣並沒有太大的變化。

程書寒沒有回答。

客戶經理看到他們走進來，點點頭，向左側的辦公室指了指。

程書寒伸手把阿隆拎著的袋子接過來，叫他進去。

門被關上之前，阿隆透過門縫說了一句，「糖霜不要放得太多，不然會太甜。太甜，妳也會覺得膩，對吧？」

她並不想看到他的笑容。

第二天，客戶經理很準時地打來了電話。

「喂，程小姐嗎？錢已經打到您的帳戶了，一共十萬，請查收。」

「嗯，我剛剛查過了，沒錯，謝謝。」

「哪裡的話，客戶滿意是我們的最低目標。」

「我可以問一下爲什麼剛好是十萬元整嗎？」

「是這樣的。綜合評定典當品的七個條件之後，我們給出的估價一共是八萬七千元。」

「那爲什麼……」

「這就是我給您說的那項加權了。典當品可以主動提出升高估價，也就是說，他要求將估價抬高到十萬元。當然，這樣的話，當您來贖當的時候，本金和利息也會更高。」

「哦，是這樣啊。謝謝。」

「我想是因為，他相信您願意以更高的價格來贖回他吧。」

程書寒沒有聽到經理說的最後一句，在那之前，她掛斷了電話。

法則二：禁止違背「九出十三歸」

同學會進行到一半的時候，葉寧宣才姍姍來遲，大家都不依不饒地要他罰酒三杯。他一邊解釋業務實在太忙，跟總監解釋半天都不讓提前走，一邊坐到桌子邊。大家又打趣說別想騙人，你自己不就是總監嗎？葉寧宣連連擺手，說差得遠差得遠。

班長為葉寧宣滿上一杯酒之後說：「寧宣，大家剛才都報告自己的情況了，上次這麼大規模聚會還是五年前，所以你也得好好交代一下。」

「明白，明白。」葉寧宣端起酒抿了一口，「那，從哪裡開始講呢？」

「簡單說下這五年的經歷吧，先講感情。」

「對！寧宣一直是班裡的帥哥，女生們都很關注你的感情生活呢！」一個女同學喊了一句。

葉寧宣尷尬地搓搓臉，「感情生活真的沒什麼好說的呀，我剛剛離婚，不太想講這個話題。」

大家沉默了半晌，班長圓場說：「好好好，不講感情，談工作吧。咱們班幹什麼的都有，互相也有個照應，寧宣，我記得你是在一家銀行上班？」

「不是，不是銀行。」葉寧宣苦笑，這樣的誤解也不是第一次聽到，「是在廢城生命集團的人際交往分部。」

「聽起來就很厲害，具體是做什麼的？」

「我們兩年前開設了男朋友典當行，你們聽說過嗎？」

一些人點頭，一些人搖頭。

「主要是面向女性，她們把男朋友抵押給我們，我們借錢給她們。」

女同學們都張大了嘴，「呀，還可以這樣做啊！回頭我把我老公賣給你們！」

「不是賣，是典當。」

班長舉著自己的酒杯與葉寧宣碰了一下，笑著說：「你們這些想賣老公的可以來找我，我剛剛不是說了嗎？我們冷鮮肉行業正面臨著原料匱乏的困境。」

大家一陣大笑。

「寧宣，那你是負責哪一塊？」

「我帶了幾個年輕人做贖當管理。」

班長又一口酒下肚，滿面紅光，「明白，就是專門把男人還給女人。」

「可以這麼說，那些有錢來贖回男朋友的女人都是由我們接待的，算好本金和利息；成了死當的，我們也負責轉交給處分部門的同事。」

「很積德的工作。」班長大概也想不到更好的詞了。

「這是我的名片。」知道這一項是必不可少的程序，葉寧宣主動從口袋裡掏出一疊，分發給同學們。

有人大聲地念出了頭銜，「廢城生命集團人際交往分部典當業務組主管。」自然又是一大堆的恭維話。

雖然前一晚並沒有喝太多酒，但葉寧宣還是睡到上午十點半才醒過來。

努力了幾次，終於睜開眼睛，掛在天花板上的吊燈之上，有一塊銀製的鏡面，可以清楚地映出床上的人影。那是前妻很喜歡的設計，大部分時候，自己也很享受在裡面看到兩個糾纏在一起的裸體，不過如今只反射出落寞。

不知怎麼，又從床的右邊睡到了左邊，葉寧宣翻了個身，臉埋在床單裡的時候，深吸了一口氣。

似乎還有她的味道。

葉寧宣穿上褲子，光著上身——這在以前是絕對不被允許的。走到衛生間，拿出杯子裡唯一一支牙刷，擠上牙膏——這牙膏用這麼久了還沒用完，右手刷牙，左手拽著被壓得亂糟糟的頭髮，明明還年輕，卻顯得這樣沒有精神，洗完臉之後也沒有什麼起色。

回到客廳，看到扔在沙發上的手機螢幕亮著，有人發來訊息。

打開一看，是一個陌生的號碼：

葉寧宣，你好，我是昨天同學會上的夏璐，你還記得嗎？我有一點事情想請你幫忙，不知道你有沒有時間與我見面。

葉寧宣努力在腦海裡回憶這個叫夏璐的人，除了一個模糊的女生身影之外，似乎想不起什麼有用的資訊來。自己雖然總是被同學們取笑是大學班裡的帥哥，但其實那時候還是個比較自閉的人，和班裡的女生沒有什麼來往，對她們的印象也僅僅在於見到的時候不會把名字和臉對錯號而已。

剛剛收到名片，就有事情要拜託我，不用想也能猜到是什麼樣的事情吧。葉寧宣明白這種請求的來源和去處——來自事主的無能爲力，去往狂人的自以爲是。這樣講多少有些戲謔的味道，並沒有設身處地考慮世俗的無奈和艱難。

不過，既然今天是週末，也沒有特別的安排，就見見她吧，不管她說什麼、懇求什麼，聽一聽總是無妨。

於是，葉寧宣回覆，「下午三點半在酒吧街那間時光咖啡。」

不出意料，葉寧宣走進咖啡館門口的時候，就看到一個正在向自己招手的女人。她穿一件藍白相間的連衣裙，脖子上繫著一條淡黃色的小紗巾，想到是與自己同齡的人，便覺得這身打扮確實顯得她更年輕了。

「夏璐？」葉寧宣坐下前伸出右手。

夏璐與他握手，同時點點頭，「謝謝你能來。」

「哦，週末嘛，見見老同學也很好。」嘴上雖然這麼說，但葉寧宣還是對面前的女人沒什麼特別的印象。

對方似乎也察覺到了這一點，說道：「大學四年我們都沒怎麼說過話，我不擅長跟男生打交道，最嚴重的時候，連男生的眼睛都不敢看。」

「呵呵，我也是。」

「啊？」

「不是，我是說以前我也不太跟女生說話。」

夏璐莞爾一笑，嘴邊顯出兩個小酒窩，「是呢。其實，我們女生之間也常常聊起你，猜測過你會喜歡什麼樣的女孩子，是長頭髮的，還是短頭髮的，很幼稚是不是？」

葉寧宣淡淡地說：「大概是長頭髮的吧。」

夏璐不動聲色地回應，「所以，她是長頭髮？真對不起，聽到那樣的事情。」

「沒關係，已經半年了，習慣了。」說出口，葉寧宣才發覺這句話如此違心。

「是嗎？我卻沒有那樣豁達，我一直覺得，有個人陪在身邊才安心，不管那個是家人、朋友，還是戀人，總之，我不想一個人。」

難道她是見我離婚了，想和我發展關係？葉寧宣不安地想，客觀地評價，夏璐算是很漂亮的女人，尤其是剛剛三十歲透出的風情，作為男人的自己一眼就看得出。如果多些時間相處，並不是不可能，只不過……

「也不是豁達，過一兩年單身生活也沒什麼不好。說起來，離婚之後我的工作效率還變高了，呵呵……」

「我一個人之後，也後悔過之前的決定，想著是不是真的犧牲他，就可以挽回一些東西，結果到頭來才發現，並不是這樣，我什麼也沒有挽回，全都失去了。」

她講得有些像謎語了，葉寧宣問：「妳找我來是跟這個有關嗎？」

「是的。我知道你在男朋友典當行是管贖當的。」

「嗯。」葉寧宣已經猜到是要讓他做什麼了。

「是這樣的。你知道發生在一年前的那場遊樂場事故嗎？」

「是造成一人死亡、多人重傷的那次嗎？那種新鮮的娛樂方式，一般都會有風險的，我前妻也想去，被我阻止了。」

「是吧，你很明智。在受重傷的人當中，有一個是我母親。」

「老太太還眞是……怎麼說呢？」葉寧宣想不到合適的措辭。

「很新潮對吧？她去之前都沒有跟我說，結果遇上了事故。」

「眞遺憾。」

「她受的傷非常重。其實，我母親本來身體是很好的，五十七歲的時候還去玩了一次跳傘，但是，這一次她是眞的被打垮了。醫生說必須動大手術，不然活不了多久。」

「要很多錢吧？」

「是的。具體是怎樣我也不懂，醫生說全套下來要一百四十萬元。你覺得可笑嗎？經濟衰退得這樣嚴重，所有的人都窮得要死，只剩下賤命一條，結果這條命還是這麼貴。」

「那妳當時有那麼多錢嗎？」葉寧宣不理會她對世事的抱怨。

「沒有。我那時候剛剛被公司辭退，其實是公司倒閉了。我東拼西湊也只有七十多萬元，就開始賣東西。東西折舊起來眞的很可怕，家裡都搬空了還是有九萬元的缺口，我就想到底還有什麼是値錢的。我是眞的很想很想很想救我的母親，我八歲就死了父親，是她一個人把我帶大……」說到這裡，夏璐流下了眼淚。

葉寧宣遞上一張紙巾，並沒有說話，他想用沉默去避免，避免自己把那個可怕的辭彙說出來。雖然這是自己從事的職業，但當它不得不去利用那些走投無路的女人，去面對她們孤注一擲求助的目光時，他還是會選擇躲避。這就是懦弱吧？他在心裡嘲弄自己。

「到了最後，我不得不出賣我最寶貴也最値錢的部分。」

「値錢」這個詞放在這裡總讓身爲男人的自己感到不舒服。葉寧宣還是沒有說話，只是定定地注視著夏璐的眼睛。

「他追了我兩年，在一起四年，彼此都有瞭解和……信任。跟其他陷入戀愛的男人一樣，他也說過『爲了妳什麼都可以做』的話，不同的是，我當了眞，或者說，我逼自己當了眞。很殘忍是吧？」

葉寧宣不置可否，「最終決定是什麼時候的事？」

「半年前，母親的手術已經不能再拖了，我也沒有別的辦法籌錢，朋友們的日子都不好過，借不到錢。那是最後的辦法。」

「當了多少錢？」

「八萬七千元。」

「比均値稍低。」

夏璐笑了笑，臉上有一種「自己的東西被取笑」後的害羞，「他不聰明，長得也不好看，還剛剛丟了工作，怎麼看都是個一無是處的男人。」

「妳自己也這樣認爲嗎？」

「認爲什麼？」

「認爲他一無是處。」

「不會，他再笨再傻，都是我喜歡的。」夏璐停頓了一下，「但我還是對他做了那樣無情的事情。」

「我猜妳是續當了半年？」

「嗯。我本以爲半年後能有錢還，結果現在還是不夠。」

「離到期還有多久？」

「一周。」

「一周之後要是拿不出錢，就會成爲死當。」

「我已經失去不起了，母親上個月也去世了，那麼貴的手術，又有什麼用呢？」

這樣的女人有多少？公司裡有完整且區分精細的「死當報表」，每個名字背後都有一個心酸或者絕情的故事。很多時候，葉寧宣都會覺得那些名字代表的已經不是一個個人，而是一件件被遺棄的物品，腐爛在這個所有人都會擦肩而過再無交集的世界裡，從來沒有人會記起。

「本息一共多少？」

「十三萬二千元。」

「九出十三歸。」

夏璐眉毛一挑，「那是什麼？」

「當時的業務員沒跟妳講嗎？」

「沒有吧。」

葉寧宣歎口氣，思量著如何搭救這個跳進火坑的女人。

也許，她並不值得我憐惜。

在葉寧宣入職滿一年的時候，典當行曾經發生過一起事故。

在內部的通報裡，當事人的名字被隱去，只是用字母H來代指。但事實上，因爲事件最終的結局，大家都很清楚這個Ｈ是誰。

Ｈ是贖當管理部門的一位高級職員，在自己的崗位上已經工作了四年，如果不出意外，一年之後他就會晉升爲主管。但是這種時候總是會有意外發生，這次的意外就是一個女人。

通報裡關於這部分寫得很簡略，只是說Ｈ與這個女人很快確立了戀愛關係，在這段關係的初期，Ｈ工作更加努力，業績也節節上升，大家都說有感情滋養的男人果然可以迸發出更大的潛能。

就在兩人如膠似漆的時候，女人向Ｈ出示了一張當票，自稱是典當前男友的憑證，票面上的典當數額是三七五萬元，是一個很驚人的數字。女人一方面解釋稱與前男友已經沒有感情上的糾葛，也不打算再聯繫；另一方面說就這樣變成死當也太過絕情，所以希望Ｈ幫忙把他贖出來。

Ｈ掙扎很多天之後說服了自己，動用許可權篡改了贖回價，不僅沒有達到五四二萬元的正常價格，甚至比三七五萬元還要低。女人交了錢，贖回了前男友，從此再沒有出現。一周之後，事情敗露，公司的處分下達之前，Ｈ在辦公室自殺身亡。

每次爲新入職的同事講「九出十三歸」的時候，葉寧宣都要說一遍這個故事。聽衆的反應也大相徑庭，有人說那個女人卑鄙，有人說Ｈ軟弱，更多的，都是一臉誠懇地說以後絕對要遵守「九出十三歸」的法則。

葉寧宣也還記得當初自己聽完主管的通報之後，被要求作爲新人代表發言，那時他年輕和稚嫩得只能背一些冠冕堂皇的話來應付，「他被個人感情左右了思維，把私人情感帶到工作當中，無視公司制度和交易法則，落得這樣的下場，都是咎由自取。」

那時的自己既沒有遇到摯愛的女人，也未曾眞正戀愛過，能說出那番話，只是因爲對有些事情還不明白。

現在來看，對於H是什麼態度，同情？有一點；鄙視？有一點；理解？似乎也有一點。

葉寧宣調出夏璐典當男朋友時的資料，很普通的報表，長相、智商、社會技能都只能用「平淡無奇」來形容。在「死當評估」那一欄裡有五顆星，這表示經手人根本就沒想過夏璐會回來贖當。

「要不要幫她調低價格呢？」葉寧宣自言自語。這樣的評價和預期，用原價贖回來，再寫個一千字的情況說明，以自己主管的身份，想必不會有人追究。

可是，從業這幾年時時在心裡反省的話又回來了。

「如果女人拿她們的男朋友來典當，很多時候並不是因爲走投無路，而是對她們來說，比起其他難以割捨的東西，男朋友更容易放棄，僅此而已。你常常認為『九出十三歸』不講理，違背公平交易原則，為什麼十分的估價我們只肯貸九分的錢，贖當的時候卻至少連本帶利收回十三分，完全是霸王條款。我懶得從公司戰略角度給你解釋，可能我也說不明白，你也聽不懂。但是，你要記住，在那些女人決定要拋棄一些東西的時候，『九出十三歸』是最後的阻擋，是最後一次用看得見的數字，告訴她們：妳放棄之後其實沒有得到妳想要的全部，但當妳要收回的時候，妳會付出更多。」

這是入行沒幾天，一位前輩告訴葉寧宣的話，如果沒有記錯的話，那位前輩的姓氏首字母是H。

何止是付出更多？我們也常常付出全部。

葉寧宣做出了決定。

「我點的不是九分熟的。」客人握著手裡的叉子，像是捅什麼骯髒的東西一樣捅了捅盤子裡的牛排。

正準備轉身離去的夏璐連忙回頭，「您點的是……」

「我要的是七分熟的。」客人把叉子擱在盤子邊，然後用餐布擦了擦手。

夏璐彎下腰說：「這份牛排就是七分熟的。」

「妳是說我的眼神有問題嗎？」

「不是，您嘗一嘗就知道了，這確實是七分熟的，我們的廚師……」

「別跟我提廚師，廚師不見得就比我更瞭解牛排，妳知道嗎？我不需要嘗，看一眼就能知道。端回去換了。」

「可是……」

「怎麼？我只是讓妳換掉，已經很夠意思了。」

經理在昨天的訓話中強調了很多次，說現在原料供應越來越緊張，肉類價格上漲得厲害，雖然他沒有明講，但意思是什麼大家心裡都有數。

「這個，我們規定……」

「那把經理叫來吧。」

「啊？」提到經理兩個字，夏璐心裡一緊。

「別愣著了，去叫。」

夏璐挪不動步子，半年內換了四份工作，好不容易找到這家餐廳，固然辛苦且乏味，但終究能養活自己，在這個萎縮得每天都有人餓死的城市，已經算了不起的成就了。只是，現在又要被辭退了嗎？

「我來處理吧，那邊有位客人找妳。」一位年紀稍長的同事走了過來。

夏璐得了救兵，長出一口氣，說了聲「對不起」，沒敢再看客人一眼。同事按按她的肩膀，小聲說：「找妳的是個帥哥喲。」

葉寧宣坐在那裡應該有一陣了，他盤子裡的義大利麵已經吃掉了一半。

「我看妳很忙，就沒有叫妳。」

「也沒有很忙。」夏璐笑笑說。

「剛剛好像遇到了麻煩？」

「嗯，那位客人有點不滿。」

「總是會有這樣的人吧。現在方便說話嗎？」

「五分鐘能說完嗎？領班只允許我們偷懶五分鐘。」

「應該可以。」葉寧宣把盤子推到一邊，兩手交叉放在桌面上，「我昨天看了妳的典當情況。」

「是嗎？謝謝。」

「我想先問個問題。」

夏璐撩開擋在左眼前的頭髮，看著葉寧宣，即使懷有期待，也不敢輕易地顯露出來，「你問吧。」

「妳覺得，在男朋友典當行被典當掉的到底是什麼？」

夏璐手撐著額頭，一時有些出神，她沒想到對方會問這樣的問題。她本以爲是關於自己的財產情況，或者一個人的生活到底有多孤獨，是不是眞的就無法忍耐。典當掉的是什麼？難道不是男朋友嗎？我當掉的是一個人啊。但這肯定不是正確答案，起碼不會讓他滿意。自從當掉他之後，我再也沒見過他，他現在在哪兒、在做什麼、和什麼樣的人在一起，我也一無所知。這在以前是無法想像的，因爲那時候，兩個人，啊，所以……

「典當的是一種關係吧？」

「噢？爲什麼這麼說呢？」

「典當掉他之後，我得到了一筆錢，就他本人來說，就是……他的肉體並沒有被你們關起來對吧？」

「當然沒有，那是犯法的。」

「但是我和他再也沒有聯繫過了，所以我覺得，是關係中止。你們給我錢，我和他斷掉男女關係，是這樣嗎？」

「所以，我們其實是幫人分手的機構？」葉寧宣半開玩笑地說。

「唉，我說得不好。」

「沒有，說得挺好的。妳要不要聽聽我的答案？這可能對妳現在的情況有所幫助。」

夏璐的手心冒出一層汗珠，沾在額頭上，連忙拿起桌上的紙巾擦了擦，想到自己如此尷尬的舉動，臉上一紅，「對不起，一聽到這個問題，我就有些緊張。這半年，我每天都逼自己不要想這些事情。」

逃避是弱者的麻醉劑。葉寧宣把這句話嚥了回去，「從業務的角度上說，我們一般都不會和客戶討論這個話題，因爲是否放棄只是客戶自己的事情。而且，既然她踏進了我們的門，就說明她的心裡已經有了答案，不管是清晰的還是模糊的，那個魔鬼的影子遲早會餵她吃下果實。所以，我們並不想干涉客戶的決定，痛苦也好，解脫也好，都應該是她一個人承受。我一直相信的，就是這樣的理念。」

「但是，就我個人來講，我還是會思考，在每天機器一樣地工作折騰自己之後的閒暇時間裡去思考，我從事的到底是一份怎樣的事業。我以前去拜訪過一位僧人，他住在南方的一座深山裡，一個人，一座小廟，挑水種菜，拜佛念經，全靠自己一個人。我問他苦不苦？他說苦。我問爲什麼？他不回答。我便問他覺得和我們這些世俗之人相比，有什麼不一樣？他說他敢於放棄。我又問他爲什麼他能放棄而我們不能？他說因爲世界愛他勝過他愛世界。我跑了上千公里，走了兩個小時的山路去見他，我們的對話卻只有這幾句。那時候，我不太懂他的話是什麼意思，所以很失望、很氣餒。」

「回來之後，我繼續我的工作，日復一日，看你們這些女人親手當掉自己的戀人，漸漸地，我想明白了僧人的話。因爲不平等，所以才能放棄。有價值的不是肉體上的關係，也不是精神上的羈絆，而是相較於妳愛他，他更愛妳而已。這之間的差值，便是你能夠典當他、出賣他，他卻不曾反抗的原因。」

好在餐廳的燈光並不很明亮，周圍的人看不清夏璐臉上的眼淚。

「所以，我不能調低價格讓妳贖當，這是妳必須付出的代價，妳要親自塡補那份差值，以一種別人無法干涉的方式。妳明白嗎？」

夏璐點點頭，雙手掩面。

贖當窗口的每一位客人表情都不一樣。

有的木然地望著櫃檯，簽字的時候也心不在焉，似乎是在完成一件例行的公事。有的滿臉喜悅，付錢的時候會故意付現金，重重地甩進視窗裡，好像是爭回了莫大的尊嚴。還有的從頭哭到尾，見到男朋友出來，會不顧一切地撲進他的懷裡，久別後的重逢總是會令在場的人動容。

葉寧宣從來沒有動容過，他沉默地看著這一切。

今天，他難得地坐進櫃檯，因爲要面對一位約好的客人。

對方到得很準時，沒有刻意化妝或者遮掩，坐在玻璃窗外面，面帶微笑。

收回當票，確認時間和姓名。

機器掃描，核對資料。

返回存檔資料，讓客戶過目。

客戶點頭，簽字，還款。

機器核對帳目。

葉寧宣確認，終止典當期。

門打開的時候，客人慢慢地站起來，朝裡面張望。一個男人走了出來，她連忙走上前，攙住他的手臂，輕聲說了句「我們回家」。

一個還在見習期的下屬靠近葉寧宣，問道：「老師，那位女士好像只付了貸出的錢，沒付利息。」

「她會付的。」

「我不懂。」

葉寧宣指向門外，那個剛剛被贖回的男人甩開了女人的手，又往旁邊跨了一步，站到離她一米遠的地方。

「你看，她付了。」葉寧宣將客戶的票據收進抽屜。

法則三：禁止轉讓、出借或質押當票

被跟蹤了！從婚介所出來之後，唐采霜就有這種感覺。後面的腳步聲，自己快他也快，自己慢他也慢，她不願意回頭看，回頭有什麼用呢？不過是爲惡夢增添素材罷了。

從來沒有出現過這種情況，從小到大，沒有人在旁邊議論過我，甚至都不會注意到我，就好像我不存在一樣。男生不會偷偷地在角落裡打量我的相貌，女生也不會心懷艷羨地小聲討論我的打扮，就連老師點人回答問題的時候，也很少叫到我的名字。工作之後呢？集體活動總是被統計漏掉，年終評定也都只是合格，誰也不會留意。

這樣的我，竟然被偷窺狂跟蹤了嗎？

唐采霜不確定自己是應該生氣還是慶幸……慶幸？我爲什麼這麼下賤，再不濟，女人的尊嚴不能丟！這樣想著，她立刻拐進了一間音像店，人多的地方他總不會跟來吧？唐采霜躲到一根柱子背後，順手拿起試聽的耳機戴在頭上，是天門的音樂，剛好可以放鬆一下心情。呼，太好了，太好了，她小心地探出頭看向門口，突然有人拍了拍自己的肩膀。

「啊！」因爲戴著耳機，所以很大聲地喊了出來，店裡的人都望向唐采霜。

「噓……」來人捂住唐采霜的嘴，「別叫，我不是壞人。」

他的眼睛瞪得老大，眉心有很大一顆痣，全身上下都穿成黑色，說自己不是壞人實在是可信度不高。唐采霜推開他的手，想要逃走，卻被他死死拽住。

「都說不是壞人了！妳叫唐采霜，在農研所工作，對不對？」

「你是誰？想做什麼？」

「先把耳機摘下來，不然講話聲音太大。」

唐采霜吐吐舌頭，把耳機掛回去，然後仍一臉警惕地盯著對方。

「不用那麼凶地看我。我是來給妳安排好事的。」

「什麼好事？」

「妳剛剛去了婚介所對吧？」

他果然跟蹤了自己，唐采霜怒從心起，想甩他一耳光，可惜半途就被擋下了，

「手放開！」

「放開讓妳打我嗎？不用這麼衝動，冷靜地聽我說。聽完我的話，要是妳沒興

趣，我自然會乖乖地走開，好不好？」

再掙扎下去，除了招來周圍人怪異的目光以外，並無其他的效用。

唐采霜只好說：「那你說吧，如果是什麼很卑鄙的事情，我就報警！」

「我一直都在想婚介所這種東西怎麼還能生存下去，原來是因爲有妳這樣容易輕信的人。手不要動，我這句話可沒有惡意。妳去那地方多少次了？跟多少個男人見過面？結果如何？妳自己心知肚明。這種既浪費時間又浪費感情的交際方式太落後啦！雖然妳從事的是存在了幾千年的行業，但也不用過幾千年前的感情生活吧？我有一個簡單的辦法讓妳馬上交到男朋友，而且保證他對妳忠心耿耿，你要不要？」

如果不是遇到了瘋子，就一定是昨天試驗的那種農藥有致幻作用。

「鬼才信！」

「男朋友典當行，聽說過沒有？」

「聽說過怎樣？沒聽說過又怎樣？」

男子呵呵一笑，「聽說過就好辦了。那些不知珍惜的女人把男朋友典當掉，對妳這樣的單身貴族來說，肯定算得上是暴殄天物吧？妳心裡肯定想過，既然是多餘的男人，爲什麼不讓給我？」

「我才沒有想過，你把我當什麼了？我不要聽你說瘋話了，我要走了。」

但男人沒有放手的意思，「現在我就給妳一個機會。妳看！」他從口袋裡掏出一遝卡片，白底黑字，手掌大小。

唐采霜掃了一眼，是當票。

「妳看得出來這是什麼，對吧？這都是那些決心死當的女人不要的當票，我花大價錢收購回來，準備用它們造福其他有需要的女人。妳看，上面典當期都寫得清清楚楚，絕對能換到男朋友。」

「別逗了，誰不知道當票不能轉讓，只能本人贖當？」

「噢？肯回我的話了？看來我沒有白說。就法律而言，確實是妳說的這樣沒錯，但是到了我這兒就不一樣了，典當行那邊我都打點好了，妳只管拿著這些當票去，給足本息，人就是妳的了。」

「那你給我看看。」

男子見她來了興致，便鬆開她的手，同時攤開手，好讓她看仔細，「不同價位代表的男人都不同，價格越高當然越優秀。不過，妳是在農研所工作的，這年頭，只要跟農業沾邊，都不用爲錢發愁，是不是？」

「看起來……」唐采霜伸手撥弄著卡片，突然一把抓起，然後往空中一扔，卡片就如雪花一樣撒得滿地都是，「去死吧你，我才不上你的當！」

趁男子手忙腳亂到處撿卡片的工夫，唐采霜一溜煙地跑出了音像店。

他會怎樣描述我呢？

我的頭髮有些枯黃，他大概會寫喜歡這樣的顏色吧？雖然手感並不是很好，想必他也不會計較。眼睛？嗯，眼睛一定會很認眞地寫，我的瞳孔是什麼顏色，睫毛是不是好看，是丹鳳眼還是杏仁眼，他肯定早就觀察清楚了。還有性格，他眼中的我究竟是一個怎樣的女孩？文靜的？可愛的？我當然不是走到哪兒都能吸引目光的美女，甚至一直以來都被人冠以「醜女」的頭銜，所以大學期間乾脆自暴自棄地選擇了農業方面的學科，但是……

我身上一定有讓他喜歡的地方吧？他到底喜歡我哪一點，眞的很想知道，只是，再也沒有機會知道了。爲什麼當時看到課桌裡情書的時候沒有第一時間打開看呢？就算因爲過於興奮或者懷疑是被人惡作劇，也應該當場問一問是誰放的吧？白癡一樣慌亂地塞進衣服口袋裡，回家就躺倒在床上睡著了。醒來的時候才發現衣服連著情書都被母親扔進了洗衣機，那封還沒來得及看的信就這樣變成了一團紙漿，既不知道內容，也不知道寫的人是誰。

那就是自己收到的第一封，也是最後一封情書。雖然一直懷有期待，但那之後課桌裡再沒有收到過信件，也沒有哪個男孩突然走過來質問自己爲什麼不回信。也許，某個不知道姓名的男孩，多半會覺得竟然被我這樣的醜女拒絕，而且連個答覆都沒有，是一件很丟面子的事情吧？

已經是十七年前的事情了，到現在還不能釋懷，仍然時不時會想起。唐采霜攪拌著面前的咖啡，深深歎了口氣。

尤其是這種時候，按照婚介的指示，坐在咖啡館的角落裡等待那些不守時的男人，就會情不自禁地想起那封從沒看過的情書。

距離約定的時間已經過去了十分鐘，對方還是沒有出現，大概又跟上次一樣，在遠處看到我的長相之後就逃走了。眞是幼稚的男人，如果我長得很好看的話，還需要去婚介所登錄資料嗎？

唐采霜這麼想著的時候，一個穿呢子大衣的男人走了過來，明顯是個禿頭，但還是把所剩無幾的頭髮用髮膠定型到中間試圖掩蓋，所以樣子顯得更加可笑。

「妳是唐采霜小姐吧？」

手邊放著婚介所指定的雜誌作爲信物，「對，我是，你是羅大懷先生？」

「那就沒錯了。」他一屁股坐到對面，用手使勁搓了搓面部，「啊，不好意思，剛起床沒多久，精神不太好。」錶上的時間顯示爲下午二點四十七分。

「喝點咖啡什麼的吧，可以提神。」

「不用。說正事吧。妳打算什麼時候結婚？」

「啊？」對方像一個攔路的劫匪，突然亮出了兇器，唐采霜措手不及。

「結婚啊，難道妳不是爲了結婚？」

「是這樣說，但是，一上來就談這個，未免太……」

「太什麼？我都四十歲了，能不著急嗎？資料上標著妳也三十四歲了，所以還是加快節奏比較好。我計劃年內結婚，妳覺得如何？」他的牙齒歪歪斜斜，像是冬天出操的小學生隊伍。

「現在已經十二月了，可是……」

「所以更得抓緊。妳打算要幾個小孩？我想要三個，一個學農業，一個進政府，還有一個搞物流。」

一般大衣裡面不是應該穿一件襯衣嗎？直接穿汗衫又不露出衣領，會讓人以爲是裡面什麼也沒穿的暴露狂吧？

「三個有點太多了，而且我年齡這麼大了……」咦？我怎麼進入角色了？唐采霜吃了一驚。

「這個可以商量，實在不行就領養。妳有房子嗎？妳是搞農業的吧？肯定很有錢。」他的眼睛剛剛放光了吧？一定放光了，我絕對沒有看錯。

「存款有一點，但是……」

「房子呢？」

他的身體往前探了些，寬鬆的大衣領口，啊，裡面果然……「我們能不能不要談這麼物質的話題，這讓我有點……」

「可以，可以，我們談別的。妳是處女嗎？」

氣氛陡然走向另一個無法控制的局面，唐呆霜臉上一紅，「是的……」

「不錯。我也是處男。」

很明顯看得出來啊，完全沒有懷疑的餘地。

「我倒是不介意這個……」

「妳希望一周性交幾次？」

既然是自己提出改變話題，那就硬著頭皮跟他聊吧，「兩次？」

「好，那就定在星期三和星期六吧，這兩天的《新番速遞》我可以錄影。」節目名字聽起來就很……

「嗯……」

「那妳喜歡什麼體位？我是個比較被動的人。」

唐采霜默默地拿起雜誌，站起來向羅大懷鞠一個躬，然後悄無聲息地走出去。

「星期三我在上面，星期六妳在上面，這樣總可以了吧？」羅大懷的聲音追了出來。

衣服放進洗衣機前，一定要摸三遍所有的口袋，這是很多年前就養成的習慣。這個習慣幫助唐采霜避免了很多麻煩，比如准考證，比如鈔票，比如項目申請書。只是，再沒有一次是情書。

唐采霜光著身子，站在洗衣機前，一邊摸著外套口袋，一邊憂慮自己的乳房似乎開始下垂了。

摸出一張名片。

「幸福來路交易所首席交易員……」念出這個頭銜之後，唐采霜立馬想起是那個跟蹤自己的男人，不知道他是什麼時候把名片塞進自己口袋的。

難道真的找他贖一個男朋友回來？聽說男朋友典當行是在三個月前，算是知道得很晚了，新聞裡說這家公司的市值在人際交往服務業裡已經位居第一，那時還覺得這種幫女人作惡的企業竟然能賺這麼多錢，真是沒有天理，怎麼就沒有一個有責任感的企業來拯救我這樣的高齡剩女呢？

用金錢眞的可以買到愛情嗎？這個困擾人類幾千年的問題此刻又盤桓在唐采霜的腦海裡。三十歲以前，還每天抱有幻想，幻想會不會就在今天的某個角落遇到相伴一生的人，雖然都是以失望作爲結局，但仍然充滿期待地進入夢鄉。可是，後來把命運完全交給婚介所之後，對有些事情就變得不那麼相信了，開始還會把「渴望眞實的愛情」這種話放在個人簡介的最前面，到如今，已經完全不相信了吧？簡介上最醒目的資訊變成了「農研所研究員」。

但對「眞實愛情」的渴望，卻一天也不曾消散過。

洗完澡出來，唐采霜撥通了跟蹤者的電話。

「喂，你好，請問是幸福來路……」

「我就知道妳會打電話來。」

「那個，可以見面嗎？」

選在公園，衆目睽睽，所以沒有多麼強烈的犯罪感，唐采霜認眞且小心地看著手裡的十幾張當票。

「我帶給妳的可都是最好的，我知道妳付得起錢，差的妳也看不上。」

年齡都在三十歲左右，有一個好像在什麼雜誌上見過，「年齡都比我小啊。」

「沒關係，誰在乎年齡啊？誰去贖他們，他們就跟誰，相信我啦。」

感情投入程度這一欄，分數都不低，最差的也有四顆星，「我就想找個能跟我好好談戀愛，好好過日子的。」

「是，多樸實的要求，我理解。」

似乎做什麼職業的都有，「你保證這些都能贖當？不會我一去就被抓起來吧？」

「犯法的事我不會來找妳。管道雖然不見得合法，但這些當票肯定都是眞的，典當行那邊跟我們有合作，他們才不會查是不是本人呢，誰給錢就贖給誰，誰的錢不是錢啊？」

決定了。「那我要這個。」唐采霜抽出一張當票，把其餘的都還給了對方。

男子瞄了一眼，「十二萬七千元。唉？以妳的條件，完全可以挑個更貴的。」

「不，我就要他。」唐采霜看著當票上的職業那一欄，上面寫著「專欄作者」四個字。

贖當的流程比想像的簡單很多，由始至終營業員都沒有要求唐采霜解釋姓名、照片不符的問題。儘管如此，唐采霜也不敢看對方的眼睛。她一直低著頭，直到聽到不遠處的開門聲，一個人朝自己走過來。

最先看到的是一雙黑色的男式皮鞋。

然後是黑色長褲，平整乾淨。

再往上，白色襯衫外套著卡其色的棉外套。

他的嘴唇四周有淺淺的胡茬，一雙眼睛明亮清澈，正盯著自己，「妳來了。」

愣了三秒，唐采霜才意識到他是在對自己說話，臉上頓時一片緋紅，點點頭，然後趕緊站起來，朝男人的方向邁了兩步，伸出了右手，意識到戴著手套，又慌亂地把手套扯掉，胡亂地塞進口袋裡。

男人一笑，輕輕抓住唐采霜的手，順勢將她拉入了懷裡，「我想妳。」

他什麼也不問嗎？明明是另外一個女人，還是他早就意識到會是這樣的結果？唐采霜滿腹疑問卻說不出口，只是笨拙地被他抱住，從他雙臂傳來的壓迫感，從他胸口傳來的體溫，都是生命中從未有過的體驗，顧不得四周還有旁人，只願在這種「被擁有」、「被需要」的感覺中消耗全部剩餘的時光。

「我們回去吧。」男人貼著她的耳朵說。

「嗯。」唐采霜點點頭。

回到家的時候，天已經黑了，房間裡漆黑一片，男人站在門邊，問正在脫鞋的唐采霜，「燈在哪裡？」

「左手邊牆上。」唐采霜回答說，一想他可能找不到，便自己伸手去開。

兩個人的手在冰涼的牆上又碰到了一起。

男人擋住她的手，並未讓她開燈，另一隻手按在她的肩膀上，讓她靠在牆邊，不容拒絕地湊近她的臉，然後深深地吻了下去。

唐采霜幾乎要暈厥過去。

這個吻持續了一分鐘，她是用心跳數出來的。

「博仁……」唐采霜叫出男人的名字。

男人並沒有回應，也許他還不知道唐采霜的名字。

「博仁……」唐采霜又呼喚了一聲。

博仁強烈的呼吸抵在唐采霜臉邊，他咬住她的耳垂，舌頭沿著耳廓往上舔去，雙手同時解開她胸前的衣扣。

「等等……」唐采霜嘴裡說，身體卻似乎無法反抗。

他的手已經按在她的乳房上，輕輕一擠壓，女人鬱結在內心深處三十餘年的呻吟聲便蕩漾而出，同時全身往男人身上靠過去，再無任何的羞澀與阻隔，只盼著掙脫所有的束縛，陶醉在愛人的溫暖當中。

是他演技太好，還是我情商太低？身體被進入之前，唐采霜用最後的意識問自己。她想要一個答案。

「你可以寫一封情書給我嗎？」全身癱軟的唐采霜躺在博仁胸口，問他。

「嗯。」男人回答。

郁博仁已經兩年沒有見過前女友了。

他不確定是不是該在女友的稱呼上加個「前」字。至少很長一段時間之內，他不願承認如此的結局，不願相信付出的一切竟換到最殘忍的告別。

聯繫是在兩年前的一個下午中斷的，那時他正在趕著寫最新的專欄，要發在一本時尚雜誌上，鼓舞新一代年輕人要相信感情。當寫到自己最心潮澎湃的時候，一個類似客服的電話告訴說，你不能再與你的女朋友有任何聯繫。

他開始以爲是什麼拙劣的惡作劇，沒有理會。

直到整整半年沒有女朋友的任何消息之後，他才不得不接受現實：我被她當掉了，價值十二萬七千元。

他曾經考慮過很多種兩人關係中止的方式：爲瑣事的爭吵演化成無休無止的冷戰，迫於現實的壓力無法共度貧窮的日子，一方另有所愛，對另一方的付出再也看不見……但最終她的選擇還是證明了郁博仁的想像力跟不上人心的思變。

他還在繼續寫專欄，不管是餵給心靈的雞湯，還是餵給唇舌的毒藥，生活終歸還要繼續，哪怕沿著淒清寒冷無人掛念的軌跡。前方會有些什麼，與別人的道路交叉，抑或是路口有誰在等待自己，他都想去看一看。

然後他看到了唐朵霜。這個跟自己說不上幾句話就會臉紅的女人，白天在農研所工作的時候，也會在忙碌的間隙給他發來資訊，即使是回覆一個意義不明的標點符號，她也會高興半天。郁博仁一段時間後才領悟到，這是她確認戀人是否還存在的方式，想要時刻提醒她自己，這個用當票贖回來的男朋友並不是一場夢幻。

這種被愛的感覺，此生未有，固然彌足珍貴，但除了說一聲謝謝之外，郁博仁並無其他可以回報。

約定好的情書又拖欠了一天。

走在街上，郁博仁愁苦著靈感的匱乏，同時留意四周的變化。經濟衰退越來越嚴重，店鋪和商家也一天一天地消失，大家都沒什麼可折騰的了，就只能折騰人本身，所以人際交往行業發展才會異常迅猛。

寫不出來吧？還是，因爲我對妳並沒有那樣的感覺？

轉過一個路口，又一家新店開張，鮮花、音樂、地毯，還有圍觀的人群。郁博仁從門前經過，隨便掃了一眼招牌：女朋友典當行。

終於忍不住開展新業務了啊，他饒有興趣地想。

博仁消失三天之後，唐Ｘ霜在信箱裡發現了他寄來的一張當票。

背後寫了一段話，她第一次看到他的字跡：

「在她放棄我之後，我曾用了很長的時間去尋找恨她的理由，最終未能如願。我不會說謝謝或者對不起，因爲我希望妳能有一個恨我的理由，但是，想到餘生的漫長歲月裡，彼此再無任何關聯，我也會感到難過。」

她的眼淚滴落在上面。

她一直把它當作情書珍藏。

只是錯相識

怎麼他也把我認成他女朋友了？我看著兩個素不相識的男人為我打架，又看著手裡這束鮮艷欲滴的玫瑰花，心裡竟然還有一點得意。

男子A

我不是那種只在情人節給女朋友送花的男人，那種等著一個西洋人安排好的日子才對女朋友表現溫柔的行爲，在我看來既無能又懶惰。

所以我今天又買了一束紅玫瑰，與往常一樣，還是九朵，特別要求店裡的小妹在包裝上加了一隻小熊，這是女朋友很喜歡的裝飾物。我抱著這束花走在路上，都能感到周圍人的目光，甚至可以想像，別的情侶從我身邊經過後，女人一定會向男人稱讚我的浪漫，並嘲笑對方的不解風情。

我決定到她公司樓下等她，在她同事面前給她一個驚喜和擁抱，利用那些八卦的嘴巴宣揚宣揚她有一個如此貼心的男朋友。

等了大概十分鐘，她就下樓來了。天氣冷，她把自己包裹得很嚴實，一條紅色的圍巾把整個臉都包住了，只露出一雙烏黑的杏仁眼，滴溜溜地打量著我。

我咧嘴一笑，迎上前去，不容分說地把她摟進懷裡。這時，她兩手在胸前輕輕地推我，聲音陌生而堅決，「先生，你是不是認錯人了？」

男子B

下班之後我還是覺得忍不了，這他媽誰能忍？

我想不明白作爲女朋友，她有什麼理由在情人節當天還加班？再說了，那是個什麼公司，情人節還這麼多事兒？她必須得給我個說法，要是不當面扯清楚，只能說明她背著我有人了，無情無義！無情無義！

我算準她下班的時間到了她公司樓下，隔著玻璃門，居然看到她跟另一個男人抱在一起，以及那一束騷紅騷紅的玫瑰，抱！我讓你抱！我衝上去扭過那個男人的臉，對著面門就是一記直拳。

這小子捂著臉咕噥了一聲，我以爲他要跟我答話，正準備爆粗口，他腿一抬就踢在了我肚子上。

還來勁了是吧？老子也不是吃素的，我把包扔給還在旁邊發傻的賤女人，「我當著妳的面，教訓教訓這個小白臉！」

這時，她拉下擋在臉上的圍巾，「哎呀，我說你們兩個，都認錯人啦！」

女子

本來今天除了特別冷之外，不像是個會發生大事的日子。

可奇怪的是，下班之後就變得不正常了。

先是一個長得很斯文的男人，拿了一大束玫瑰，什麼都不說就把我抱住了，他肯定是把我認成他女朋友了，唉，眞不該用圍巾擋住臉。

這還沒完，我正跟他解釋呢，突然就從門外面又衝進來一個天煞孤星，長得人高馬大，一身腱子肉，拽著那個男的就打，還讓我幫他看包，說要教訓小白臉。這都哪兒跟哪兒啊，怎麼他也把我認成他女朋友了？但他們兩個根本不聽，只顧打架，拳來拳往，呼呼嘿嘿，熱鬧得不得了。

可是，我看著兩個素不相識的男人爲我打架，又看著手裡這束鮮艷欲滴的玫瑰花，心裡竟然還有一點得意。

因爲，我還沒有男朋友。

玫瑰

今天，我終於被一個男人買走了。

看他的樣子，是要把我送給他的女朋友，以作爲他們愛情的見證。

我感受得到他的熱情和心跳。

雖然即將去履行這樣偉大而神聖的使命，我卻高興不起來。

因爲，我其實是一束月季。

復仇代理烏龜君

烏龜風塵僕僕地帶著烏鴉的羽毛回到家，牠盼著看到野牛，看到牠因為大仇得報而高興得蹬蹄子。烏龜只看到地上的兩隻牛角，牛不知道哪裡去了。

烏龜在森林裡做的是復仇代理的工作，因爲牠有很多的時間，而且又沒有朋友，對誰都下得了手。

動物們都很清楚烏龜活了很多年，有隻兔子說自己的太爺爺還跟這隻烏龜賽跑過。於是大家都樂意找烏龜代理復仇，大家覺得，反正牠活得那麼無聊，不如給牠找點正經事做。

這天來的是野牛，野牛性子很急，眼神也不大好，剛進門就踩了烏龜一腳，唬唬，烏龜四隻小腿亂搖。

野牛趕忙道歉，看烏龜沒什麼事，就說，上周烏鴉銜小石頭砸了牠的腦袋，希望烏龜幫忙去咬烏鴉一口，並且帶一根牠的羽毛回來作爲證明。

烏龜說：「有什麼報酬呢？」

野牛說：「我可以用角幫你磨龜殼。」說著就用角蹭了烏龜的殼兩下。

烏龜說：「哇，好舒服，那就這麼說定了，復完仇你可不許反悔，每天都要幫我磨殼，每天磨一百下。」

野牛說：「好，我不反悔，你去吧，我在你家等你。」

烏龜高興地上路了，邁著大步，用最快的速度往森林另一邊烏鴉的家爬去。

牠爬呀爬呀，太陽下去又上來，星星散去又聚攏，也不知爬了多少天，突然聽

見野牛在背後喊：「烏龜！天下烏鴉一般黑，你可別認錯了喲！」

烏龜記著野牛的叮囑，在森林裡找啊找啊，認錯了一次又一次。終於，讓牠找到了，那隻烏鴉就站在枝頭，腳邊還有幾顆小石頭，看來還是在幹砸動物的老本行。

烏龜說明來意之後，就要上樹咬烏鴉。

烏鴉說：「哎呀，事情不是你想的這個樣子，我銜小石頭不是爲了砸野牛，是爲了喝瓶子裡的水，肯定是不小心銜掉了才砸到牠的。」

烏龜說：「那也不行，砸了就是砸了。」

烏鴉說：「那這樣吧，我其實沒喝到水，水還沒漲上來呢，瓶子就被猴子打翻了。你要是去幫我咬猴子一口，帶一把牠的毛回來，我就給你一根羽毛回去交差，怎麼樣？」

烏龜一想，反正我時間多，牠要是飛了我一點辦法都沒有，於是說：「行，你在這兒等著。」

猴子住得不遠，沒多久，烏龜就找到了牠。牠正在樹叢間盪來盪去，不停地摘樹上的果子，咬一口就扔老遠，嘴裡喊著：「還是那個好！那個好！」

烏龜大聲喊：「喂，猴子，你是不是打翻了烏鴉的水瓶？」

猴子一呆，搓搓手裡的青蘋果，眼睛滴溜溜轉，「打翻了又怎麼樣？」

烏龜回答：「打翻了，我就要幫牠復仇，你下來，讓我咬一口。」

猴子哈哈一笑，「我忙著呢，沒工夫看你發神經。」

烏龜問：「你在忙什麼？」

猴子又盪到一棵香蕉樹上，扔掉手裡的蘋果，回答說：「我要找出森林裡最好吃的果子。」

烏龜說：「那我幫你找，要是找出來了，你就讓我復仇，怎麼樣？」

猴子想多一個幫手也不錯，就說「好」，順手給烏龜扔去一根香蕉。

烏龜嘗了嘗說：「哇，這個真好吃，肯定是最好吃的果子。」

猴子嘲笑說：「真沒見識，你那是吃得太少，跟我來。」

於是，猴子帶著烏龜去吃各種各樣的果子，石榴、鴨梨、西瓜、櫻桃、葡萄……樣樣都吃遍，一個沒落下。就這麼找啊吃啊，吃啊找啊，也不知過了多久，猴子始終沒吃到最好吃的，一直不滿意。

烏龜問：「你到底想吃什麼樣的啊？」

猴子說：「我小時候媽媽給我吃過一種金色的果子，不知道叫什麼，就是特別好吃。」

烏龜說：「那個叫媽媽的味道，只有媽媽才能給，你自己找哪能找得到？你媽媽呢？」

猴子說：「我媽媽死好久了。」

烏龜點點頭，「嗯，我媽媽也是，五百年前就死了，我都忘記她長什麼樣了。」

猴子歎口氣，「所以我找不到最好吃的果子了，是嗎？」

烏龜又點頭，「嗯，找不到了。」

「那你咬我一口吧，咬一嘴毛。」猴子探過身子。

烏龜帶著一嘴毛回到烏鴉的住處，看到樹上站著一隻，問道：「你是喝水的烏鴉嗎？」

烏鴉說：「不是，你說的是我爸爸，牠死好久了。」

烏龜把猴毛吐出來，抬頭望天，好一會兒才說：「我幫牠復仇了。」

烏鴉拍拍翅膀說：「爸爸跟我交代過，你回來就給你一根羽毛。你接著，這是牠留下來的。」

烏龜望著那根黑色羽毛緩緩地從樹上飄下來，左搖右晃，最後無聲無息地落在牠的頭上。

烏龜風塵僕僕地帶著烏鴉的羽毛回到家，牠盼著看到野牛，看到牠因爲大仇得報而高興得蹬蹄子。

烏龜只看到地上的兩隻牛角，牛不知道哪裡去了。牠鬆開嘴裡的烏鴉羽毛，慢慢地爬過去，把背上的殼抵到牛角尖下，輕輕蹭了蹭。

「哇，好舒服。」牠說。

烏龜繼續做著復仇代理的工作，因爲牠有很多的時間，而且又沒有朋友。

老公主

公主很難用夢境來計算時間，只感到左腮邊被輕輕一觸，似乎是被人吻了下，睜眼一看，一個滿臉皺紋、髮白如雪的老頭子正伏在她的床前。

公主知道自己美得不可方物，心底總是暗自得意，以爲這一生再不會有任何痛苦和煩惱。她哪裡料到世上最令人絕望的懲罰便是上帝給你美貌的同時，也給你易於老去的年華。

公主剛過二十七歲便已顯出老態，她望著鏡中自己眼角的魚尾紋，摸著身上漸漸鬆弛的皮膚，悲傷？恐懼？怨恨？絕望？她也說不好是哪一種情緒主宰了她的心智。她年輕時沉迷於揮霍和炫耀自己的美貌，並無一次眞心的愛戀，對於所謂的裙下之臣，心情好的時候便裝傻以退，心情不好的時候就蠻橫以進，至於是否傷害到誰誰誰，她倒眞沒在乎過。

只是，到了現在，公主方才心慌起來，誰曾想到這盛大的舞會竟然早早散場，那些邀請她步入舞池的追求者轉瞬間嘴裡高喊的都是：「老公主！老公主！」嘴下不留一點情面。

老公主在城堡裡惶惶不可終日，躲避旁人，躲避陽光，或許她以爲這樣便可以阻止時間的刻刀在她身體上留下疤痕。

又是五年，老公主已經雪白了頭髮，她對著鏡子叫喊，同時也驚醒自己。她連夜召來父親的首相，讓他爲自己出出主意，看看這位平日跟財稅槍炮打交道的老頭子，能不能憑藉在衰老領域的經驗指一條明路。

首相欠了欠身，緩緩說道：「我聽說在某個遙遠的國家，有一位公主，歷經數百年而未老去一分，最終還嫁給了一位英俊的王子。」

老公主聽聞有這樣的傳說，心中暗喜，難掩激動，忙問那位同行是怎麼辦到的。

首相回答說：「她的辦法倒也簡單，就是沒日沒夜地睡覺，一睡就是幾百年，聽說她還有個雅號叫作『睡美人』，那位王子用一個吻把她喚醒，兩人自此相愛，難捨彼此。」

老公主聽到故事浪漫如斯，不禁春心萌動，阻止衰老還能尋得眞愛，這種好事哪還敢奢求更多？她當即決定照辦，分毫也不容偏差。

好在王國裡不缺奇才，第二天就有人獻上珍貴的沉睡藥丸，只需要一顆就能讓人睡上三年，公主拿出全部的首飾，換了整整一罐。她回到房間，關好門，安排好後事，包括那位王子應該長什麼樣子，多高多帥，是講荷蘭語還是義大利語，全都一一叮囑下人。

最後，她服下十顆藥丸，沉沉睡去，等著即將入夢來的王子。也不知過了多少日子，公主很難用夢境來計算時間，只感到左腮邊被輕輕一觸，似乎是被人吻了下，立即醒過來，睜眼一看，一個滿臉皺紋、髮白如雪的老頭子正伏在她的床前。

「天啊！」老公主整個身子往後一縮，大聲呼喚守衛，命令他們把這死老頭拖走扔到泥地裡去，同時還不忘大罵那些不中用的下人，竟然放進來這種貨色，眞是蠢得無藥可救。

從山脈另一邊趕來的王子摘下頭盔——那上面沾滿了惡龍的鮮血，放下寶劍——已經因爲砍殺食人魔而捲了刃，下馬站在一旁，靜靜地等待門房通報自己的名號。

很快，下人們核對了單子上的條件，歡天喜地地迎他進了城堡。

王子走進公主的房間，走到床前。

皺紋已經爬上了她的臉頰，叢生的白髮散落兩邊，嘴唇也不如年輕時光滑豐滿。

王子知道，自己現在只要吻下去便可以讓她醒過來。但是，那樣眞的好嗎？這位以高傲聞名的公主，怎麼肯接受我如此年輕她卻垂垂老矣的現實。

王子叫來下人，讓他們爲自己安排房間，說要在此住下。

下人不解，說公主吩咐，只要您一來，就立刻吻醒她。

王子說：「不，待三十年後，我跟她一樣老時，再與她相見吧，不能跟相愛的人一起老去，那實在是一種折磨。」

雨夜計程車

又是鬼，又是穿越，這司機腦子到底怎麼長的？我頭皮一陣發麻，剛好伴隨著一陣雷聲，聽起來還真有鬼氣的感覺，我心裡有點害怕了……

我從地鐵裡走出來，才發現雨已經下得很大了。本來就已全黑的天被烏雲擠滿，雨落在地上，濺起水花，反射著燈光，偶爾一個閃電，瞬間就能看清路上一張張焦急的臉。

我空手出門，自然沒帶雨傘，所幸穿著連帽衫，便戴上帽子衝到路邊攔車。一輛一輛車開過去，車裡有客人的沒停，空車的竟然也都不停——雨天的拒載這麼明目張膽嗎？

等到大雨把我全身澆透的時候，終於來了一輛空車停在我面前。我拉開後座的門坐了進去，車裡沒有亮燈，有一股淡淡的香薰味道，像是突然走進了什麼宗教場所——這司機，眞有情趣。

「師傅，詩仙路。」

司機還沒來得及回答，副駕駛的窗戶突然被拍得砰砰響。

「喂喂喂！」一個人影在外面喊，聽得不是很清楚。她戴著雨帽，又隔了一層水汽濛濛的窗戶，看不清長相。

「拼車？」司機把窗戶搖下一個口子，問。

「對，拼車。」對方的聲音有點低沉。

「去哪兒？」她突然指著我。雖然臉已經轉向我，但因爲背光的關係，我還是沒看到她的樣子，「她去哪兒？」

「詩仙路。」司機的口氣有點不耐煩。

「那我也去詩仙路。」

司機緩緩地噢了一聲，右手在儀錶盤上按了一下，我聽見車門反鎖的聲音，「不拼，妳找別的車吧。」

那人拽了一下車門，果然打不開。「憑什麼？」她又使勁，把玻璃拍得更響，「你開門！我要上車！快開門！」聲音氣急敗壞。

雨天打車有多難大家都有體會，但我也沒想到能讓一個人發起狂來，我生怕她失去理智，把窗戶砸碎爬進來，連忙拍拍師傅的肩膀，「師傅，快走，我付你兩倍的錢。」

司機應了一聲，踩下油門，開了出去。

那個人的罵聲——近似於哭，好遠都還聽得到。

拐了幾個路口，路上的車沒那麼多了，開起來順暢不少，雨雖然越下越大，我心裡卻總算漸漸平靜。

「姑娘，妳知道剛才有多危險不？」

「不就是個神經病嗎？」我看向後視鏡，上面只映出師傅的下半張臉。

「妳見過拼車不先說自己去哪兒，反倒問別人去哪兒的嗎？」

我心裡一緊，是有點反常，「沒見過。」

「詩仙路，到這個點兒，路上也沒什麼人了吧？」

我嚥了口口水，「是，基本沒什麼人了。」詩仙路是城郊一條輔路，連路燈都比同行早下班。

「明白了吧？那人可沒妳想的那麼簡單，我要是讓她上來，誰也保不準會出什麼事兒。」

跟單身女性坐在同一輛車裡的陌生人，和她在同一個地點下車之後，雷雨交加的深夜，空無一人的街道，她會做些什麼，以前的新聞裡都寫得很清楚了。一想到父母要去警局報案說「女兒徹夜未歸，電話打不通」之類的，手心的汗水、後背的寒毛，還有車外頻繁的雷聲……

「師傅，眞是謝謝你。」

「其實……」紅燈亮起，司機趁機喝一口水，傾斜的水杯迎著車外的燈光，「我也在猜，那個人會是誰。」

「啊？這……這也能猜到？」

「妳有沒有注意到，她的打扮跟妳一樣？」他按下開關，雨刷來回擺動，發出有節奏的聲響，「都是灰色連帽衫，綠色手鐲，還有，右邊臉上也有一個酒窩。」

爸爸和媽媽爭了二十年我這個酒窩到底繼承自誰，可是現在……「師傅，你別逗我了，那麼黑的天，哪看得清？」

「妳說，有沒有可能，那個人就是妳自己？」

我摸出手機看了下時間──九點五十七分，「師傅，你美國片看多了吧？」

車子繼續往前開，天很黑，雨很大，雨水密佈在車窗上，把外邊建築上的燈光模糊成一片。

師傅繼續說：「我的意思是，她是妳的鬼魂。」

看來今晚適合撞上神經病，「怎麼說？」

「打個比方啊，妳看今天晚上雨這麼大，能見度差，道上又滑，開著開著就可能出車禍，不管是跟車撞還是跟樹撞，妳都會死。去年我一個同事出事，車裡那女的撞破前風擋玻璃飛出去，還好前頭那個大貨車是運稻草的，她插在草裡，才撿回一條命。」

「師傅，不帶這麼咒人的啊，而且你講的笑話也不好笑。」

「我就假設一下嘛，假設等會兒我們出了車禍，妳當場死了，妳肯定不甘心對不對？所以妳的鬼魂就會回去，回到妳上我車的那個地鐵口，去叫妳不要上我的車，妳明白不？」

又是鬼，又是穿越，這司機的愛好還挺廣泛，「不對啊，師傅，剛剛那人也沒叫我下車啊，她明明自己想上來，你這個假設說不通。」難道說得通就不扯淡了？

師傅沉默了一下，「嗯，妳說得對，我沒想好。」

雨越下越大，打在車頂上，劈劈啪啪……

又開了五分鐘，其間誰也沒說話。當我以為司機終於要默默開車的時候，他又開口了，「姑娘，妳這是要回家吧？」

我望著窗外，嗯了一聲。

師傅一拍方向盤，「那就對了！我想清楚了，那就是妳的鬼魂！人一出車禍，就會腦震盪，一腦震盪就會失憶，我剛剛說的那個插在稻草裡的大姐，到現在還有後遺症呢。妳死了，變成鬼，也會喪失記憶，想不起來自己家在哪兒了，於是就守在地鐵口，等看到妳出來打車，就想一起上車來跟著妳回家。要不然，她為什麼要問妳去哪兒呢？我不讓她上來，她為什麼又那麼生氣呢？因為，不上我這個車，她就永遠回不了家！妳看，這回說得通了吧？」

這司機腦子到底怎麼長的？我問道：「師傅，你能說點兒別的嗎？全球股市，官場內幕什麼的。照你這麼扯，還句句都是咒我們出車禍，待會兒別眞出事了。」

我爲什麼不要求他停車？

「姑娘，人活一世，就是不知道自己什麼時候會死，妳要接受現實。」

「別跟我講大道理，我只知道，人是不可能看見鬼的，你講的都是胡扯。」

司機歎了一口氣，「三魂七魄妳沒聽過嗎？妳和她都只是妳的魂魄之一，妳們自然互相看得到對方，所以……」

「放屁，我還沒去南極打過企鵝呢，憑什麼讓我死？你再這麼咒我，信不信我打投訴電話？」

「行行行，不死不死。」

他又安靜了幾分鐘，過了大橋之後，就算是進入郊區了，路兩旁連個燈都沒有，只有一排排黑漆漆的樹影。

「那有沒有可能，其實是我死了？」

「師傅，你有完沒完？」

「哎呀，我這研究自己呢。很多人啊，死了都還不知道自己已經死了，都成鬼了還跟個活人一樣到處晃呢。妳聽說過沒有？鄉下有些地方，家裡孩子都淹死半年了，每天晚上都還渾身濕答答地回來吃飯呢。」

我頭皮一陣發麻，「師傅，你收音機沒有評書節目嗎？我想聽單田芳的《隋唐演義》。」

「妳聽我說嘛。我下午跑了趟長途，送兩個壯漢下鄉，那地兒可偏僻，要不是給的錢多，我都不樂意去。所以，有可能，車開到荒郊野嶺的時候，我就被他們倆給弄死了。謀財害命啊，這年頭很多的，我們計程車司機也算高危行業了。那我現在就是個鬼，妳上的是一輛鬼車妳知不知道？」

我已經無力跟他爭論了，真後悔出門沒戴耳塞。

「然後，剛剛那個人也是個鬼，鬼車嘛，總歸是要開到陰曹地府去的。妳看過那個電影沒有？叫《恐怖遊輪》，裡邊把鬼接到地獄去的就是個計程車司機。剛剛那鬼就想上我的車，但是又不知道陰曹地府的位址，所以才要跟著妳走，結果我不讓她上來，她就惱火。換成妳，妳也會惱火，誰想當孤魂野鬼啊，妳說是不是？」

「師傅，你就這麼喜歡死嗎？」

他哈哈一笑，剛好伴隨著一陣雷聲，聽起來還真有鬼氣的感覺，我心裡有點害怕了，然後聽見他說：「來，我開收音機，聽下有沒有計程車司機被劫殺的新聞。」

我來不及阻止他，就聽見廣播裡一個女聲念道：「今天下午四點多，警方在東寧鄉郭家村水庫附近發現一具男性屍體，根據現場勘察，警方判定是一名計程車司機……」

氣氛凝固了一瞬間。

「啊……停車！我要下車！」我已經哭出來了，伸手去開車門，幾次都沒摳對地方——摳對也沒用，車門一直是被他反鎖的！「你放過我行不行？我求你了！放過我吧！」

「喂喂喂！妳別叫，我逗妳呢，居然有這麼巧的事兒，我下午去的不是東寧鄉啦，我去的是涼風鄉！真的，不騙妳！妳聽妳聽！她在念車牌號呢！」

前幾碼沒聽清，後三個號碼是六七七，我慌亂中掃了一眼投訴卡，確實對不上。還好還好，撞得肋骨痛的心臟總算沒跳出來，我用手背擦了擦眼淚，「你！不許再說話！」

在這種詭異的沉默之中，車又開了十分鐘，總算平安無事地到了詩仙路。

「就這兒吧，我在這兒下。」

司機抬起計價器，一共五十七元。

我給了他一張一百的，讓他找錢——鬼才給兩倍的錢呢！

他把找回的錢交到我手裡，然後目送我下車，就在我轉頭關車門的剎那，他突然說：「可看仔細了啊，小心我找妳的是冥幣！」

「一邊待著去！」我用力甩上門，還踢了一腳。

街上一個人也沒有，雨稍微小了一點，我抱著頭跑，還好公寓離街邊不遠，沒淋多少雨就到家了。我爬上六樓，用鑰匙扭開門，客廳的燈還亮著，這麼晚了父母還沒睡，挺不尋常。

我在鞋櫃裡找了半天，都找不到自己的拖鞋，只好隨便拿了一雙。脫鞋，脫襪子，穿上拖鞋，往沙發裡一倒，總算舒服了。

「呼……」我長出一口氣，閉上眼養了一會兒神，然後睜開眼睛，就看見我的遺像掛在牆上。

暖水瓶裡的魔鬼

我也想看到被我親手切下的頭長在她的身上。她要頂著那副面孔去做什麼？可以確定的是，她瘋了，少年殺人的經歷吞噬了她的靈魂，她應該不會再來找我了。

我是一個魔鬼，住在一只暖水瓶裡。

我與其他同類沒什麼不同，不管是住在神燈裡的，還是住在水瓶裡的，我們都一樣，我們都要等待那個打開瓶口的人，然後實現他的三個願望。

等了很多年之後，我終於遇上了這麼一個人。

當時，那只軟木塞被輕輕地拔下，啪的一聲，陽光照進來，曬在我的犄角上，我仰頭看去，一個女孩正微張著嘴，俯視著我。

我出場的樣子儘量不那麼嚇人，變成一團棉花糖一樣的小精靈模樣，用兒童節目主持人的語氣向她自我介紹。還好，她這個歲數的孩子都看過《阿拉丁神燈》，沒看過《漁夫和魔鬼》，她很快就明白我是幹什麼的了。

「精靈，你能幫我實現願望？」

「是的，不管什麼願望，除了創造生命和控制人的情感，我什麼都可以幫妳實現。不過，一共只有三次機會，妳要想清楚。」

她昂起頭看著我，伸出手摸我頭上的犄角，「精靈都長你這個樣子？」

「對，都這樣。」

「看起來……」她似乎很懂行地點點頭，「挺可怕的，像魔鬼。」

這已經是我最可愛的扮相了，「眞是對不起。」

「我要說願望了。」她高興地拍手，身子跳起來，紅色的皮鞋踩在地板上，咚的一聲。

「妳說吧。」這樣的小女孩，是要巨大的玩具熊，還是要全套的芭比娃娃，或者是一屋子的漂亮衣服，又或者是一大箱零食，全在於她的性格，是缺乏安全感的、愛美的，還是貪吃的，不會有其他的。

「你讓我的數學老師死掉吧。」

「什麼？」

「我的數學老師啊，是個阿姨，很煩的，我想她死，你辦得到嗎？」

她的雙眼純淨得像兩片湖，清澈見底，一眼就能看到水底的死屍，「妳明白死是什麼意思嗎？」

「明白呀，死就是這個人沒了。沒了多好，反正我不喜歡她。」

「可是，她是妳的老師，妳怎麼能隨隨便便就……」

「哎呀，你話好多呀。」她捂著耳朵晃腦袋，「你行不行啊？是你說可以幫我實現願望的，我又沒有求你！」

「好好好，我幫妳實現，明天她就死，滿意了吧？」按行規辦事就行了，我本來就不是什麼天使，她要殺人就幫她殺唄。

第二天，教室的電風扇掉下來，切掉了數學老師的頭，斷開的脖子就像被車撞壞的消防栓，高壓衝擊出的血液射向天花板，如同噴泉。

我不知道她對這個結果是否滿意，因爲她很久都沒有再來找我，剩下的兩個願望就像長在背上怎麼也撓不到的兩個疙瘩，沒日沒夜地折磨著我。

直到七年之後，她又擰開軟木塞，我鑽出暖水瓶，擴張身軀，飄浮在半空中，等著她的吩咐。

她已經長大了，一頭齊肩長髮，細長的眼睛，薄薄的嘴唇，帶著輕視的笑容。

「好久不見。」

「好久不見，這次又要我殺人嗎？」

「哎喲，你別把我說得那麼兇殘嘛，我又不是什麼十惡不赦的惡婦，哪能動不動就殺人？」她還是喜歡穿紅皮鞋，配上白色的襪子，就像染血的牙齒。

「好吧，那這次的願望是什麼？」

「你會整容嗎？」

這比殺人簡單多了，「沒有什麼是我不會的。」

「那你把我的相貌整成這個樣子。」她遞過來一張照片，「不要一模一樣，七八分像就行了。」

照片上的女人有些眼熟，「我是不是見過她？」

她拍拍手，笑得兩眼瞇成一道縫，「你記性眞好！準確地說，你見過她的頭！」

噢，這是七年前被電風扇切掉頭的數學老師。

「妳是不是……壓力太大，精神出了問題？人是我殺的，妳不必……」

「哪那麼多廢話，你才精神有問題，我正常得很，你只管給我整容就行了。」

我歎息一聲，雖然後悔無用，魔鬼也不能拒絕許願，但把她變成這個樣子，我還是心存歉疚。

我伸出手蓋在她的臉上，吹了一口氣。

我又回到暖水瓶裡，不再與她見面，這樣也好，儘管只是七八分像，但我也不想看到被我親手切下的頭長在她的身上。

她要頂著那副面孔去做什麼？我想不出來。可以確定的是，她瘋了，少年殺人的經歷吞噬了她的靈魂，她應該不會再來找我了。最後一個願望註定永遠兌現不了，只能在我身上潰爛、流膿、發臭。

但是，某一天，軟木塞還是被拔掉了，天光灑入，一片亮堂。

我又見到她，手指上戴著結婚戒指，「幾年了？」

「四年，等挺久哈？」

「無所謂，魔鬼對時間不敏感。」

「我一直以爲你是精靈。」

「就算是精靈，殺了人也變成魔鬼了吧？」

她翹著腿，紅皮鞋一晃一晃，「你在怪我？」

「沒有，是說俏皮話，沒說好。」

「呵呵……」她假惺惺地笑了一下，「說起來，這幾年你一定在回味我前面的兩個願望吧？」

「要揭開謎底了？」

她拿出錢包，取出一張照片遞給我，「這是我和丈夫的合影。」

我看了看，兩個人都笑得很甜，「你們很有夫妻相。」

「別人都說我們像兄妹。」

我驀然全身一震，「所以他是……」

「沒錯，他是我那位數學老師的兒子。」

「我不明白。」

「你知道單親家庭長大的男孩，一般都會有戀母情結嗎？尤其是他媽媽在他小時候就死了。當他看到我的長相的時候，眞是一點抵抗力都沒有。」

「妳很久之前就這麼計劃了嗎？」

「唉，太執著是吧？」

「他媽媽一定要死嗎？」

「你開玩笑吧？他媽媽怎麼會接受一個跟她長得一模一樣的兒媳？」

我跟不上她的邏輯，也沒更多精力去深究，「所以這次呢，又要我殺人？」

「不，這次不要你殺人，這次要你造人。我們結婚兩年，發現生不出孩子。」

我搖搖頭，「我早說過了，我無法創造生命。」

她張開雙臂，「不需要創造，你自己不就是生命嗎？魔鬼，你聽好了，我的最後一個願望是，你鑽進我的肚子當我們的孩子。」

「一定要這樣嗎？」

「當然啦，我太愛他，我的所有願望都是爲了他。你不會拒絕我吧？」

我是一個魔鬼，現在，也是另一個魔鬼的兒子。

前女友的貓

打開儲藏間的門，一股奇怪的味道撲面而來，前女友的衣服，前女友的照片，前女友的書，前女友的各種小食品，都還在，壓在它們下面的，摸上去像是什麼動物的軀幹。

前女友不住在這裡之後，她寵愛的那隻貓就失蹤了。

村下義宏收好所有關於前女友的東西，放進一只非常巨大的箱子裡。這只箱子是他跑了好幾家店才買到的，不少店員都對他要求的尺寸露出了不解和抱歉的神色。他把箱子放進小儲藏間，鎖上門。

大概永遠都不會再打開這道門了，他對自己說。

這以後的生活如何安排，那些以前空閒出來留給她的時間如何利用，村下沒個頭緒。他放了幾片安眠藥在床頭——不管怎樣，第一晚必須想辦法睡著。

藥效並不很好，他睡得很不安穩，夢裡似乎還聽到急促的敲門聲，這聲音帶著他跌跌撞撞，直到頭碰到床沿把自己驚醒，他才意識到聲音並不是在夢裡。

確實有人在敲門，一看錶，凌晨三點半。

他煩躁地翻了個身，打算不理會，但那聲音卻極有耐性，響個沒完，沒辦法，他只好披件衣服去開門。

門外站著前女友，她披散的頭髮下，眼睛射出哀怨的光。

「我的貓呢？」

村下揉揉眼睛，確實沒想到她竟然還會回來。

「跑了。」

「一隻貓都看不住嗎？眞沒用。」

「隨妳怎麼說吧，沒別的事就走吧，老是往外跑，一會兒回不去了。我睡了，別再來了。」村下不容拒絕地關上門。

這個女人對貓的寵愛遠勝愛村下，任何時期都是如此，她曾經說過「如果要去遠方，什麼都可以不帶，但必須帶上貓」這樣的話，絲毫不顧忌村下的感受。兩個人最終分開，貓是不是也起到一些作用？村下也產生過這種想法，但具體爲何，現在也沒有意義了，畢竟已經無處追尋。

第二天，村下還是睡不好，總覺得這間房子裡，到處都還有前女友的氣息，她似乎就在某處，吹她濕漉漉的頭髮，或者看她那些看不完的關於貓的小說。

然後門又響了，時間，還是三點半。

「妳有完沒完？」村下對站在外面的前女友說。

「只要你不把貓還我，我就每天來，每天挑這個時候，讓你睡不好覺！」

「妳就是個白癡！」

村下甩上門，砰一聲。

貓跑到哪裡去了？

天亮之後，村下坐在沙發上回憶，是牠厭倦這個家而跑掉了，還是牠在外面有了情人？又或者我其實已經把牠送給了別人？我送走牠了嗎？完全沒有印象啊。這些天，每天都幹了些什麼，一點記憶都沒有生成。

喝酒消磨時間之後，再次入夜，被子和枕頭上都還有前女友的體香，村下不禁有些悲傷，但當三點半的敲門聲響起的時候，他心裡就只剩下憤怒了。

「蠢貨，妳不睡覺的嗎？」這回他只在門上打開了小窗，死盯著前女友那張雪白的臉，全無血色。

「我就是要煩死你，不把貓還來我絕不罷休！」

又鬧騰了半個小時，村下終於躺回了床上，明天只有去找貓了，沒有別的辦法，睡著之前，他腦子裡最後的想法是這樣的。

突然間，他想起了什麼。

那個大箱子！

他睡意全無，起身打開儲藏間的門，一股奇怪的味道撲面而來，他也不確定自己回憶得是否準確，他只是手忙腳亂地把箱子放倒，打開鎖鍊……

前女友的衣服，前女友的照片，前女友的書，前女友的各種小食品，都還在，壓在它們下面的，摸上去像是什麼動物的軀幹。

村下慢慢伸出手，滿頭大汗，也許掀開之後夜裡會更難睡覺，他想告誡自己不要這麼做，但還是控制不了。

村下長出一口氣，不是，並不是貓的屍體。

除了前女友切成好幾塊的屍體和她還睜大眼睛的頭之外，並無其他東西。

「不過，明天也該去把貓找回來殺掉了」，村下無奈地關上箱子。

畢竟，她的鬼魂每天晚上都回來，實在有些打擾人的睡眠。

婦產科的鰻魚餅

聽起來非常荒謬，村下見過那些捧著鰻魚餅離開的少女，一個個臉上洋溢著幸福的笑容，好像只要吃了這份食物，就可以治癒身體的疼痛，彌補心靈的創傷。

村下義宏從醫學院畢業之後，不同於其他同學那樣嚮往東京的大醫院，他選擇了回到家鄉，位於四國的一個濱海小城市，開始了他的從醫生涯。

他就職的醫院並不大，除了婦產科稍微有些名氣之外，其他科室都只是勉強能運轉的程度，很多滿頭白髮的出診醫生大部分時間裡都在研究退休之後的環球旅行計劃。對他們來說，去南美看熱帶雨林或是去中國看帝王宮殿，遠遠比業界最新的技術進步來得有趣。

不過，村下反而覺得這樣的狀況也不錯，那些即將空出來的位子都是難得的機會。他相信，就算在這所小醫院，也能比困守在大城市的同學更快出人頭地，所以，他總是比任何人都努力。雖然作爲新進晚輩，把前輩交代的每一件事都做好是理所應當的事情，但他還是被人誇讚「村下君眞是個勤奮的人啊」。

當然，村下還是最喜歡在婦產科幫忙，畢竟這裡是四國島上最有名的婦產科，不少婦產科精英都嚮往這個地方，如果最終能留在這個科室，對職業發展來說，都會是一抹無法被掩蓋的亮色。

婦產科每天的病人，不，應該說是客人也是最多的，在其中占大多數的，不是正常分娩的產婦，而是慕名來做人工流產的少女。村下還在醫學院的時候就認眞研究過這個課題，並在一篇論文裡很認眞地從醫術、儀器、服務、氣候甚至交通等方面提出了八個理由，臨到醫院報到的時候，他也把論文交給前輩評價。

前輩哈哈一笑說：「村下君，最重要的理由你沒有寫呢。」

最重要的理由，前輩後來解釋說，其實是婦產科裡的一台特製烤箱，它能烤出四國島上最好吃的鰻魚餅，每一位做完人工流產的少女，都會免費得到一份現烤的鰻魚餅。

聽起來非常荒謬，也很難用統計學的方法去驗證，但事實可能就是如此。村下見過那些捧著鰻魚餅離開的少女，一個個臉上洋溢著幸福的笑容，好像只要吃了這份食物，就可以治癒身體的疼痛，彌補心靈的創傷。

村下記得自己最後一次在婦產科做助手，是在一個秋天的下午，空氣裡都是海風的鹹味。他認眞地看前輩把那個尚未成人形的肉團（甚至不能稱之為嬰兒）從少女身體裡取出來，放進地上的水桶裡——每一次，每一次面對這個畫面，村下眼前都會產生那個肉團在水桶裡游動的幻覺。當把那只桶拎起來，意識到它的重量較之前有了變化的時候，村下會避免在腦海裡想出「生命的重量」之類的詞語，他拼命告訴自己，那什麼也不是，什麼也不是。

「我想看看它。」少女偏過頭，望著村下，繼而眼神又移動到水桶上。

村下看看前輩，他還從未聽過這種請求，以前那些「準媽媽」都是穿好衣服領完鰻魚餅便揚長而去。

前輩點點頭。村下把水桶拿到少女眼前，後者眼皮顫動，死盯著桶裡，手抓著床沿，關節發白，村下真怕她吐在桶裡。

「行了。」少女最後淡淡地說。

村下把桶拿到另一個房間，將肉團從水桶裡取出來，按照例行規定把它放到秤上秤了一下，記錄準確的重量，在重量旁邊的是這天的日期以及肉團的代號——它自然還沒有名字，永遠也不會有。

最後，村下拉開牆邊的一道小門，裡面是一條黑洞洞的、深不見底的鋼鐵通道，村下把肉團扔了進去，任它沿著通道往下滑落。好一會兒，才聽見撲通一聲，它跌到了最底下。

村下按下門邊寫著「焚燒」的按鈕，他知道，那塊肉團正在底下熊熊燃燒，與之相連的發電設備開始發電，而在另一個房間，接受它供電的烤箱也運轉起來，一點一點地烤熟其中的鰻魚餅。

站在烤箱外的，是它的母親。

火場的布娃娃

原本用來包裹手臂的繃帶全部被解開，懸掛在床的兩側，她的兩隻手狠狠地掐著自己的脖子，沒有皮膚的傷處滿是四溢的體液和黏膜，鮮血在她胸前浸成一片。

常女士在燒傷科裡是個特殊的病人，她是在衝回著了大火的家之後被燒傷手臂的，這並不是特殊的地方，特殊的地方在於她是為了什麼。

我是回去救那個布娃娃的。

不管是面對消防署，還是醫生，她都是這樣回答的。

她描述整個過程的時候很平靜，完全不在乎別人不理解的目光。她說布娃娃在臥室的角落裡，被一個燃燒的櫃子壓住了，她拼盡全身的力氣才把櫃子抬起來，手臂就是在這個時候被燒爛的，只可惜娃娃也已經被燒成灰了，沒能救出來。

她臉上的神色頗為遺憾，明顯不為自己，而是為了那只布娃娃。

作為其他科的主治醫生，我必須展現出自己與燒傷科同事的不同，以堵住他們惡毒的嘴，所以我追問了一句，「為什麼要去救布娃娃？」

常女士回答說是因為冬冬想要，冬冬站在火場外面，想要他的布娃娃。

冬冬是她五歲的兒子。

我大概猜到是什麼病，便又問：「冬冬只是在腦子裡冒出這樣的想法，並沒有當面告訴妳對吧？」

「沒有。」她回答說。

我拿出筆記本開始寫，同時跟她解釋說：「妳這叫移情失控症，因為太愛一個人，妳的意志和靈魂都被妳愛的那個人的心志控制了。具體到妳這裡，就是妳移情到了冬冬身上，冬冬的想法可以完全控制妳，妳在那一瞬間失去了自我，也失去了作爲成年人應該有的判斷能力，淪落成爲他執行意志的工具。」

她臉上的表情似乎在說她不信。那是當然，沒有哪位病人是主動來看我這個科室的，我繼續解釋說：「妳的情況已經很嚴重了，能不能治好還需要觀察幾天，明天我再給妳做全面的神經檢查。」

可惜，我沒能等到明天。

當天夜裡，常女士就死了。她躺在床上，原本用來包裹手臂的繃帶全部被解開，懸掛在床的兩側，她的兩隻手狠狠地掐著自己的脖子，沒有皮膚的傷處滿是四溢的體液和黏膜，鮮血在她胸前浸成一片。

她是窒息而死的。

法醫在報告上寫著「自殺」，當然，這違背常識，因爲人不可能在不借助工具的情況下完全抑制自己的呼吸。

但他們找不到別的解釋。

我看著冬冬的眼睛，明亮透澈，天眞無邪。

我問他前一晚在做什麼。

他說睡覺。

我問是不是做了什麼夢。

他點頭說是的。

我問是什麼樣的夢。他說：「我夢見布娃娃很不高興，它恨我！它恨我沒有把它救出來，恨我讓它被活活燒死。它要我死，要我用命賠它。」

「然後你就驚醒了是嗎？」

「嗯，是的。」

「醒了之後，在想什麼？」

「在想殺死自己。」冬冬幽幽地說。

佐佐木家的狗

佐佐木聽村下說得這樣絕情，知道已經無可挽回，悲號一聲，慢慢爬過來抱住次郎，將牠攬入懷裡，不甘地說：「再見了，好孩子……再見了……」

村下義宏收好雨傘，按下門鈴，靜靜地在門口等了一會兒，聽見屋內一雙拖鞋踩在地板上的聲音由遠及近，然後貓眼黑了一下，最後門被打開，露出一道縫隙。

佐佐木友介那雙佈滿血絲的眼睛從縫隙朝外盯著，滿是防備，「什麼事？」

雖然已經有了十年的交情，但還是被他這樣冷漠地對待，村下心底略覺不爽。想到今天要來辦的事情關係兩人的前途甚至性命，便也不好發作，「進去再說，事情嚴重了。」

佐佐木的雙眼亮了一下光，但只是一瞬，轉而又黯淡下去，解下門邊的鎖鍊，放村下進了房間。

屋裡瀰漫著一股尿騷氣息，與附近只剩下孤寡老人的舊房子別無二致，「你也不打開窗透透氣，眞是的，不怕悶死嗎？」

佐佐木推開擺滿榻榻米的舊報紙，爲村下騰出一片坐的地方，「不行，次郎害怕見光。」

村下跪坐在矮桌前，雙手環抱，「我今天來，就是要說關於次郎的事情。」

佐佐木臉上沒什麼表情，一隻手擱在膝蓋上，靜止得像一具醜陋的蠟像。

「友介君，你必須收手了。我聽說，已經有人報案了。」

佐佐木抬眼看了村下一眼，吸吸鼻子，「隨他們吧，我不在乎。」

村下身體往前一傾，看架勢恨不得撲到佐佐木身上，撕開他的胸腔，看看他的心臟是什麼顏色，「這不是你在不在乎的問題，你明白嗎？這還關係到我的前途，以及次郎的幸福！」說完這句話，村下輕聲呼喚次郎的名字。

次郎歡快地跑了出來，湊到村下腳前嗅嗅，又爬上他的肩膀去舔他的臉。

「你看牠多可愛，我怎麼捨得把牠送走。」

「這已經由不得你了，我直說吧，明天一早，員警就會過來入室搜查，我已經盡了全力為你爭取時間。」

次郎大概也意識到自己是話題的中心，並且即將發生不太愉快的事情，輕輕發出哼叫，不安地抖動著身體，村下不住地通過撫摸牠的頭來安慰牠。

「那你說怎麼辦？我這麼喜歡狗的人，如果沒有狗在身邊，我肯定活不下去，上一個次郎死的時候我消沉了半年，你也是知道的，直到我遇見牠。」佐佐木瞪大眼睛，眼珠子幾乎要跳出來。在他眼仁之中映照出來的，是次郎畏懼害怕的樣子。

「我早跟你說了，牠不是你的那個次郎，牠只是碰巧名字一樣而已。你當時不顧後果把牠偷回來我就反對，要不是看你幾次要自殺，我一定會阻止你。但事到如今，也沒有別的辦法，今天就要連夜把牠送走。」

「不行，絕對不行！誰也不能把牠從我身邊奪走，除非把我殺了！你知道嗎？」

佐佐木瞪著眼睛，狀欲噬人，「帶走次郎就是讓我死！」

「你把牠留在這裡就是要我死！」村下拿出手槍，放在桌上——靠近自己，「如果你不讓我把牠帶走，我現在就打死牠。」

佐佐木聽村下說得這樣絕情，知道已經無可挽回，悲號一聲，慢慢爬過來抱住次郎，將牠攬入懷裡，不甘地說：「再見了，好孩子……再見了……」

月夜如水，四下無聲。村下義宏牽著次郎悄悄離開了佐佐木家，想到明天員警興師動眾地來到此地，只會撲一個空，之前的焦慮心情總算煙消雲散。

離得遠些了，村下拽住繩子，次郎停下回頭望著他。

「我不知道你聽不聽得懂，但是，孩子，站起來吧，你不用再扮狗了，沒有人會再逼你了。」

次郎疑惑地歪了歪頭。

村下走過去，蹲下身，溫柔地捏住次郎的雙手，慢慢地抬離地面。

這個三年前被佐佐木從外地偷回來，一直被他當作狗飼養了三年的孩子，終於第一次站了起來。

Calling Myself

見他這個鬼樣子，我真想一腳把他踢飛。四周的人都在鬼哭狼嚎，呼爹喊娘，個別心理素質過硬的已經開始寫遺書了，我們卻在這兒……玩手機？

飛機起飛之後一直在顛簸，杯中的水晃蕩不止，波紋一圈一圈的，讓人不得心安。我又摸了摸襯衫最頂端的扣子，終於將它解開，這才覺得呼吸順暢了一些。

「好像不太對頭。」

坐在我身邊的阿斌放下報紙，扶了扶眼鏡，「你說什麼不對頭？」

「顛簸了這麼久，都沒有空服員出來說話，你不覺得奇怪嗎？」

「是啊，平常不會這樣的。」阿斌解開安全帶，扶著前排的靠背，起身往前看去，然後說：「連一個空姐都沒看到。」

「見鬼了，這幫人居然也沒吵……」

飛機突然栽頭向下，一個俯衝，杯子翻騰起來，水全部灑到我臉上，眼前模糊一片。安全帶如同一雙利爪，勒得我腹部生疼，內臟擠成一團，一小時前才吃進胃裡的豬肉泡飯裹著濃湯順食道上湧，衝入口腔之內，即將……

飛機猛地又是往上一拉，機頭朝上，人群再次爆發出一陣呼喊。我整個人都被靠背吸了回去，剛剛還抱在一起的內臟轉瞬集體貼在背上，嘴裡那口濃湯泡飯順勢又倒流回胃裡。

我掙扎著要解開安全帶。

「別……別解……」是阿斌的聲音。

我不知道他是從哪兒爬回來的，肩窩上插著一根金屬棍，洞穿至背，鮮血濺在臉上，再流入脖頸，一道一道的，像是春節的窗花。

「坐好……我有事……告訴你……」

這都什麼時候了，還有閒情說別的事？我不相信地看著他，如果不是多年的朋友，見他這個鬼樣子，我眞想一腳把他踢飛。

「我褲子右邊口袋裡……有一支手機，你拿出來……」

四周的人都在鬼哭狼嚎，呼爹喊娘，個別心理素質過硬的已經開始寫遺書了，我們卻在這兒……玩手機？

我拿出手機，是個很老式的諾基亞，相信它在大街上流行的時候，我的青春還沒有因爲女神名花有主而終結。

「你要我把它當古董傳給後人嗎？」

「不，不是……這個東西，可以……救我們的命。」

難道它能遙控飛機？我按了一下撥號鍵，只是顯示出一排全是問號的通話記錄。

「怎麼救？」

「這個手機……這個手機我用了很多很多年……」

「看得出來。」

阿斌很失望地望著我。

「好，好，你說，我不打斷你。」

「這些通話記錄全部是打給……打給我自己的……每一條……每一條通話記錄都是……我過去生命裡的存檔點，只要打通，過去的我……接了電話，我們……我們就可以被傳送回過去。」

我搖搖頭，「阿斌，遺言要說點靠譜的，知道嗎？」

阿斌眼淚出來了，「我現在動不了了，你以爲……我不想自己打嗎？相信我，這是救我們的唯一辦法。」

「那你告訴我，這些存檔點都是怎麼確定的？」

「我每用一次電話，就會……就會生成一個存檔點，我平時……平時也會多用，好生成更多的存檔點……」

「那應該撥通哪個？」

「你還記得……上個月……」

飛機猛然往左翻滾，我只覺天旋地轉，胃裡翻江倒海，終於吐了出來。但它沒給我擦拭的時間，我又往前栽倒，全身的重量都支撐在安全帶上，我知道，這次沒救了，飛機正在直直往下掉。

我轉過脖子看向阿斌，另一根更長更粗的金屬棍插穿了他的肚子，腸流滿地，已然斷了氣。飛機上哪來的金屬棍啊，混蛋！

「你倒是慢點死啊，你還沒告訴我打哪個電話呢！」

我猜只有幾十秒留給我了，看著這上百條全是問號的通話記錄，作爲天秤座的我，不禁感歎爲什麼死的不是我。

不管了！

大拇指向下發力，我按向了撥號鍵——在即將接觸的瞬間，心裡一動，我又點了一下方向鍵，最終撥通了它下面的那一條。

嘟……

嘟……

嘟……

嘟……

你倒是接啊！

嘟……

嘟……

終於，雖然聲音有點走樣，但阿斌的聲音終於響起。「喂？」

強烈的光迎面而來，我好像還聽到了音樂聲，是諾基亞的經典鈴聲？我看見自己拽著阿斌的屍體掉進一個五彩斑斕的三D隧道裡，跌跌撞撞，跌跌撞撞……

意識轉眼清醒，我發現自己坐在一輛吉普車裡，發動機吭嗤吭嗤響，顯然是快沒油了。

阿斌在我旁邊，一臉緊張地看著他那部諾基亞手機的螢幕。

「我們回來了？」

「回你個頭啊，要死了！」他大聲詛咒說：「你盯著，我找個存檔點！」

我望向車外，日落之下的草原泛出金黃的顏色，廣袤無垠，十幾頭獅子眼冒金光，歡天喜地，正朝我們狂奔而來……

難道說，我選錯存檔點了？

遲到的守護神

她們母女遭遇了車禍，那輛裝滿泥土的翻斗車從十字路口另一邊衝過來的時候，我剛好經過長途跋涉後抵達，準備全面認識一下我的守護對象。

我活著的時候是有名字的，但很少被人叫起，死後跌跌撞撞，姓啥名啥早已忘記。所以，就以擱我屍體的那間停屍房的招牌作爲我的名字吧。

我叫「葬龍所」，我是一名守護神。

其實，稱爲神很勉強，但現在這個年頭，成神的門檻越來越低，在人間混得好的，死了多捐點錢，也能捐個這神那神的頭銜。比如包子神、公車神、下水道神，雖說獨一無二，但名號比我的還難聽。

守護神有千千萬，想混出頭很難，但凡混出名堂的，都有些擺得上檯面的特質。

我的特質是遲到，一種「充滿無力感」的遲到。

我這次守護的對象是一個小姑娘，好像是叫明明，也可能是銘銘，因爲只是模糊地聽見別人叫了幾聲她的名字，所以我並不是很確定。

我現在坐在一排長椅中間，手裡拿著一朵白花，出門的時候僕人提醒我帶上這朵花，臉上滿是鄙視我的神色。從神界到凡間，我雖然只用了幾個小時，這朵花卻已經開始枯萎了，白色花瓣底部顯出焦黃色的紋路，莖部也沒有最開始那麼堅挺，很明顯，它沒興致適應凡間糟糕的空氣。我輕輕歎了口氣。

「叔叔，你爲什麼要歎氣呀？」坐在我旁邊的，就是叫明明或者銘銘的小姑娘。

「好的東西變糟了，是要感慨一下的。」我對她一笑。

她也還給我一個笑容，只是一瞬，然後指著站在不遠處的一個女人，「那是我媽媽。」

「嗯，我看見了。」

「媽媽很漂亮。」

「是，很漂亮。」

「所以我也很漂亮。」她臉帶笑意，口氣卻一本正經。

「對，妳也很漂亮。」

「但是……」她遲疑了一下，皺著眉頭，「媽媽受傷了。」

她們母女遭遇了車禍，那輛裝滿泥土的翻斗車從十字路口另一邊衝過來的時候，我剛好經過長途跋涉後抵達，準備全面認識一下我的守護對象。假如是個男孩，我得知道他喜歡多少種體育運動，會不會有某種野蠻的競技一不小心就要了他的小命；假如是個女孩，我得知道她收藏了多少個毛絨玩具，是不是趁她不注意的時候就被貓貓狗狗咬得滿身是洞。

我滿心以爲，五歲的守護對象，只會交辦我諸如此類的任務。

但沒想到，第一個命令就是救她的母親，她的母親牽著她的手，站在馬路中間，目瞪口呆，兩腿僵直，完全不知道下一步該如何行動。所謂下一步，就是半秒之後，被翻斗車堅實的車頭撞成一灘爛泥。明明或者銘銘那瞬間腦海裡想到的唯一事情，就是救媽媽。

她不知道我的存在，但我還是出手了。我拽住她媽媽的手往回拉，車幾乎貼著她的臉呼嘯而去，雖然輪胎仍然輾過了腳趾，但終歸沒有喪命。

「她會好起來的。」我說，然後，我把花遞到明明或者銘銘手裡。

她把花拿到鼻子邊，聞了一下，「好香。叔叔，你叫什麼呀？來我家做什麼？」

「我叫葬龍所。」我看向掛在靈堂上的照片，「我來，參加一個葬禮。」

「哦，這樣啊。這朵花眞好看，可以送給我嗎？」

「可以的。」我摸了下她的額頭，那上面還有未散去的瘀青，「這朵花本來就是拿來送給妳的。」

她笑著說了聲謝謝。

她還不明白她爲什麼會看得見我，還不明白這裡的所有人是在爲誰悲傷。

畢竟，遲到的我並不能把她們兩個人都救下來。

被中斷的魔術

掀開那塊黑布，觀眾轟地響起一片掌聲。因為大家都看見秋聲從箱子裡坐起，活動自己的四肢。她站起來，邁著久違的步子在舞台上走了兩個來回，身姿綽約，美妙動人。

「你以爲魔術的本質是什麼？」

「是欺騙觀衆嗎？」

「不是，是欺騙自己。」

龍三和秋聲在魔術師圈子裡小有名氣，頗得艷羨，因爲他們是一對夫妻，而且是技藝超群的夫妻。

龍三沒怎麼上過學，靠跑江湖闖出了名堂，秋聲卻是大學魔術表演協會的副會長；龍三表演的時候穿大褂，開演前要先敲上一聲鑼，秋聲但凡登台必穿燕尾服，背景音樂得用鋼琴曲《星河與波光》。龍三的觀衆都沒什麼錢，常常有人逃票鑽進棚子來看他變花樣，秋聲年年隨團出國表演，坐在第一排的都是大使、參贊，他們戴的手錶晃眼得很。

龍三和秋聲各有所長，各投所好，下里巴人，陽春白雪。

就是這樣兩個不同世界的人，偏偏走到了一起。結婚當天，秋聲的大學男同學們個個喝得面紅耳赤，憤憤不平，不服氣的還要質問一句，「妳跟他有什麼可說的？」

「有……有一個，魔術。」秋聲回答。

婚後的生活沒有新鮮事，件件都透著習以爲常的喜悅。

龍三和秋聲開始同台表演，龍三做主，秋聲爲輔。龍三想串詞，句句都能把觀眾逗樂；秋聲選服裝，件件都讓觀眾亮眼。龍三跟秋聲學舞台魔術，其實也簡單，就是把他那些上不了檯面的東西換得亮堂一些，變水缸換成變鋼琴，變猴子換成變美女。

這美女，就是秋聲自己。

秋聲喜歡給龍三做助手，因爲他總能把尋常的魔術變出新意，新得讓行家裡手都無法理解。人家變鳥變魚總是準備兩隻一樣的，變一隻死一隻，他從來都是一隻到底，絕不殺生。人家玩活人瞬移都得滿世界找雙胞胎，他隨便拉個觀眾就能變，幾十台攝影機跟拍也找不出破綻。

秋聲問過他，「老公，你是怎麼變的？」

龍三笑笑說：「這是魔法。」

秋聲自然不信，心裡也不快，原來就算是夫妻，也還在心裡裝著同行的防備。

直到排演電鋸活人的時候，秋聲才終於信了龍三的說法。

別的魔術師把女助手鋸成三段，龍三把秋聲鋸成四段；別的魔術師心裡忐忑，因爲櫃子那麼大，觀眾總會懷疑，龍三面色坦然，因爲櫃子狹窄得秋聲想翻個身都困難。

不，這些都不重要。

重要的是，龍三是眞的用鋸子把秋聲的身體鋸開，就像撕開一幅美麗的圖畫。秋聲覺得那種感覺很美妙，沒有痛感，也不會流血，只是心念轉動，遠處的大腳趾會調皮地翹起來，神經相連，身首異處。

這眞的是魔法，是常人無法理解更無法掌控的魔法。

「老公，你的魔術是……」

「是欺騙，把魔法偽裝成魔術，騙你們每一個人。」

於是，電鋸活人，這個觀眾早就看膩的魔術成了他們的主打。他們邀請最有名的魔術師來觀摩，讓他們猜是用了什麼手法，他們卻只帶走再也合不上的下巴，什麼話也沒有留下。龍三甚至允許觀眾上來操刀鋸開秋聲，然後在男男女女驚恐興奮的尖叫聲中將妻子復原，讓她完整無缺地在舞台上走個來回，接受這世上最熱烈的喝彩。

事故在最後一次電鋸聲中發生。

戲院裡擠進了開演以來最多的觀眾，舞台邊的地上都坐滿了人。燈光打在舞台上，所有的觀眾背光而坐，只能看到他們冒光的眼睛。

龍三站在妻子面前，和她對視了一眼，做了個切菜的動作，秋聲忍住沒笑。

似乎和往常沒什麼不同，龍三熟練地下了三鋸——當胸、齊腰、過膝，再將每一截櫃子分開，讓觀眾清楚地看到，人確實被鋸成了四段，就像剛從冰箱裡拿出來的三文魚。

龍三做了幾個過場銜接，又說了幾句逗笑的話，下一步就是再把妻子拼回去。

而就在這時，舞台邊一個觀眾突然站了起來，背光之下，龍三沒有看清他手上的動作，其他人卻發出一聲驚呼。

雖然有人第一時間撲上去，但槍還是響了。

子彈打進了龍三的肩膀。

龍三沒有時間驚懼，只是捂著汩汩冒血的傷口，一步步走向秋聲，他知道現在最要緊的是什麼。

手剛扶在櫃子上，他便暈了過去。

醒過來時是在醫院，龍三拉住護士的手，要求見妻子。護士說你妻子現在的狀態很不好。

「護士，現在就帶我去見她，只有我能救她！」

他說對了一半，他確實能救秋聲，但那是過去式。當他看到病床上斷成四截的妻子時，蓋上被子，試圖再使用他的魔法。

卻失敗了。

可能是因爲突遭襲擊，也可能是因爲失血過多，不管怎樣，龍三的魔法消失了。

「不……不可能……」

龍三語無倫次地重複著，跪在妻子面前，茫然無措。他想哭，想抱著妻子哭，卻不知道該抱她的哪一部分。

秋聲看著這個失去魔法的男人，他的一半魔法將自己變成了活著的碎屍，另一半魔法卻不知道去了哪裡。

「我再也不能復原了是吧？」

「對不起……對不起……」龍三抓扯著自己的頭髮，號啕大哭。

兇手被捕、受審、獲刑、入獄，整個流程沒用太多時間。不知道動機，是競爭對手雇來的，還是狂熱到發瘋的崇拜者，搞不清楚，搞清楚了也毫無意義。

龍三和秋聲再也不能登台表演，他們整天躲在家裡，一個躺著，一個坐著，一個身體垮掉了，一個靈魂崩塌了。

龍三本來也去看了很多醫生，但總是在說到「希望恢復我的魔法能力」的時候被趕去精神科。後來，他又找到各路半仙，在家裡各個位置給各式名號的鬼怪燒紙錢，除了把家裡搞得烏煙瘴氣以外，沒起到任何作用。

他漸漸認命了，唉聲歎氣，借酒澆愁，對著秋聲怪異的軀體，一邊流眼淚一邊打自己。

「老公，我不怪你。」秋聲說：「是我們自己玩魔法玩得太過了，我們不該用魔法騙人。」

「不用魔法，是嗎？」龍三重複道，他認爲這是妻子的暗示，那些不需要魔法的技巧，他還記得多少？

「不用魔法，我能練到以前的水準嗎？」

「爲什麼不試試呢？其他魔術師都是這麼做的呀。」秋聲鼓勵他說。

「我都成這個樣子了，不在這等你，還能去哪兒？」

「妳願意等嗎？」

這是個漫長的過程，龍三幾乎是從頭學起，手法的快慢、精準度，道具的精確、細密，每一個環節，失去魔法的輔助，對他來說都難上加難。

他無數次想要放棄，又無數次因爲秋聲的鼓勵而重新站起來。

一開始，沒有多少人認可他漏洞百出的表演，雖然大家都知道他遭到襲擊，可能心靈也受到創傷，不會當面嘲笑他，但誰也不願意花錢看那些平淡無奇的節目。

於是，他把攤子支到戲院外面，在地上倒放一頂帽子，捏碎一把花瓣在手裡，手往半空一抓，變回一枝紅玫瑰。若被正排隊買票的觀眾看到，倒也有幾聲稀稀拉拉的掌聲，就像當年在街頭賣藝時一樣。

慢慢地，一枝玫瑰變成了一大束玫瑰，面前的觀眾從幾個變成了幾十個，到最後一層一層人頭攢動，前排歡呼，後排喧嘩。終於，戲院又邀請他回去，回到那個曾經屬於他的地方。

龍三的復原魔術成了他新的招牌，甚至有人傳說，連博物館那些碎掉的古董瓷器，都是龍三變回原樣的。

他終於又回到了神奇的頂峰，在沒有魔法的幫助下。

機會成熟了，他選定一個星期五黃金時段，讓戲院掛出「最後一場」的海報。全城震動，每個人都想知道，龍三在最後一場魔術裡，將復原什麼不得了的東西。

星期五轉眼就到，戲院裡擠滿了人，老闆叫人前後往復，足足查了三遍的票，清出去三十幾個逃票的。縱然如此，人和人之間也沒半點縫隙，吸口氣都聞得出來旁邊的人今晚吃的是什麼。

前面表演的那些魔術雖也有人喝彩，但看的人終歸是興味索然，什麼百變衣裝、袖底出魚，都是老把戲，就只有那些沒見識的小孩瞪大眼珠子想看個究竟，嘰嘰喳喳吵個不休。

開場兩個多小時之後，龍三總算上場了，剛往舞台中間一站，還沒說話，場下便是一陣三分鐘的掌聲。

他右手一抬，示意大家安靜，場子裡便馬上鴉雀無聲。

龍三穿一襲青衣大褂，瘦弱的身材顯得有些乾癟，誰也猜不到他衣服底下有沒有藏著道具。

「曾經，我有一個魔術被中斷了，沒有給大家表演完。」龍三不緊不慢地說：「今天，我想給所有人一個交代。」

四個助手各抱著一個大箱子走上台，他們將箱子放在舞台中間，取下擋在前邊的擋板，露出裡面的「東西」來。

「呀！我的天！」膽子小的已經叫出聲來，膽子大的只管啿嚓啿嚓地拍照。

「這是我的妻子，在那次被中斷的魔術裡，她是最大的受害者。今天，我希望在你們的見證下，彌補我的過錯。」龍三走過去，撫摸了一下妻子的面龐，與她相視一笑。

觀衆個個都嫌眨眼的時間太長，他們看著龍三拿出一塊黑布，將四個已經拼接在一起的箱子蓋住，箱子裡斷成四截的秋聲立時被擋在了布的後面。

龍三隔著黑布抱住箱子，動作舒緩，在每一道箱子與箱子之間的縫隙處吻了一下。然後，他直起腰，看著台下的觀衆。

戲院定格了十秒鐘，無人說話。

龍三長出一口氣，將箱子之間的擋板一一抽去，最後掀開那塊黑布，觀衆轟地響起一片掌聲。

因爲大家都看見秋聲從箱子裡坐起，活動自己的四肢。她站起來，邁著久違的步子在舞台上走了兩個來回，身姿綽約，美妙動人。

「你成功了，成功救回了我的身體。」說完這句，秋聲停住手中擺動的懷錶，直視著丈夫失神的雙眼，「就到這裡吧。」

秋聲中斷了她這次的催眠術——或許也是最後一次。在她爲龍三設計的場景裡，龍三重新學會了魔術，並拼回了秋聲的身體。

她並不打算喚醒丈夫。

從此，龍三將不會再生活在悔恨之中，也不會再頹廢下去，因爲他相信自己已經復原了妻子。他眼裡的秋聲，完整並且美麗，他們又回到了過去的生活軌跡，又做回了魔術圈頂尖的搭檔夫妻。

「老公，你知道魔術的悲哀是什麼嗎？」

「是什麼？」

秋聲半截身體坐在輪椅裡，望著夕陽，想像著身後的臥室床上，自己那根翹起的大腳趾，回答說：「是可以騙所有人，卻騙不了自己。」

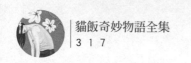

轉生申請書

我大概已經預料到即將展開的悲慘人生了。轉生就是一段自以為代表莊重與聖潔的音樂——其實只是雜訊，劈哩啪啦，轟隆隆咚鏘鏘……然後，在一片光彩之中，迎來了我的新生。

正因爲有太多的抉擇，所以反而無法預知，究竟是哪一項決定了我們來生的命運。

我坐在天使辦公桌前的時候，只是看著他，沒有說話。他頭頂的聖光更加明亮，看得出來他終於得償所願地升了職。

他也看著我，畢竟是熟客，想必已經認識我，良久才說：「你胖了。」

我無奈地一笑，「剛從中國回來，東西很好吃。」

他恍然大悟地噢了一聲，看了一眼螢幕，「二十一歲，嗯，這次怎麼死的？」

「走路照鏡子，被車撞。」

「疼嗎？」

「挺疼的。」

對話停止，見他這麼多次，早發現他除了工作之外，完全不知道怎麼跟人聊天，我只好把話題引向正題，「來生，我不想做人了。」

「爲什麼？」

「覺得做人太累，想要的太多，得不到的更多。」

他兩隻手撐住桌沿，身體前傾，「你要想清楚，你是輪迴了無數次才爭取到做人優先權的，你還記得自己做人之前是什麼嗎？」

「是蝸牛。」

「做蝸牛很開心嗎？」

「我被小孩子踩爆了一萬次。」

他在螢幕上新建了一份《轉生申請書人類版》，「所以嘍，說吧，這次做男人還是女人？」

我知道，冗長的轉生傾向調查又開始了，「隨便。」

「怎麼能隨便呢？我們把性別放在第一項就是因爲它最重要！」

我想不明白，同一句台詞每天要說無數遍，他爲什麼還能擠出這麼豐富的面部表情，「現在可以選長相了嗎？」

「外貌自由定制功能還在調試，預計下輩子上線。」

我心裡竄火，「又是下輩子，你上次也說下輩子，這次還是下輩子！」

「我收到的通知就是這麼寫的，想長得好看，等下輩子吧。」他的語氣還是一如既往地平靜——傳言非虛，天使根本沒有情緒。

「那我還選什麼？你們隨機分配的相貌那麼奇葩，做男做女有什麼分別？」

「你剛剛這輩子不是美女嗎？」

我一陣氣苦，「就是因爲太漂亮，八輩子都沒這麼漂亮過，恨不得分分秒秒都在照鏡子，結果被車撞死了！我才活到二十一歲！」

「那你這次做男人吧。國家，選國家吧，選三個，要我解釋嗎？」本著公平原則，國家完全隨機分配，每個人可以選三個傾向國家，按順序分別提高三％、二％、一％的分配機率，我他媽都能背了。

「選唄，反正也沒什麼用。」

「怎麼會沒用呢？」他還眞是天堂的好員工，總認爲自家產品完美無缺。

「我轉生多少回了？你自己說！我哪次不是首選丹麥？結果呢？我不是印度人就是中國人！」

他擺出一副客服人員的架勢，「這是因爲印度和中國人口龐大，就或然率而言，隨機分配到這兩個國家的機率就要大很多，比如分配爲中國人的機率一般都接近二十％。」

「是是是，你們的系統沒問題，反正說來說去都是我自己的問題！那你來幫我選吧，我聽你安排，總行了吧？」

這位天使大哥也不生氣，很認眞地在螢幕上查閱了一番，「嗯，最近幾內亞比紹在搞優惠活動，轉生就送長命百歲擴展包和八塊腹肌，我覺得蠻划算的……」

「划算個鬼啊！」我迫不及待地打斷他，「我才不要去非洲看動物大遷徙！」

「那索馬利亞呢？這個地方一直在打仗，平均年齡很低，輪迴速度快，轉生一次只消耗三分之一的人類積分，適合多次往返，增加做人的次數，別人當一回人，你能當三回。」

「呃……誰要每次投胎都當炮灰啊？算了算了，不指望你了。丹麥、奧地利、紐西蘭，你這麼塡吧，快塡。」

「我必須說明，這三個都是熱門國家，轉生成功率很低的。」

我白了他一眼，「要你管？」

「好吧。」他勾上三個國家，又對我說：「選一項天賦能力，這個總有用吧？實打實的，選什麼就一定有什麼。」

我一拍桌子，「你還好意思說！我上上輩子選了個航海天才的天賦，你把我轉生到蒙古，看了一輩子風吹草低見牛羊，還沒找你算帳呢！」

「天賦和國家是分別獨立的系統，出現矛盾屬於正常情況。」他的每句話都理性得讓人想抽他，「我的建議是，選天賦能力的時候一定不要選太過細化、依賴條件過高的能力。」

「那要是我選個煉丹奇才，你是不是要把我轉生到梵蒂岡？」

他認眞地想了一下，「不排除這種可能。」

上帝都找了一幫什麼樣的死腦筋給他幹活……「反正你們這些高高在上的天使就是爲了折磨我們。店大欺客嘛，這個道理我懂。」

「我們的一切行爲都是爲了讓你們擁有更舒適的人生體驗，讓你們擁抱生命的美好，感受來自上帝的榮光。」

「謝謝你這口參雞湯，我膩得慌。」我搖搖頭，懶得再跟他爭執，順著天賦表一條條看下去，終於，一個最長的詞跳了出來，「英特那雄納爾就一定會實現，這是什麼？」

「是個BUG。」

「你們這還有BUG？」

「技術天使們說這跟底層代碼有關係，已經寫死了，想修正的話就得重寫整個轉生系統，所以就一直留著了。」

我來了興趣，「那我選它。」

他在申請書上輸入這個詞，系統卡了半分鐘，總算錄入成功，「展開解釋一下，英特那雄納爾就一定會實現，該天賦能力下包含這樣幾個子功能：永遠不受壓迫，永遠不受奴役，永遠享有食物，永遠爲了理想而奮鬥。」

「聽起來還不錯嘛，很萬能的樣子，就它了。」

「好，下一項，缺陷排除。」

「你們系統又升級了？」

「對，這是新加的功能，允許你們排除兩個缺陷，這種缺陷可以是疾病，也可以是性格，這是缺陷表。」

這個表長得拖到地上，還捲了好幾層。

「這比天賦表多了十倍還不止好嗎？你還說是爲了我們好，就憑這些莫名其妙的缺陷，就看得出來老天爺有多變態！」

他不笑也不反駁，只是看著我，等我做出選擇。

我一目十行地瀏覽著缺陷表，眞是滿紙荒唐言，一把辛酸淚。大部分缺陷從來都沒聽說過，白血病、愛滋病當然很可怕，但是看到「易發胖體質」也會忍不住想排除掉。

「憑什麼只能選兩個啊，就不能讓大家完美無缺地生活著嗎？」

「這個問題我不能回答。」

我繼續往後看，玻璃心、衝動型消費者、選擇困難症——神經病，這上萬個選項，沒這病的也給嚇出病了。

「喲，你們這還有綠茶婊啊，更新很及時嘛。」

「人間的風吹草動我們都會跟進。」

「其實，綠茶婊不該出現在缺陷表裡，它算是一種天賦技能。」

「好的，我反應一下。」

太多了，太多了，眞的太多了，根本沒法選。排除任何兩個，剩下的照樣能讓人生一片愁雲慘霧。

「不排除的缺陷一定會有嗎？」

「不是，排除掉的百分百不會出現，沒排除的仍然遵循正常的出現機率。」

「唉，那我選經濟點的吧，這個，家庭常見小病綜合包和陽痿。」

「好的，家庭常見小病綜合包內包括感冒、發燒、肚子痛、口腔潰瘍和消化不良，陽痿則是……」

「不用解釋，我懂，我當男人就要當得專業點，免得你們用這病來坑我。」

天使把選項輸入系統，然後又等了十分鐘才獲得確認，「還有最後一項，是否接受物種調劑？」

「敢不接受嗎？那些不接受調劑又等不到合適轉生機會的，都被你們打發到地獄去了，我又不是不知道。」

他總算笑了一次，頗爲詭異，「好的，我最後再跟你確認一遍。性別男，國家傾向依次是丹麥、奧地利、紐西蘭，天賦能力爲英特那雄納爾就一定會實現，排除的缺陷爲家庭常見小病綜合包以及陽痿，接受調劑，沒有錯吧？」

「沒錯。」我大概已經預料到即將展開的悲慘人生了。

轉生就是一段自以爲代表莊重與聖潔的音樂——其實只是雜訊，劈哩啪啦，轟隆隆咚鏘鏘……

然後，在一片光彩之中，迎來了我的新生：

我是一隻小毛驢，從來不被騎。

我常常去配種，也常常去趕集。

我不生病不傷蹄，不拉磨盤不尿急。

我喝著多瑙河，抱著手風琴。

頭頂一隻胡蘿蔔，

嘿——呀，追也追不及！

我是一隻小毛驢，從來不被騎。

我天天追夕陽，還夜夜踩流星。

我不打噴嚏不放屁，不摔跟頭不滾泥。
我喝著多瑙河，抱著手風琴。
頭頂一隻胡蘿蔔，
嘿——呀，追也追不及！

一萬光年的愛戀

「沉默的花瓣」又發來一條訊息。羅傑斯一時沒太明白這句話的意思，他猜測是她打錯了字，或者開了個不那麼好笑的玩笑……

羅傑斯要去見網友——女網友，在一萬光年之外。

他和她在一年前結識，在一個談論美食的線上聊天室。當時，羅傑斯說了這樣一句話，「撇開倫理不談，人肉確實味道不錯，只要你遇到會做的廚師。」當然，這引來一大波謾罵。

「變態！」

「沒人性，回家吃你媽去吧！」

「讓你老婆多生幾個胎盤給你吃。」

一天後，他收到一條加密訊息：「黑色雨傘，你好，我很贊同你的觀點。但這樣的觀點在整個銀河帝國裡面太過驚世駭俗，我從來都不敢公開這樣講，你卻敢說出來，我很佩服你。」來源ＩＤ是「沉默的花瓣」，ＩＰ地址在羅森。

羅森是一個新加入銀河帝國的偏遠星球，距離首都川砣有一萬光年之遠，在上億年前就已經有地球移民前往定居。它終年被白雪覆蓋，儘管氣候嚴寒，卻已經是它所在星系最適宜智慧生命生存的星球。在川砣剛剛發佈的《銀河帝國千年發展綱要》裡，提出要把羅森打造成帝國邊緣最具特色的旅遊勝地。

羅傑斯回覆道：「既然喜歡就應該大聲說出來，這是每個人的權利。」自那之後，羅傑斯便常常與這位「沉默的花瓣」聊天，話題從人肉延展到料理，再從料理擴展到其他相同或不同的志趣。他們驚訝地發現，彼此不同的地方實在太少，相同的地方如此之多，以致於都認爲對方是這個宇宙裡最理解自己的人。兩個人雖然相隔一萬光年，未曾謀面，但只要看到對方發來的文字，就有一種近在咫尺、觸手可及的感覺。

在「沉默的花瓣」發來的照片中，羅森的雪國景致顯得粗獷而奔放，站在靜謐山巔凝望遠方的狂風和暴雪，還有深埋在千年積雪之下只露出一根手指的巨大神像，無不讓人嚮往這顆未被開發、帶著遠古氣息的星球。在羅傑斯看來，川砣就顯得無趣很多，綿延不絕的鋼鐵大廈，井然有序的空中車流，還有擠滿整個行星表面按部就班地生活著的四百億人口。

「沉默的花瓣」就是他心底憧憬異域和嚮往自由的最好出口。

「我想見妳。」終於有一天，羅傑斯發了這樣一條資訊給她。

這條資訊穿越了一萬光年，讓羅傑斯忐忑不安地等待了足足十天，才終於收到回覆：「好的，我們在哪裡見？」

羅傑斯忍不住在螢幕前歡呼了一下，按捺住激動的心情，他敲擊鍵盤，「我去妳的星球怎麼樣？」

「羅森和川砣還沒有開通星際航班，你來不方便，我們去新蓋亞吧？」新蓋亞是一顆不怎麼起眼的衛星，從距離上算位於羅森和川砣的中點，當年因爲中轉物資和軍隊而被建成一個交通樞紐，後來逐漸衰落，如今只是一顆普通的觀光星球。

「好，地球曆下個月三日，我們在新蓋亞見。」

「好的。」

羅傑斯猶豫了一陣，最終還是沒有向「沉默的花瓣」要照片，他希望把驚喜留到最後一刻。而且，他並不是一個看重長相的人，既然他們有這樣多的共同點，外貌好不好看，實在是一個無關緊要的因素。

川砣到新蓋亞的航班一週一班，速度算不上快，加上花在路上的時間，羅傑斯只能在月底恰恰趕到，還得祈禱不要航班晚點。

「抱歉，得讓妳等我了。」

「沒關係，你把通信器的定位功能打開。」

點擊一下之後，羅傑斯看到通信器上顯示了一個數位：一萬光年。

這是他和她之間的距離。

「我經過了我們星系的太陽，給你看。」「沉默的花瓣」發來一張照片。

照片上只看到大片的亮紅色，巨大得如同沒有邊際。

通信器上的數位沒有任何變化，仍然是一萬光年。

在宇宙的浩渺面前，羅傑斯第一次感到了震驚和畏懼，同時也為即將到來的相會而心生憂慮。相隔如此遙遠彷彿前世今生一樣的兩個人，需要怎樣的毅力和執著，才會跨越星河與蒼穹走到一起？

他不知道，甚至，他以前從來沒有想過。

我不知道我能不能到。他最終還是將這句沒自信的話刪去了。

「廣播說馬上要躍遷了，一會兒再聯繫。」

收到這條資訊的時候，羅傑斯正準備出發前往星港。他知道他們之間的距離馬上就要巨幅地縮短，只是無法確定她目前所在的位置，雖然從未懷疑過科學，但他還是有些擔心。

當飛船飛出川砣星系的時候，「沉默的花瓣」發來了訊息。

「（突然出現）我要到了喲，想我沒有？」

距離陡然變為五千光年。

「只有我這一半了。」羅傑斯高興地想。

飛船進行躍遷之前，他給「沉默的花瓣」發去一個微笑的表情。

這是羅傑斯第三次進行躍遷，還是很不舒服，總覺得自己會被宇宙裡某種未知的力量撕成碎片，湮沒在蟲洞之中。

不知道過了多久，機長通知大家飛船已經進入新蓋亞的引力範圍。

通信器上的距離顯示爲五千七百九十公里。

飛船正在快速下降。

五千公里……

四千公里……

三千公里……

二千公里……

「我要到了！」羅傑斯握著通信器的手，激動得微微顫抖。

羅傑斯看向窗外，大氣層包裹著這顆小小的綠色星球，書上說它的海洋是淺綠色的，植被卻是湛藍色的。在星球表面的某個地方，「沉默的花瓣」在等著自己，他臉上綻出笑容，不禁……

「緊急通知，接到地面警告，新蓋亞行星機場目前不適宜降落，飛船將前往其他星球備降。」

羅傑斯驚訝得張大嘴巴，他走向空乘人員，質問他們發生了什麼。

「對不起先生，我們只是收到地面警告，具體情況我們也不清楚。」

「不行，我必須現在就去新蓋亞。」

「對不起，我們不能在這裡降落。」

距離只有一百五十公里了，他知道她在等他。

我們從來沒有這樣近過。

一萬光年都沒能阻止，一百五十公里算什麼？羅傑斯大聲說：「那我要求行使跳傘權。」

跳傘權來自於自由法案第九條，民用飛行器中的乘客有權在任何他認爲合適的時機進行跳傘。

機組人員無法反駁，他們只好將飛船下降到這顆星球的安全跳傘高度——大約一公里。

這是最後的一公里，從一萬光年到一公里，羅傑斯心潮澎湃，他把通信器綁在自己的左手腕上。

再長的孤獨旅程也會因爲終點有妳而顯得寧靜且美好。

跳出艙門前，他看了一眼其他乘客，他們的眼神都在說這人是個瘋子。不，你們才是，你們庸庸碌碌從不爲任何事物奮力一搏的人生，才是我所唾棄的。

新蓋亞的風呼嘯著從耳旁掠過，羅傑斯努力調整著自己的方向。

八五七八米。

「我跳傘下來了，妳在哪裡？」

八五六九米。

「我在機場，這裡有好多人。」

八千四百九十米。

「在那兒等著我。」

風似乎並不打算幫忙，羅傑斯意識到自己一直在往西南方向飄，「我可能會偏移，妳注意我的定位。」

七三七四米。

「好的，我留意著。」

雙方都沒有再對話，不知是因爲難測的風向，還是因爲即將見面的緊張，他們都保持著沉默。

四一六九米。

……

三二四六米。

……

二五八三米。

……

羅傑斯看到地面在向自己撲過來，「妳還在嗎？」

「嗯，我應該在你的下方。」

一三四四米。

……

「我好緊張。」羅傑斯雙腿有些發軟。

「我也是。」

下方是一片森林，新蓋亞特有的藍色植物，總讓人誤以爲是一片海洋。

七八一米。

……

五二〇米。

……

「我要開傘了！」

羅傑斯按下按鈕，降落傘在他背後打開，將他往上猛地一拽，差點讓他嘔吐。

隔了一會兒。

「我看到你了！」「沉默的花瓣」說。

風將羅傑斯往前吹，「妳在下面嗎？」

「嗯，我就在你正下方！」

羅傑斯望向自己腳下，那些藍色的樹木之間，霧氣濛濛，什麼也看不清。

一五三米。

…………

「我會接住你的！」「沉默的花瓣」又發來一條訊息。

羅傑斯一時沒太明白這句話的意思，他猜測是她打錯了字，或者開了個不那麼好笑的玩笑，不管怎樣，他都……

自己似乎踩在了地面上，羅傑斯心裡感到奇怪，按速度算，應該不會這麼快就落地，而且，這個地面好像軟綿綿、熱乎乎的。

「我接住你了！」一個轟隆隆的聲音從頭頂傳來，伴隨著一股熱氣。

羅傑斯嚥了口口水，抬頭看上去。

先是一對巨大的黑洞洞的鼻孔，然後是一雙金黃色的大眼睛——映出羅傑斯的全身影像，還有遍佈的鱗甲。牠微張著巨大的嘴巴，兩排森然密佈的牙齒之間，長長的舌頭就像一面紅旗一樣歡快地搖動，牠呼出的熱氣直撲羅傑斯的面龐，吹亂他每一根悚然而立的頭髮。

羅傑斯發現自己正站在牠伸出的手上，這隻手只要一握，就能把他包住，再一使勁，就會讓他化爲粉末。

他緩緩抬起左手，瞥了通信器一眼，距離：〇米。

他喉嚨發乾，心口發堵，說不出話來。

難道說……

上億年前就去了羅森的地球移民，自己朝思暮想的女網友，其實是……恐龍？

又一個老公主

頭頂的月光剛好照進來，映亮了底下的光景，一如白天。老陳大喜，兩眼放光，四下尋找，腳邊竟然就有一隻，他連忙伸手去捉，生怕牠跑了去。

千年來，王宮裡傳下數不清的禁令，侍女禁慾，王子禁淫，甚至連國王也並非隨心所欲。不過，漸漸地，這些禁令被逐一突破，徒留下乏味的傳說供人消遣。

但也不是全部，有一條禁令被每一任國王完整繼承，綿延不絕，那就是「如果不成婚，公主不得踏出王宮半步」。

這條禁令如此絕情，從無任何公主敢於反抗——也可能，反抗的都已被秘密處死，在歷史裡沒有留下任何痕跡。不管如何，傳到現在這位國王的時候，禁令仍然沒什麼改變，公主們無時無刻不期盼著找到如意郎君，奔向自由的明天或者後天。

國王的女兒有百八十個，具體有幾個，他自己也記不太清楚，但有一個女兒卻一直讓他煩心不已，宮裡的人背地都叫她「老公主」。因爲她是宮裡歲數最大的，那些比她小很多的妹妹都已出嫁，有了自己的城堡馬車，唯獨她，還陷在深宮，日夜惆悵，見人就訴說她既無愛情亦無自由的悲慘生活。

國王並非不通人情的冷面君王，也希望將這個已有歲月痕跡的女兒嫁爲人婦，於是他翻出古老的典籍，看有沒有先輩的智慧能幫她於萬一，沒曾想，竟眞讓他尋得。國王興奮異常，一蹦一跳地來到老公主面前，告訴她歷史上曾經有很多公主恨嫁閨中，爲了得嘗歡愉，她們都用了不同的方法並且了卻心願。有一位住到森林裡，與七矮賢爲伍，死在水晶棺中，被英俊的金髮王子救活；有一位深閉宮門，命令所有家人下屬沉沉睡去，於不設防之間釣得獻吻的勇士；還有一位不辭辛勞扮作貧家長女，終日蓬頭垢面，只在一場舞會中畢其功於一役，遺失一隻手工鞋，引出深情的裙下之臣。

老公主聽得父王此言，精神略有振作，暗想死在棺中不是兒戲，住在貧家亦不輕鬆，便回答父王甘願學那位睡美人，於不知不覺間等到一生所愛。

國王大喜，連忙傳令，舉國入眠，敢有出聲者一概領死。

老公主尋得一處僻靜之所，視野開闊，恰好能看到頭頂那片天空。星光燦爛，月色如霜，想到一夜成眠春夢了無痕，醒來便是花前月下，你儂我儂，不禁春心萌動，淫情漸起，躺在往日的睡床之上，合眼待眠。

哪料到，兒女之心怎奈得住情愛的挑撥，老公主怎麼也睡不著，翻來覆去，輾轉反側，周遭沒有鬼怪的侵擾，床下也無豌豆的煩惱。她心下惴惴，只擔心清醒的自己再也見不到入夢的郎君。

所幸的是，後半夜天氣轉涼，老公主幽幽怨怨之中，總算是失了心神，睡死過去，等了這許多年的吻，想必也在路途之上了吧？

夜涼如隔了夜的洗澡水。

老陳順著繩子——這繩子他已使了三年，結實耐用，就像他一身的腱子肉——慢慢爬下去，腳踩的地方潮濕光滑，若不是他已幹這行好些年，恐怕早就打滑撞上牆去了。

又爬了一支煙的工夫，頭頂的月光剛好照進來，映亮了底下的光景，一如白天。老陳大喜，兩眼放光，四下尋找，腳邊竟然就有一隻，他連忙伸手去捉，生怕牠跑了去。

「咦，怎麼不逃？」

藉著月光，老陳只見手裡這隻大青蛙閉著眼睛，嘟著嘴，似乎在等誰吻牠一般。

「眞是怪事。」老陳嘿嘿一笑，甩手將青蛙扔進了竹籃裡。

寫死你的前男友

「你怎麼回事啊？最後被寫死的好像是我啊？還死得那麼慘，死的時候連句遺言都沒有，死了還要被那個王八蛋吸血！你有沒有職業道德啊？」

「所以，妳不是來約稿的？」我打斷電話那頭絮絮叨叨的獨白，準備掛斷。

「不是，我……」

「那就沒什麼可說的了，再見。」

「等等，我可以給你錢！給錢還不行？」

我停住按向「掛斷」鍵的大拇指，問道：「多少錢？」

「你開價。」

我看了一眼碗裡的泡麵和剛咬了半口難以下嚥的火腿腸，琢磨著下星期的飯錢好像還沒有著落，「一個字三塊錢。」

「成交。」

看來這個女人不懂行情，我這樣的三流寫手，不僅滿地爬，而且生命力頑強，一個字一毛錢都能活到海枯石爛，我隨口喊到三塊，她竟然馬上就同意了。失策，連女人最原始的砍價衝動都沒激發出來，做人真是失敗。

「妳要我寫什麼？」

「就是我剛剛講的那些。」

「妳剛剛講了啥？我沒怎麼聽。」

女人歎了口氣，「我說，我跟我男朋友分手了。」

「妳要我幫妳寫情書？」

「不是，你不是小說家嗎？我想你幫我寫個故事。」

「小說家」這樣高級的稱呼從聽筒那邊鑽過來，聽得我耳根發燙，心底小鹿亂撞，撞得心室亂顫，「我只是寫一些莫名其妙的故事，也沒幾個人看。」

她好像沒聽我的辯解，「你就編個故事，以我和我前男友爲主角，情節什麼的你隨便編，我只有一個條件。」

「什麼條件？」

「最後的結局，我前男友必須很慘，不是，不是很慘，是特別特別慘。」

非但不是情書，還是詛咒，果然情濃於水，情斷濃於王水。不過，說起來，大概是我心理有點變態，我寫的故事裡，主角的下場都很慘，在我的筆下，當配角永遠比當主角幸福。

「可以。妳要什麼風格？暗黑？小清新？瑪麗蘇？還是……」

「寫華麗點吧，沒啥特別要求，把他整慘就行。」

「行，什麼時候要？」

「一周之內。我先付你一半定金。」

「對不起，親愛的，我們不是要放棄你，只是想讓你解脫。」阿花將阿明的手貼在自己面頰上，喃喃地說。

這隻手除了還有她熟悉的體溫，再也不復往昔的溫柔。那些十指相扣穿過人潮的午後，掌心相貼緊抱擁吻的夜晚，都成為了舊時的回憶，只是每一天都會割出嶄新的傷口。

阿花傷心之餘，也會感慨時間流逝的匆忙與無情。阿明被遺傳病擊倒是半年前的事情，從那之後他再也不能獨自外出，出行都要靠阿花攙扶，常常在說笑之間嘲笑自己，讓兩個人都不忍心表露得太過傷心。

阿明被車撞是三個月前的事情，從那之後他再也不能下地行走，只能躺在床上聽阿花念書給他聽。她念笑話集，念幽默選，念過去的情詩，念如今的台詞，念一切能讓人感到快樂的東西，卻都換不來阿明真心實意的笑容。

阿明被吊燈砸是三周前的事情，從那之後他再也不能正常進食，造型別致的燈飾砸傷了他的嘴唇，不得不用紗布包得嚴實。阿花每天耐心地為他注射營養液，雖然是遵從了醫生的囑咐，但還是眼睜睜地看著他一天天瘦弱下去。

阿明被打錯針是五天前的事情，從那之後他再也沒有睜開眼睛，醫生說錯誤的藥物損害了他的神經，把他變成了植物人，不管陽光雨露，不管恩怨情仇，他都再也感受不到了。

阿明被家人簽字允許安樂死，是今天的事情。

街上到處都是人，沒有人看我，我拿起公用電話的話筒，撥通一個號碼，聽到對面不耐煩的「喂」聲後，拉下口罩，捏著鼻子說：「郵箱裡的小說看了嗎？」

「你是誰啊？」

「我是個職業殺……寫手。小說看了嗎？」

「那個《阿明和阿花的青春愛情不等式》？什麼狗屁標題，肉麻得要死，老子直接刪了。」

我的心如被人重重一擊，不禁回想起初中時被班花撕掉的那封萬字情書——其中一千字都是成語和歇後語，「是你前女友請我寫的，主角是她和你，你看最後幾段就行，我把你寫死了。」

對方沉默了一會兒，「這傻女人，竟敢詛咒老子。她給你多少錢？」

這哥們還眞上道，我準備的一大堆解釋都派不上用場了，「四塊錢一個字。」

「老子給你兩倍的錢！你把她寫死！老子不能死！」

眞是出乎意料的順利，果然還是跟男人做生意更爽快，「好，我今晚熬通宵加內容，把她寫死。」

「你給老子好好寫，整科幻的，科幻的才帥！老子就喜歡帥氣的男主角，知道不？」

「好的，好的，全憑你喜歡。」

護士端著安樂死的藥，走進病房，然後愣在原地，望著窗外──夕陽之下，遍佈天空的都是飛碟。

「外星人來啦！」樓下有精神科的病人在喊。

阿花大張著嘴，拽著護士的袖子，說不出話來。

「冷靜！這一定是幻覺，可能是……」護士衝到窗口，探身看向樓下的陽台，那是調配藥物的科室，「可能是下邊的人配錯藥了，一定是的。」她的話剛說完，屋裡一道亮光閃過，驀地出現一個奇形怪狀的生物。

阿花正在想辦法把嘴閉上。

外來生物沒有說話──至少沒有在人類的認知範圍內說話，他原地轉了個圈，身上飛出無數細小的刀片，全部插進了阿花和護士的身體。

外來生物走到病床前，伸出一根細細的藤條與阿明的太陽穴相連。

「你是誰？」阿明的意識覺醒，問道。

「我們是青藤星人，是來救你的。」

「救我？」

「我們是從植物進化而來的智慧生命，所以我們致力於維護全宇宙植物的生命權益，你也是一棵植物對吧？」

「我是植物人沒錯。」

「好的。現在，我就教你光合作用的方法。」

阿明睜開眼之後，看見倒在地上的阿花，她的血流在地上，看上去格外可口。

阿明緩緩走過去，站在血泊之中，伸出腳底的根鬚，盡情地吸取來自前女友的最後饋贈。

小說從郵箱離開不到十分鐘，電話響了。

是那個女人打來的。

「你怎麼回事啊？雖然科幻我看得不是很懂，但是最後被寫死的好像是我啊？還死得那麼慘，死的時候連句遺言都沒有，死了還要被那個王八蛋吸血！你有沒有職業道德啊？我不是給過你定金了嗎？你怎麼能隨便改我的需求啊？有你這樣做乙方的嗎？」

我看著事先寫在筆記本上的對話大綱，「小姐，這是一門生意，既然是生意，就會有坐地起價嘛。我前兩天在一本發行量很大的女性雜誌上發了小說，我覺得我在這個國家文學界的排名起碼上升了一百名，知道啥概念嗎？所以，得在價錢上有所調整，妳懂我的意思嗎？」

「行行行，漲錢漲錢，我給你十塊錢一個字，你把我寫死的事就不追究了，估計也活不過來，但是你必須把他給我寫得比我還慘！還有，我要唯美的文風，別寫得乾巴巴的好嗎？」

阿明是地球上的一棵樹，他站在泥土裡，泥土之下，埋葬著阿花的遺體。

他每天站在那裡，吸取前女友的養分，她的血肉、骨髓以及回憶。他們一起去看電影，銀幕上的女主角慘死在反派手裡，男主角用了半個小時的戲碼才成功復仇，阿花在阿明懷裡說：「要是我被人殺了，你也要替我報仇。」

他們一起去露營，看到星空下綿延無絕的林海，每一棵樹都寧靜得讓人心醉，阿花說人活得那麼累，還不如在這裡當一棵樹，什麼也不想，什麼也不做，就能活幾百年。

現在，阿花被殺掉了，阿明成了一棵樹。

阿花，妳說得都不對，我不能爲妳報仇，變成樹也並非什麼都不想。

阿明吸乾了阿花的肉身，吞下了她的全部記憶。這些記憶與他那些殘存的片段擰結在一起，化爲一個惡魔，每天都折磨他。

於是，他漸漸枯萎，葉子隨風散去，枝幹上爬滿白蟻。他終於一點一點地被啃食殆盡，即將隨他死去的，還有他們的回憶。

「你在玩我是吧？老子兩天沒檢查，你就讓蟲子吃老子的肉？還回憶？肉不肉麻？你個大老爺們兒寫這些玩意兒不害臊？退錢退錢！」

男方的反應在我意料之內，我也想好了怎麼答覆：「我思前想後，覺得身爲一個有良知的職業寫手，我還是得講講職業道德，畢竟是你前女友先找我的，對吧？」

「你少跟我裝專業，眞有職業道德你還發給我看？你不就是想訛錢嗎？」

我乾笑一聲，「寫字的人掙點稿費，怎麼能說是訛錢呢？」

「一邊玩去，我再加最後一次錢，你要是再跟我玩兩面三刀，我就弄死你，信不信？」

「加多少？」

「十五塊，不能再多了。」

「這個……嗯，現在寫成這樣，情節已經走死了，走死了你懂不？很難逆轉，我想了很久……唉，都怪我下筆太狠，果然做人還是要留點餘地的呀……」

「十八塊，一毛錢都沒多的。」

「行，你等我更新啊。」

阿明發現自己沒死，他很意外。

樹葉又一點點長了出來，枝幹上的瘡疤也漸漸癒合。

「你好了。」

「誰在說話？」

「我是小蔓，是一株藤蔓。」

阿明看見她了，她正纏繞在自己身上，「妳救了我？」

「對啊，我可以和你共生。共生懂嗎？」

「知道，就是在一起。」

小蔓在風中顫動了一下，「對，就是在一起。」

「謝謝妳，但是我病得太嚴重了，憑妳一個的力量是救不活我的，我心裡有惡魔。」

「沒關係，我可以叫我的姐妹們來，我們一共有十個呢。」

很快，十株藤蔓纏繞在阿明身上，用她們的溫柔嬌媚，驅除他身上的病痛和內心的孤獨。

阿明知道，他可以忘記阿花了，因為，已經有十個姑娘願意和他在一起了，生活從此幸福並且快樂。

我把小說重新排版了一遍，並把最後一句話加粗，然後發給了那個女人。

等了三天，沒有任何回應。

莫非殺傷力太強，她承受不了？不管怎麼說，至少還有一半的錢在她手裡，我無法忍耐下去，只好主動打給她，「故事我寫完了，妳看到了吧？感覺怎麼樣？」

我希望她氣急敗壞地衝我吼叫，拿出她作為女人毫不理性的一面，衝動之下把價錢再提上幾塊。

我保證這是最後一次。

「哦，你不用再發給我了，我已經好了。」

「什麼叫『好了』？」

「『好了』就是我沒感覺了呀，我找到新男朋友了，他很疼我，寫故事去詛咒前男友這種事……哈哈，說出來真難為情。你就當我犯傻吧，別往心裡去啊。你的故事寫得挺有意思的，拿去投稿吧。」說完她掛斷了電話。

我確認了三遍電話號碼，沒有打錯，怎麼回事？

我又打給她前男友，行吧，我認了，就這樣結尾吧，十八塊一個字也算天價了，「你好，我是職業寫……」

「寫個屁寫！你別再打電話來了，行情我打聽清楚了，就你的水準，根本值不了那麼多錢，你一直在騙我，滾吧你！」

電話掛斷，我受到了嚴重的傷害。

這些男男女女，自己在感情裡受到傷害的時候，就可以拿我們這些寫手來發洩情緒，寫得傷感一點呀，寫得溫情一點呀，寫得搞笑一點呀，一切只要安慰他的那顆容易受傷的心靈，管他名詞還是形容詞呢，堆在一起就行，完全不考慮我們的感受。你們看爽了，拍拍屁股就走，出口就是我們寫的句子，裝個憂傷扮個清純，明天就能爬到下一張床上去。

你們整天愛來愛去的，煩死人了！我們寫手都沒有異性喜歡呢！不能再這樣下去，我也要發洩！

青藤星人再次回到地球是在一年之後。他們帶來了各種最新型的注射液，可以直接提升樹木的運作機能。

「我們希望你們儘快發展出自己的文明。」他們對阿明說。

阿明看著一種紫色的液體注射進自己和藤蔓姐妹的體內，「嗯，只要有你們幫忙，我們會進步得很快的。」

「我們研究過很多動物智慧生命，發現他們有些落後的制度，會阻礙文明的快速發展。你們身上也殘留了一些這方面的缺陷，所以我們決定改造你們的基因，讓你們變得同我們一樣完美。剛剛注射的這個就是其中一項。」

「是什麼？」

「性別同化劑。」

「什麼？」

「研究證明，分男女是一種很低效的模式，戀愛婚姻更是不可理喻，完全沒有必要，無性繁殖就夠用了。我們現在消除了你們身上的性徵，今後，你們至少可以節省三分之二的時間，並把這些時間投入到文明發展中去。」

阿明想了一會兒，才明白他們的意思，然後愣在了原地。

纏繞在他身上的十個哥們兒也是。

趙總：

以上就是我按您的定制要求寫的故事，充分反映了一個寫手貧困而卑賤的生活常態，相信您的兒子看過之後一定會放棄他不切實際的文學夢，安心繼承您的商業帝國。

順祝商祺。

水冷夜夜心

另外，確認一下，咱們最後談的是七毛錢一個字，對吧？

公主，惡龍，沒有勇者

胖公主感到呼吸困難，心跳加速，雖然身上的雪水尚未風乾，寒意還沒有消去，但體內的恐懼和絕望卻在熊熊燃燒。我要被淘汰了，我要被淘汰了……

黑龍納里安說完之後看著綠龍亞格拉斯，等待他的反應。

「的確沒有料到，新規則會是這樣，別的龍也都知道了嗎？」亞格拉斯說。

「大家都知道了，都同意了。」

「那我沒有意見，我的公主不會退賽。」亞格拉斯滿意地點點頭。

「姐妹們，現在只能靠我們自己了！」金髮公主坐在正中間，洞窟頂部瀉下的陽光剛好照在她的額頭上。

不知是因為同為公主直呼姓名不太禮貌，還是在這種危險情境下，大家都急於尋找對方的身體特徵以便將來辨屍之用，此地的女人們都用類似「金髮公主」、「酒窩公主」、「長腿公主」的綽號來互稱。

「對，勇士根本不可靠，來救我的勇士都被惡龍殺死了，好可怕！」酒窩公主不管說什麼話，臉上總是帶著笑意。

「惡龍帶我出洞的時候，勇士們的頭堆在門口，像一堆櫻桃糕，哼哼，哼哼哼……」細腰公主還是坐得那麼直，黑色的長髮遮住半張臉。

「那個……妳們，也是被龍抓到這裡來的？」角落裡一直沒發話的一位公主輕輕問道。

大家轉頭看過去，恍然大悟地噢了一聲，「胖公主！」

胖公主臉上一紅，低頭看了看，又抬頭說：「其實，妳們可以叫我大胸公……」

「胖公主，妳是今天早上才來的吧？昨天沒看到妳。」金髮公主打斷她說道。

「嗯，是一條綠龍帶我來的，說帶我來參加一個比賽。」

酒窩公主拉住胖公主的手，「傻姐姐，哪有什麼比賽？只是一群惡龍聚到這裡打發時間而已，我們就是牠們的玩具！」

金髮公主又說：「我們出身高貴，血統非凡，絕不甘心做誰的玩物。我宣佈，我們要採取非暴力不合作，不管牠們弄什麼比賽，都絕不配合！」

「不如打爆惡龍的頭，像爆開的石榴。」細腰公主說著以手撫額，仰起臉，又笑了起來，「哼哼，哼哼哼……」

隔天就是比賽的日子，龍霜峽谷內，十幾頭巨龍圍成一個圈，圈的正中央是一塊巨石，巨石之上，站著公主們。

黑龍納里安開口說道：「百年一度的公主三項十強賽今次輪到我來主持，承蒙各位賞臉，我就不說廢話了，直接進入第一個比賽專案。噢，對了，根據傳統，每一屆的主持人有權修改比賽規則，所以，我決定……」他說著從地上抓起一個巨大的籠子，裡面站著五個衣衫襤褸的男人，「這些都是我們俘虜的勇士，本屆比賽，將由他們擔任評委，畢竟，最有資格評價女人的，是男人。」

籠子也被放在巨石上，勇士們與公主們隔著鐵欄杆望著對方，誰也沒想到，他們會以這樣的方式相會。

「從妳開始吧，往前走一步。」納里安指著一位公主說。

胖公主嚇了一跳，自己竟然第一個被點到，她戰戰兢兢地往前挪了一小步，聽見身後的金髮公主悄聲重複道：「非暴力不合作，非暴力不合作……」

「今年多少歲？」納里安問。

胖公主感覺一股氣浪朝自己噴過來，第一項是比年齡嗎？應不應該回答呢？非暴力不合作的話，是裝聾子還是裝啞巴？或者，咧嘴一笑，裝傻子？

「回答，多少歲？」納里安重複道。

胖公主轉身用眼神向別的公主求助，金髮公主只是搖搖頭。

「亞格拉斯，這是你帶來的吧？她是啞巴嗎？」

綠龍亞格拉斯說：「她十七歲。」

「好吧，下一次，她最好能自己回答，現在……」納里安拍了一下鐵籠子，震得哐哐響，「評委打分！」

那五個看上去失魂落魄的勇士各自從地上撿起一塊紙牌亮出來，上面寫著字。

「說謊、實話、說謊、說謊、說謊。」納里安逐一念出牌子上的字，「四比一，評委們認爲這位公主說了謊。下一位。」

就這麼完了？說謊的話算多少分呢？胖公主一頭霧水。

沒有人再上前。

金髮公主得意地望著納里安。

「下一位。」納里安又說了一次。

還是沒人動。

亞格拉斯說：「不報年齡的一律視爲三十歲。」

酒窩公主立即小碎步跑到巨石邊，踮起腳尖對巨龍們喊道：「我今年十六歲！眞的是十六歲！」

評委們給出了一致的「實話」評價，巨龍們嘖嘖稱奇。

細腰公主嫵媚一笑，「哼哼，哼哼哼……我二十一歲，早過了少女的年紀，哼哼，哼哼哼……」

評委們雖然已經被惡龍嚇破了膽，但色心未泯，都癡癡地望著細腰公主，竟忘了舉牌子。

金髮公主一看狀況不對，大聲吼道：「我十八歲！我十八歲！」

「今天大家的表現……」洞窟裡，金髮公主黑著臉，聲音低沉，「我很不滿意！不是說好的非暴力不合作嗎？最後竟然被幾條惡龍牽著鼻子走，妳們眞當自己是玩具？」

最後排一個聲音說道：「就是呀，那個細腰公主，還說自己二十一歲，一看就是二十八九好不好，爲了討好惡龍，眞是什麼話都說得出來呢！」

細腰公主兩手撐在地上，頭埋得很低，一頭長髮披在腦前，只是冷笑，也不回話，「哼哼，哼哼哼……」

金髮公主說：「都是女人，年齡往小了報無可厚非，大家都撒了謊，我也是看得出來的……」

「可是姐姐，我確實是十六歲。」酒窩公主小聲打斷說。

一直站著的長腿公主說：「不對吧，我五歲那年去你們城堡做客，妳父親還讓我叫妳姐姐呢，我今年二十歲。」

「哎喲，報小這麼多呀。」

「裝嫩裝得很成功嘛。」

「有酒窩就是有優勢呢。」

酒窩公主兩眼一紅，再想解釋什麼。

「行啦！」金髮公主做了個停的手勢，「妳們搞清楚狀況！我們是在惡龍的洞裡，不是什麼城堡，妳們還有心思爭誰更年輕？妳們一點都不想念天鵝絨大床嗎？還是說，妳們已經喜歡上這個鬼地方了？我再說一遍，不管明天牠們搞什麼花樣，我們都不合作！聽明白沒有？不合作！」

第二天，比賽繼續。

公主們站在巨石上，每個人面前都放著一個箱子，籠子裡的五位評委又餓了一晚，抱著欄杆，眼神呆滯。

「各位公主們，日安。」納里安不知從哪裡學來一口做作的人類語氣，「今天的專案相信妳們都會喜歡，並且經驗豐富。那些箱子裡，裝的都是華美的服飾和高檔的化妝品，是由妳們各自的主人爲妳們特地準備的。猜對了，今天比的是打扮。」牠從地上抓起四塊大石板，在巨石上搭成一座小棚子，「來吧，妳們可以在這裡面準備。記住，每個人只能用自己箱子裡的東西。」

公主們搬著箱子進到石棚裡，至少躲在裡面不用看到惡龍。

金髮公主坐在自己的箱子上說：「真是可笑，竟然讓惡龍給我們選衣服。」

長腿公主伸出腿，勾開箱蓋說：「那倒不見得，我聽說，龍類都有收集財寶的習慣。」

「我是不是說什麼妳都反對？」金髮公主生氣地望著她。

酒窩公主說：「別吵啦，我們身上的衣服這麼多天沒換過，都發臭了，有乾淨衣服換也是好事呀。」

細腰公主已經打開了箱子，拿出一件酒紅色的修身長裙，「胸口鑲嵌的藍寶石，就像王后那對被挖出來的眼珠，哼哼，哼哼哼……」

「哇！妳們看，妳們看，我這件是風絨真絲做的呢，妳們知道風絨真絲嗎？聽說只有最北面的王國才出產，很名貴的。」酒窩公主攥著箱子裡藍白相間的長袍，激動得聲音顫抖。

「妳那件算什麼？看我這件！」另一位公主抖了抖她手中的純銀罩袍，袍子表面的毛絨如同順風偃倒的草原，一浪接著一浪。

幾個有見識的已經用手捂著嘴，震驚得說不出話來，她們知道，那是用獨角獸的鬃毛製成的。

金髮公主怒不可遏，站起來大聲吼道：「夠啦！妳們這些笨蛋，淪落成惡龍的玩物，還有心情在這兒攀比衣服？」

酒窩公主趁機打開了金髮公主的箱子，隨著箱蓋被掀起，金光閃閃映入眼簾，「天啊！」

「是什麼？是什麼？」大家都圍了過來。

金髮公主也忍不住湊過來看，酒窩公主將那件疊好的衣服抱在胸前，「姐姐，這個不是一百年前那位風暴女王的衣服嗎？」

「從墳墓裡偷的吧？」長腿公主說。

金髮公主瞪了她一眼。

「穿得出女王的感覺嗎？」長腿公主又說。

金髮公主又瞪了她一眼。

「死魚臉穿死人裝，也挺合適。」長腿公主最後補了一句。

金髮公主一步上前，朝對方衝了過去，長腿公主伸出大長腿，一腳踢在她的肚子上。諸位公主們互毆的互毆，勸架的勸架，亂作一團。

混亂之中，胖公主打開自己的箱子，裡面只有一件亞麻襯衫，一條亞麻長褲，再無其他。

烏青著臉，金髮公主看著大家──衣袖已經被撕破了，「妳們眞讓人失望！不但不搞非暴力不合作，還起內訌，讓惡龍看笑話！」

長腿公主打了個呵欠，「最大的笑話不是妳最後還拿了最高分嗎？」

酒窩公主說：「哎呀哎呀，妳別惹她啦。」

「不把精力用在找機會逃跑上，妳們就等著一輩子被關在這兒吧！」

「對，我們要團結。」有人哭了出來，「我想回家。」

細腰公主的下巴貼在膝蓋上，「陰暗洞穴裡的哭泣，就像下水道裡的流水聲，哼哼，哼哼哼……」

金髮公主說：「明天還有最後一個項目，要是我們再不拿出點貴族的尊嚴，就要成爲全人類的笑柄。」

胖公主問：「他們說選出十強，我們有十一個人，那就是只有一個人落選？」

「都這種時候了，妳還在關心名次嗎？」

看著金髮公主陰沉的臉，胖公主不敢再說什麼。

第三天。

納里安的指尖似乎捏著一小疊紙，「勇士們爲了救妳們，給我們製造了各種各樣的麻煩，但是，他們也並非全無是處，至少，爲我們提供了一種新的玩法。」他將紙放進「評委們」的籠子裡，「這些都是勇士們帶來的，公主們的畫像，所以，最後一個項目是——人畫對照。評委們將畫像與公主對應起來，用時越少，公主的得分就越高，當然，正式開始前，還需要一點準備工作。」

納里安從山頂抓來一團積雪，抛向公主們的頭頂，同時嘴裡噴火，雪團立即化成雪水，兜頭淋在一位公主身上。

「啊！好冷！好冷！」

「我知道昨天的化妝品很好用，但爲了今天的比賽公平，妳們都要先卸妝。」

金髮公主立即捂住臉說：「惡龍！你用心何其歹毒！」

細腰公主不緊不慢地將另一邊的長髮也撥到正面，把自己整張臉都擋起來。

「建議妳們離籠子近一點，而且，要是評委們辨認不出妳們，最後會發生什麼事情，我也不能保證。」

「誰也不許過去！」金髮公主大聲喊道。

那邊五位評委已經開始翻看畫像了，一邊看一邊抬頭打量公主們。

「這張好看，是不是那個金色頭髮的？」

「顏色不太像啊，你看這個身材比例，我敢打賭，肯定是那個大長腿！」

「我也覺得是……」

「那先認她？」

長腿公主臉上得意萬分。

金髮公主甩甩頭，冰碴四濺。她跑到籠子面前，抓住一個評委的衣領，大聲呵斥道：「睜開你的狗眼好好看看！這裡能有高貴金髮的只有我一個！那張畫像不是我還能是誰？」

長腿公主不甘示弱，跑過來拽金髮公主的手臂，「不要臉的傢伙！竟然敢干涉評委！」

其他幾位公主也跟了過來，酒窩公主搖著欄杆喊，「喂喂，你們好好找找，穿得很少的那張就是我！」

「畫風最奇怪的那張是我！我家的宮廷畫師是抽象派的！」

「我腳邊趴著一隻牧羊犬！那隻狗比我好認，你們快找找！」

胖公主被擠在後面，聲嘶力竭地想喊出幾句自己的特徵來，可一想到自己畫像上的曼妙身材，再看看現在膀大腰圓，竟不知從何說起。她感到呼吸困難，心跳加速，雖然身上的雪水尚未風乾，寒意還沒有消去，但體內的恐懼和絕望卻在熊熊燃燒。

我要被淘汰了，我要被淘汰了……

最終，十位公主都辨認出來之後，評委們憑藉排除法，認出了胖公主的畫像。

綠龍亞格拉斯將胖公主放到龍霜峽谷通往外界的道路上，說道：「妳走吧。」

「只有我被淘汰了是嗎？」

「是的。」

胖公主悲從中來，轉而又生氣地說：「都是你！給我吃那麼多肉！還說我十七歲，我明明已經二十七歲了！而且，你不知道貴族穿什麼嗎？那些亞麻衣服都是農夫家的女兒穿的！我恨你，我被淘汰，被她們比下去，都是你害的！」

亞格拉斯冷冷地看著她，「是，我總算證明，這個世界上，沒有人喜歡妳。」

胖公主撿起一塊石頭，奮力朝惡龍扔去，「我不想再看到你！」

亞格拉斯看著那塊石頭落在離自己十尺遠的地方，「我也一樣。」

「亞格拉斯，味道怎麼樣？」黑龍納里安喝下一口濃湯，喉嚨發出咕咚一聲。

「一般吧，比一百年前那次差一點。」

「不可能，這可是第一名！而且你也看到了，她確實有風暴女王的氣勢。」

「隨你怎麼說吧。」亞格拉斯從碗裡拉出一根金髮，「但請你下次把食材處理乾淨，頭髮太倒胃口。」

「別裝得那麼挑剔，你的公主可是唯一沒進十強的。」納里安撕下一片肉送進嘴裡，「說起來，你喜歡我這次定的新規則嗎？喜歡嗎？」

綠龍亞格拉斯看著桌上豐盛的公主宴，若有所思地回答道：「喜歡，我非常喜歡。」

獵殺星期一

按下付款確認鍵的瞬間，李聲訊突然叫起來，他滿心以為自己已經找到了最好的解脫方式，結果最終發現仍舊不過是徒勞。關鍵是他已經付過錢了……

藏年館是一個非法的地下組織，他們做著一門非法的生意——殺死時間。

這是一種面向個人的定制業務，專門幫助那些不願面對某一天的人殺死相應的日期。所謂殺死，其實就是抹去，將那天從你生命裡完全抹去，它既不會來到，也不會對今後產生影響，更不會留給你任何相關的回憶。

這門生意非常受歡迎，面臨年底考核加薪無望的企業中層、交貨日期將至仍在爲配色方案掙扎的設計師、明明很不情願卻礙於人情不得不去相親的都市女性……似乎每個人都有自己不想面對的一天，都是藏年館潛在的客戶。

野蠻生長時期，藏年館只做生意不問是非，客戶給個日期，館方給個價格，有煩惱的讓日子消失不見，有技術的讓鈔票滾滾而來，怎麼看都是皆大歡喜的結局。

直到後來發生了一件事情。

這件事情並不複雜，卻巧合得讓人不敢相信。一個連環殺人犯找上門，他不知從什麼管道獲得了某一天自己將會被大批員警圍捕的消息，於是花大價錢讓藏年館殺掉了這一天。自然，他逃過了這一劫，繼續逍遙法外，而下一個死在他手裡的人，恰恰就是藏年館館主的妻子。

這個慘劇直接擊潰了館主的心理，他心灰意冷，認定這是一門害人的生意，便選擇了隱退。而新上任的館主做的第一件事情就是成立調查部，專門對可疑客戶進行背景調查，如果認為有危害性，就將其拒之門外。

所以，現在每一位客戶都必須詳細地闡述自己殺死某一天的理由。

此時坐在接待室的這一位也是如此。

「我叫李聲訊，今年二十九歲，屬狗。嗯，射手座，職業要說嗎？」

接待他的是上個月的銷售冠軍，程書寒。

「要說，職業很重要。」

「我是個曲棍球運動員……曲棍球您知道嗎？」

「在電視上看過，沒什麼興趣。」程書寒從不跟客戶套近乎，對於她能成為銷售冠軍，其他同事都感到不可思議。

「那妳幹嘛問？」

「我要據此判斷你的危險指數。」程書寒說著在螢幕上按下兩顆星，她並沒有藏著不讓對方看到。

「我居然有兩顆星？我一直都是守法公民……」

「你們打球的那根棍子殺傷力很強。」

李聲訊難以反駁，「好吧。」

「說需求吧，要殺哪一天？」

「明天的賽場上，會有……不那麼好的事情發生。」他的聲音開始扭捏起來。

「你們會輸？」

「不是，我們隊很強的，應該能贏，肯定能贏。明天比賽結束的時候，我們的前鋒會……」他沉默了。

程書寒的手指在桌子邊沿敲擊，「你要是再支支吾吾，我只好不做你這單生意了，你不是男人嗎？總不能因爲玩了個有點娘的運動就眞變成娘炮了吧？」

李聲訊漲紅了臉，「妳別污蔑我的職業！明天比賽一完，我們的前鋒就會當場向他的女朋友求婚。」

「所以呢？」

「所以，所以，我——不——想——看——到！」

程書寒輕蔑地一笑，「我明白了。」

「他女朋友是我的青梅竹馬，我們認識了二十七年，我一直……一直都很愛她，可是她……」

「她不愛你！行了，行了，我知道了，沒什麼大不了的。」

李聲訊低下頭，「她一定會答應他，一定會。唉，人家長得比我帥，前鋒掙得也比我們後衛多。」

「我們這裡是藏年館，不是情感電台，跟生意無關的事，你還是不要說了。所以，你是想殺掉明天，也就是星期一？」

李聲訊點點頭，「如果讓我看到他們幸福的樣子，我會崩潰的。」

程書寒在螢幕上飛快地操作起來，「提前跟你講明，所謂的獵殺日期，就是讓這一天從你生命裡消失，一切在原始時間線上跟你直接相關的事件都不會發生，更不會產生記憶。對你來說，就像宿醉一樣，一過今晚午夜十二點，時間直接進入星期二。」

李聲訊呆呆地張著嘴。

「覺得神奇是嗎？」

「啊，不，不是，我是想知道，什麼叫直接相關的事件不會發生。」

「就是說，跟你無關的事件還是會發生，並且繼續影響未來，而同時，那些原本必須有你參與的事件，時間自己會給出合理的解釋。比如你明天的比賽，你的教練應該會派上替補。對其他人來說，明天就是你徹底消失的一天。」

「那他求婚……」

「也會發生，這事跟你本來就沒關係，對吧？」

李聲訊歎了口氣，摸出信用卡遞給程書寒，「你們一出手就是殺死一天是嗎？」

「對，最短日期是一天，收費是七十九萬元。」

「這是我一年的收入。」他心痛地說。

「肉疼和心疼，我以為你已經選好了。」

按下付款確認鍵的瞬間，李聲訊突然叫起來，「啊不對！妳說他還是會求婚的，那他們最後還是要結婚，然後結婚的時候肯定會叫我去啊！生小孩也會叫我去，老公老婆地在我面前叫，啊啊啊……」

程書寒看著眼前這個神經病，「錢你也付了，那能怎麼辦？你自己走不出來，我們也沒辦法。要不，你再給個幾百萬，我給你個套餐價，把他們以後的重要日子都殺了？」

李聲訊說不出話來，他滿心以為自己已經找到了最好的解脫方式，結果最終發現仍舊不過是徒勞。

關鍵是他已經付過錢了……

星期一，陽光明媚，萬里無雲，賽場上難得地坐了一半的人，比賽還剩最後一分鐘。

球從前場長傳回來，李聲訊憑藉經驗早已提前啓動，趕在球被傳到位置前攔截了下來。他抬頭看了一眼，毫不猶豫地一擊，球飛離地面半尺，穿過對方防線的空當，準確地落到阿仁的棍下。

阿仁是隊裡的頭號前鋒，拿球之後晃過對方兩個人，拉出射門空間之後猛地一擊。球撞在守門員大腿上，彈進了網窩。

比賽結束，四比三。

李聲訊衝過半場，與阿仁抱在一起，「我就知道你打得進！」

「要是不贏，今天的事兒還不好辦呢。」阿仁笑笑說。

「什麼事兒？」

「你就看著吧。」

說完這句話，阿仁便向看台走去。在那裡，有一個姑娘正等著他，等著他單膝一跪。

李聲訊也看到了那個姑娘，拿著一瓶礦泉水，滿臉通紅。他拽過一旁的隊友，「喂，那個姑娘，你見過嗎？」

「阿仁的女朋友嘛，經常來啊，你沒看到過？」

「不認識，好像以前在哪裡見過。」李聲訊雙手叉腰，又靜靜地想了想，「嗯，想不起來，算了。」

他轉身繼續與隊友們歡慶勝利去了。

「所以，妳最後怎麼解決的？」館主看著眼前的報告。

「我殺死了他二十七年前的一天，那天也是個星期一，他和那個姑娘是在那天認識的，一個五歲，一個四歲。把這一天抹去之後，那個姑娘就不會再出現在他生命裡了。」

「也只有女人能想到這種方案。」

「那是，不過，您以後還是別給我派這種活了，多情種的男人，真是娘得很。」

程書寒嘴角上翹，擠出一個輕蔑的笑容。

互夢之約

夢神給予的一次次互夢機會，穿插在兩個人的人生裡，他們的生活雖然再沒有過任何交集，卻又好像因為這些夢境影影綽綽地拼接在一起。

羅大懷和韓小瓜自小生長在一個院子裡，年少的時候，他們兩人在大槐樹下遇到了夢神。

夢神閒極無聊，出於解悶的需要，隨口對他們許下承諾，說可以幫他們各定制一個夢。爲了更加好玩，夢神還補充道，男孩子的夢要由女孩子來設計，反之亦然。

兩個小孩子都很喜歡做夢，因爲夢裡有許多平常很想要卻得不到的東西。比如商場最大的那部變形金剛，羅大懷見班裡的同學帶到學校來玩過，它的四肢都可以拆下來變成機器獅子，每隻獅子的肚子裡還有一個穿軍裝的小人。而在夢裡，羅大懷不僅有這樣一部變形金剛，而且每一個小人還能開口說話，叫他長官。

韓小瓜也常常跟羅大懷說自己的夢，夢到《綠野仙蹤》的故事，和稻草人、鐵皮人躺在草坪上曬太陽，夢到去世的奶奶坐在客廳裡爲自己縫扣子，一張口又是一個嚇人的鬼故事。

夢神不許他們互相問對方想夢到什麼，只讓他們第二天帶方案來。

他們回家在詞典裡查了「方案」是什麼意思之後，覺得這也沒什麼難的。

第二天，他們如約跟夢神碰面，雖然小孩子總是囉囉唆唆，說話沒什麼條理，但夢神還是大致明白了他們的要求。

當天夜裡，羅大懷夢到變形金剛被壞人抓走，他化身爲超級英雄，打敗了七個魔王，才終於把變形金剛救了出來。韓小瓜夢見自己睡在夏天的天台上，滿天都是星星，奶奶坐在自己身邊，手裡搖著蒲扇，嘴裡講著《綠野仙蹤》的故事。

他們都覺得自己的夢很有趣，心裡既感謝夢神，也感謝夥伴如此瞭解自己。

夢神見他們玩得挺有興致，便又許諾說，以後每隔五年，我就幫你們定制一個夢，規則嘛，還是不變。

五年很快過去，羅大懷和韓小瓜上了初中，分在不同的班級。他們已經不像往常那樣一起上學放學，因爲韓小瓜總趕著回家幫媽媽做家務，羅大懷則每天在學校踢球踢到太陽下山。

他們偶爾會在路上或者校園裡碰到，遞一個眼神，或者問一句「考得怎麼樣」就已經算是最親密的交流了。

所以當夢神來找他們的時候，他們還有一點錯愕，錯愕於沒想到時間過得如此之快，快得青梅竹馬的兩個人已經漸漸不瞭解彼此了。

羅大懷實在不知道這個年紀的女孩心裡在想些什麼。他聽朋友說她們好像都來大姨媽了，大姨媽是什麼他從來沒研究過，又聽說她們現在都在迷F 4，卻又不知是Fox 4，還是Fool 4。

韓小瓜一樣不瞭解同齡的男孩，他們都幼稚野蠻，還總是髒兮兮的。跟高中部那些穿白襯衫的學長比，簡直就是原始人，眼裡除了足球還是足球，整天高談闊論一些外國人的名字，其實那些單詞他們一個都不會寫，爲了各自喜歡的球隊還常常打起來。

於是這次，韓小瓜夢見自己的大姨媽從鄉下進城來玩，手裡還牽著四隻小狐狸，到哪兒都引起路人圍觀；羅大懷夢到自己成爲了義甲球員，穿著紅黑戰袍與AC米蘭隊的隊友們一起攻城拔寨，可他在現實裡明明是一個國際米蘭球迷，藍黑才是他最鍾愛的顏色。

他們都爲對方賜予的惡夢而頭痛不已。

五年之後，也許是命運使然，高中並不在一個學校的羅大懷與韓小瓜，最終考入了北方的同一所大學。

這座城市寒冷而乾燥，與他們濕熱的家鄉截然不同，不習慣的氣候，不習慣的口音，不習慣的飲食，每一分不習慣都勾起他們心底的思鄉之情。

作爲彼此在這個城市唯一的故知，兩個人又開始熟絡起來。

「你知道最近的郵局在哪裡嗎？」

「新生接待處那個老師的電話是多少？」

「三食堂的涼麵還不錯，他們也放芥末。」

兩個人互相發著簡訊，提些瑣碎的問題。

在一個大風天的晚上，兩個人在教學樓後相遇，並肩站在一起，望著遠處社區成片的燈光，韓小瓜突然啜泣起來，「大懷，我……我從來沒有離開家這麼遠過，我好想爸爸和媽媽。」

羅大懷轉頭看著韓小瓜的眼睛，她上一次哭是什麼時候，怎麼也想不起來了。

韓小瓜把頭靠在羅大懷的肩膀上，眼淚順著臉頰滑進男孩的頸窩。

羅大懷的手朝女孩腰間的方向移動了一寸，猶豫了一下，最終還是放下。

這一次，他們交換了相似的夢，都夢見新奇的、奮不顧身的、爲每一個理想的實現而存在的大學生活，夢見未予名狀的前路上，有人等著自己。

雖然不屬彼此，卻也希望聽到你過得很好的消息。

夢神再找到他們兩個的時候，他們已經在不同的國度，相隔一片海洋。

這個世界永遠是這樣，一些人有留守於此的心志，另一些人卻總有遠行的計劃。

他們互不聯絡的時間有多久，兩個人也給出了不同的答案，羅大懷說有五年，大一之後便再未見過；韓小瓜說有三年，因為他雖然不回覆，她卻還是發了兩年的簡訊。

夢神說這些都不重要，重要的是，作為神，我不能食言，不管怎樣，你們還是要定制一個夢給對方。

他們都感到為難，因為對方過著怎樣的生活，得到了哪些讚許，失去了哪些珍惜，盼望著什麼樣的獎賞，全然不瞭解。在羅大懷眼裡，韓小瓜還是那個面對燈光哭得一塌糊塗的女孩，而在韓小瓜心中，羅大懷還是那麼木訥而不解風情，甚至是一直缺乏勇氣。

夢神很蠻橫，說你們要是不按我說的做，罰你們一輩子天天做惡夢。

好在，兩個人都還算聰明，便決定在夢裡展示自己的生活給對方。

韓小瓜夢見一片林立的寫字樓，自己穿梭在人群之中，包裡是昨晚剛剛做完的企劃案，心裡想像著上司閱讀之後一定會興奮得拍案而起，公司的資源自然會向自己手裡集中，職業生涯又一個峰值即將到來。

而羅大懷，則夢見一場盛大的婚禮……

五年，十年，十五年……夢神給予的一次次互夢機會，穿插在兩個人的人生裡，他們的生活雖然再也沒有過任何交集，卻又好像因爲這些夢境影影綽綽地拼接在一起。

羅大懷在夢裡見到了北海道的雪、斯德哥爾摩的海、潘帕斯草原的風。

韓小瓜在夢裡看到了商場的爭鬥、兄弟的背叛、巔峰的淒寒。

偶爾，在夢醒的時候，他們也會想，陪在自己身邊的人如果是對方，這些風景、這些人情，會不會不一樣，然後搖搖頭，笑自己矯情，人到中年，還像小青年一樣想這些毫無意義的事情。

夢神也終於感到了厭倦，告訴他們，這個已經玩了三十年的遊戲馬上就要終止，他們還剩下最後一次互夢的機會。

他們請求夢神多給他們一點時間，好好想想讓對方夢到什麼。

夢是什麼？夢是想要卻沒有得到的東西，夢是一種未能實現的可能。

他們自小便明白這一點。

於是，這麼多年之後，白髮漸生的兩個人，相隔千萬里的兩個人，不約而同地讓對方做了同一個夢：

夢裡，他們都還在那個寒冷而乾燥的城市，都還年輕得離不開父母和故鄉。

他和她站在萬家燈火之前，頭靠著肩，試圖給對方一點家的感覺，給對方堅守的信念和勇氣。

他們那個時候相互是什麼感覺，已經說不清道不明。

只是這一次，她不會再逃避，他也不會再猶豫，雖然是在夢裡。

瓶中女

入夜之後，小偉聽見女孩的歌聲變小了，跟他們一樣無力，曲調也變得哀傷。一定是水喝得太快了，她感到了恐懼和死亡的威脅。水喝光了，她就會死吧？

當勇哥和小偉意識到穿越沙漠是一個錯誤決定的時候，已經太晚了。他們不知道自己在哪裡，四周都是黃沙，頭頂是烈日，暴露在空氣中的皮膚感受著來自高溫的殺意。

而最大的危機是，他們只剩下一瓶水了。

這瓶水掛在小偉的胸前，一路晃晃蕩蕩，發出水體波動的聲音，入了兩人的耳朵裡，更加劇了他們口渴的程度。

「讓我喝一口！」勇哥說，一雙幾乎冒煙的眼睛直直地望著小偉胸前。

「不行，省著點兒，太遠了，喝完就沒了。」小偉一個詞一個詞地往外蹦，他覺得多說一個字都是浪費口水，而口水，是現在最寶貴的資源。

勇哥舔舔嘴唇，沒再說什麼，低頭繼續走路。

他們又翻過好幾座沙丘，因爲害怕坐下就失去再站起來的勇氣，所以一次也沒有休息。到了夜裡，已經有些經驗的他們面朝下伏在地上，用衣服包住頭，裹得緊緊的，隨時準備迎擊恐怖的狂風和沙塵。

小偉趴下前，先在沙堆上挖了一個坑，把水瓶放進去，再用身體捂得嚴嚴實實的，生怕一夜之後就失去這唯一的希望。意識漸漸模糊，將要睡著的時候，小偉似乎聽見耳邊有人在哼唱小曲。

他聽不出唱的是什麼，說不定根本就是另一種語言，但調子卻格外好聽，低沉而平緩，他以爲是出現了幻聽，暗暗有些擔心，不知道自己哪天就會喪失心志變成瘋子。

第二天，偉哥抱怨說更熱了，小偉心裡想那不過是錯覺，其實每天都一樣熱，只是我們離死亡更近了而已。

臨近中午，勇哥指著小偉胸口，嗯了一聲。

小偉明白他的意思，覺得時機差不多了，再熬下去，就會成爲抱著水瓶渴死的傻子，「我先喝一口。」

他擰開瓶蓋，藉著陽光往裡望了一眼，想要搞清楚到底還剩下多少水，夠他們撐幾天。然而，他看見一個只有三寸來高的小女孩在瓶口的水面上，正睜著一雙大眼睛與他對視。

小偉瞬間明白了昨晚歌聲的來歷，他來不及細想，慌忙又蓋上了瓶蓋。

「怎麼不喝？」勇哥問。

「兩點最熱，到兩點再喝。」小偉抬抬左手腕，讓勇哥看錶。

「你神經了，老子都要渴死了。」勇哥往前走了一步。

小偉注意到他這帶有攻擊性的舉動，知道不能再敷衍他，「那這樣，我喝一口，你喝一口，我不喝，你也不能喝。」

「行行行，依你，規矩眞多。」

小偉打開蓋子，用瓶蓋擋在瓶口，朝小女孩吹了一口氣，女孩受到驚嚇，身子往前一撲，潛到了水面之下。

小偉這才把瓶口對準嘴唇，輕輕地喝了一口。

「行了吧？給我，給我！」勇哥伸手就要搶瓶子。

「你毛手毛腳的，一口喝完了怎麼辦？我給你倒！」小偉後退一步，傾斜瓶身，往蓋子裡倒了淺淺一層水，遞給勇哥。

勇哥急吼吼地接過來，生怕接慢一步，這點水就會被曬乾。他一口喝下，喝完又來回舔了蓋子幾遍，然後才很不甘心地還給小偉，「渴了就喝，你可別忍著。」

「我知道分寸。」

他們又繼續朝未知的前方走了幾個小時，其間也遇到所謂的「海市蜃樓」，勇哥高聲叫喊，最後發現只是幻象之後情緒變得更加暴躁。小偉只好喝了一口水，然後又給他倒上一點，以安撫他受傷的心靈。

夜晚再次來臨，小偉把水瓶放在耳邊，果然聽得更加清楚，那是一種異族語言，曲調仍然輕盈柔軟，好像拂過臉頰的微風。

天亮之後又是茫然地行進，這沙漠好像無邊無際一樣，又或者，就在他們不知道的這段時間裡，整個地球都變成了一片沙漠。勇哥要求喝水的頻率越來越高，他兩眼通紅，眼球彷彿要被蒸發一樣沒有神采。小偉也好不到哪裡去，他身上的皮膚已經開裂，就像久旱的大地。

「勇哥，我們喝尿吧。」小偉聲音嘶啞。

「不，水沒喝完，老子絕不喝尿。」他還是惦記著那瓶水。

小偉沒有辦法，只好每一個小時喝一小口，再給勇哥倒出一點，瓶中的水消耗得很快，拿在手中輕了很多。不知道小女孩會不會害怕，害怕她所在的世界即將消失不見。

入夜之後，小偉聽見女孩的歌聲變小了，跟他們一樣無力，曲調也變得哀傷。一定是水喝得太快了，她感到了恐懼和死亡的威脅。

如果明天把水喝光了，她就會死吧？

「不行，最後這點，留著！」小偉把水瓶抱緊在胸前，說什麼也不肯再喝。

勇哥已經說不出話了，他只想上去搶水瓶，不惜一切代價。

小偉知道打不過，使出最後一點力氣往前跑，說是跑，其實只是比爬快一點。他跌跌撞撞地往前跑，眼前的景象上下跳動，看不清方向，突然腳下一軟，失去平衡，沿著沙丘滾了下去。

勇哥跟著追上去，他的身體也很難保持平衡，他只看得見小偉在前面，帶著那只救命的瓶子。

那裡面的水似乎永遠也喝不完，一定是的，永遠也喝不完，要不然兩個人喝了這麼多天，爲什麼裡面還有水？是魔法，那個瓶子裡一定有某種魔法，勇哥確信這一點。

他追下沙丘，看見小偉一動不動，水瓶掉在一邊，他正準備彎腰去撿，聽見一陣鈴鐺聲傳來。

「喂！你們，我這兒有水！」

一支駱駝商隊經過了！

勇哥跪倒在地上，他想哭，但哭不出眼淚，掙扎著朝商隊爬過去。

「還有一個人呢。」商人拿著一罐水朝小偉走過去。

他蹲在小偉身邊，拍打著他的臉喊道：「喂，醒醒！」他又澆一點水在小偉臉上，也沒有任何反應，探探他的鼻息，才發現他已經死了。

「喂，他有幾天沒喝水了？」商人轉身問勇哥。

勇哥已經喝下一大瓶水，「他每天都喝水，他喝一口，我喝一口。」

「不可能，他是脫水死的，起碼有五天一口水沒喝了。」

「難道他是裝出喝水的樣子？神經病！」

於是，他們把小偉埋在了那裡，連帶那只他誓死保護的水瓶，以及瓶中的海市蜃樓。

奈隆往事：證明

極雲把匕首藏在手心，一邊看著永泥半裸的身體。她的皮膚白而光滑，脖子上的血管清晰可見，刀鋒劃過的時候，想必滾燙的鮮血會噴濺到自己臉上。

在遙遠的南太平洋，有一個叫奈隆的國家，這個國家因爲婚姻觀矛盾而分裂成兩個國家，西邊的叫西奈隆，崇尚婚姻，東邊的叫東奈隆，崇尚獨身。以下是發生在兩國邊境的一個故事。

爬上岸之前，極雲在水底設想了幾種浮出水面後的可能：被哨兵的衝鋒槍打成篩子，被打水漂的小孩擊中腦門，被甩魚竿的老頭鉤到鼻子，或被洗衣服的少婦當作流氓，一棒打昏。

可惜一個都不是，渾身濕透的極雲走上岸邊，他才想起，現在是凌晨三點二十，萬籟俱寂，星辰滿天，除了一股寒意之外，這地方與河對岸的東奈隆毫無區別。

哦，對了，有一點不一樣，這裡的人可以結婚。

極雲是東奈隆邊境衛戍部隊的新兵，參軍之前，他沒想過自己會被分配到離敵人如此近的防區。每當想到不到十公里遠的地方，西奈隆的異教徒們正在用婚姻這樣落後腐朽的制度壓抑人類的天性，還舉行冗長無趣的婚禮，自我感動地灑幾滴眼淚，一圈一圈地收取禮金，再一圈一圈地把錢送回去……極雲就想全副武裝，將那些新人成對成對地槍決，看著鮮血把婚紗染紅，提前成全他們「相守到死」的誓言。

但這樣的情景或許永遠不會發生了。

這屆政府上台後，確立了和平前進的方針，還加了一個「永久」的限定語。在普通人眼裡，這或許只是個毫無意義的虛詞，但對極雲來說，他很明白，就像他在前往駐地的火車上，對著其他和他一樣熱血沸騰的戰友說的一樣：

「我們這輩子是沒有仗打了。」

界河對面，崇拜婚姻的惡棍們，將把這個罪惡的制度薪火相傳。每次想到這一點，極雲就恨得牙癢。

所以，當得到通知說，上尉要接見自己，安排一項秘密任務，而且很可能是潛入西奈隆的時候，極雲興奮地從上鋪跳下來，拽著門框連做了十五個引體向上，青筋暴起，滿面紅光，扔下「不割幾個狗男女的人頭，我就不回來了」的豪言，一溜煙跑向了上尉的辦公室。

上尉是個禿頭，東奈隆有傳說，男人如果結婚，頭會禿得更快，這讓剛三十歲就禿頭的上尉尷尬不已，生怕上級懷疑他政治立場不堅定。

「極雲，我就不繞彎子了。」上尉在室內也戴著軍帽，原因自不必說，「你們這批新兵裡面，你是最優秀的，這個嘛，大家都有目共睹，你也別不好意思。按照我們的傳統，排第一的士兵有個任務。」

「去西奈隆！」極雲沒忍住。

上尉在抽屜裡摸索著，「還算消息靈通嘛。對，今天夜裡就去，明天太陽落山前回來。喏，這把匕首。」上尉從抽屜裡拿出一把小刀，「每一代都用這把刀，有點年頭嘍。」

「殺幾個？」

「一個。」

「只殺一個啊？」極雲摸著刀刃，上尉肯定經常磨，鋒利得很。

「你以為很容易嗎？」上尉站起來，走到極雲面前，拍拍他的肩膀，「找一個西奈隆的女人，跟她結婚，要辦證，明天太陽下山前，帶著她的人頭和結婚證一起回來。回來，就證明你是英雄。」

走了兩個小時，天還沒亮。

極雲在叢林裡穿梭，這不難，他穿了身便服，沒帶乾糧，唯一的防身武器是一把匕首，這也不難，甚至於，面前就算冒出幾個身強力壯的西奈隆漢子，他也有信心把他們全部制伏，難的是……

結婚?!這他媽開的是哪門子玩笑？

極雲從小接受的是高貴的「獨身主義」教育，思想政治課配發的那本《歷史上最殘暴的丈夫和最淫蕩的妻子以及他們的可怕下場》閱讀材料，他倒背如流。大學畢業論文題目是《從生殖崇拜的角度對婚姻制度進行的再批判》，雖然因為選題過大，而且配圖比較不堪入目，沒能入選優秀論文，但一直是極雲引以為豪的人生亮點，在每一個女朋友面前，都要引述一番。他至今記得論文的最後一段是這麼寫的：婚姻是愛情的墳墓，東方的智者孔子如是說，但筆者認為，婚姻不僅是愛情的墳墓，更是人類的墳墓，而西奈隆就是一個沉睡在墓底的國家，我們遲早有一天要把它挖出來，讓太陽好好曬曬他們腐爛的屍骨。

志氣如此之高，志向如此之遠的自己，竟然要找一個西奈隆的女人結婚？極雲氣血上湧，想到那些女人腦子裡都是「結婚結婚結婚」的念頭，他幾乎要吐出來。

遠處小鎮開始有燈亮起了，冬天的邊境小鎮，醒得倒挺早，極雲拂去頭髮上的露水，加快腳步，朝著未知的命運奔去。

那一刻，他覺得自己像一個馬上要被活埋的人。

隨著年齡的增長，永泥漸漸明白了一個道理：慢性子的極致是急性子。從小到大，永泥都是個不緊不慢的人，走路比人晚，認字比人晚，上學比人晚，戀愛比人晚，這些慢人一拍疊加到一起，終於導致她至今沒有結婚。而越是遇不到對的人，她心裡就越是著急；越著急，她就越害怕。

因爲在西奈隆，當齡未婚是一件很麻煩的事，父母親朋的嘮叨自不必說，關鍵是，長期未婚的人會被懷疑是遭到了東奈隆「獨身主義」邪惡思想的洗腦。安全部門那些西裝革履、戴著墨鏡的特工，三天兩頭打電話來質問爲什麼還不結婚，社會保障部的婚姻司也會每週寄來一式三份的表格，要求彙報婚姻進度，更不要提那些自以爲是的NGO，每個月的第二個週四都要組織未婚人士集體觀摩紀錄片《眞人實驗：已婚男女與未婚男女的七一二天生活》，而且還要簽到。

起初，她還是相親會的常客，被那些男人或者男人的媽上看下看。男人盯著她的上圍，「有內涵」，當媽的盯著她的下圍，「能生」，她像一隻被扒光羽毛的珍稀動物，所有的食客都想把她寫進自己的功能表。

但是，很顯然，沒有哪一個食材樂意被吃掉，再輝煌的讚美也不過是想把你變成一堆排泄物。就像被貪婪的眼睛看久了，食物會發酸一樣，永泥被這些饑渴的眼睛看久了，不僅心酸，而且心寒。

這樣的生活，從一個「怎麼還不結婚」過渡到另一個「怎麼還不結婚」，用了成千上萬個療程，終於把永泥逼瘋了。

在一個秋高氣爽的平靜午後，對著敵國《反婚姻法》莊嚴宣誓之後，永泥加入了東奈隆設立在西奈隆的地下組織——黃昏社。黃昏社長期在西奈隆境內秘密散播「獨身主義」思想，阻礙結婚，煽動離婚，政府搞了幾次清剿運動，都沒能徹底消滅它。雖然它的觸角已經從核心城市退縮到邊境，但仍然是西奈隆政府的心頭大患，畢竟離婚率的每一個百分點跳動，都可能導致內閣下台。

永泥說話不多，但記性很好，社內進步讀物《歷史上最殘暴的丈夫和最淫蕩的妻子以及他們的可怕下場》，她過目不忘；關係再和睦的夫妻，碰上她，要不了一個鐘頭，就得回家分財產。

她的戰績實在太過耀眼，甚至驚動了遠在東奈隆的總部。總部發來密電說，只要永泥本年度拆散名額能達到兩百，並且把歸化到「獨身主義」的人帶入東奈隆，就特批她成爲東奈隆公民，享受先進的獨身生活。

今天是最後一天，距離二百的目標，永泥還差最後一個。

所以，當她在相親會上看到一個目不斜視，神情跟她一樣煩躁厭倦的男人的時候，那種長途跋涉，無水可飲的絕望感，終於被找到目標的喜悅沖散。她顧不得矜持——她堅持了三十年的品質，走到他面前，打了個招呼，「嘿，你好，你也是來這……」

「這個孩子有非常強烈的正義感。」

這是極雲小學畢業的時候，班主任給他的評語。這種正義感一直伴隨著他，既是他勇氣的來源，也是一種阻礙，尤其當他面對某些需要犧牲原則的場景，比如闖紅燈過馬路，扔垃圾沒進桶，他都會變得格外緊張，緊張得說不出話來。

比如現在，那個女人朝他走來，臉上帶笑，「嘿，你好，你也是來這……」

她豎起兩個拳頭，大拇指相對點了點。

極雲在法律科普講座上看到過，那是「相親」的意思，如果在東奈隆公開做這個手勢，會被處七天拘役和五千元的罰款。

他很想制止對方這種醜陋的行為，即使是在西奈隆的國土上，但是，他說不出話，手放在褲兜裡，手心全是汗水，他從女人的眼神裡看得出……

她對我有興趣！

她要我和相親！

她還想和我結婚！

她一定是想這麼說：「極雲先生，讓我們相約婚姻的殿堂，共同走向人生的終點吧！」

無恥至極！罪無可赦！

我神聖偉岸的「獨身主義」就要被貼著我和她照片的結婚證玷污了。

我必須殺了她，極雲暗想，但話一出口，卻變成，「嗯，來相親，妳也是？」

永泥點點頭，「我看你長得挺符合我審美的，你覺得我怎麼樣？」

婚姻使人瘋狂，果然不錯，這個女人爲了跟我結婚，竟然心急到這種程度。極雲喉結搏動，內心的鄙視和輕蔑恨不得破胸而出，「嗯，妳也很好看……眼睛很漂亮。」

「哦是嗎？你是做什麼工作的？」

「我是……海員。」極雲差點說成軍人。

「海員啊，聽說掙得挺多的，你是跑哪條線的？北線還是東線？」

「東邊，巴西和阿根廷。」

永泥長長地嗯了一聲，「都是很好的國家啊，風景一定很好吧？」

還沒結婚就暗示我帶妳去新婚旅行嗎？新婚旅行，極雲記得國民經濟導論課老師曾經講過，西奈隆人均財富之所以落後於東奈隆，很大一部分原因就是他們在新婚旅行上花了太多錢——總想著去南極追企鵝。

「一般，風大，東西也不好吃。」

「你怎麼不問我是幹什麼的？」

這個女人為什麼這麼討厭？極雲側過臉，揣在褲兜裡的手握成了拳頭，「妳是做什麼的？」

「你猜？」

上尉曾經說過，克制殺人衝動的方法有三種：洗冷水澡，緩慢地深呼吸，以及逼自己立即去做一件噁心的事，「妳知道最近的婚姻登記所在哪兒嗎？」

這是個絕妙的主意，永泥意識到這一點的時候，四周空氣的寒意似乎都降低了不少，「知道啊，我帶你去。」

靈感總是來源於電光石火的一瞬間，抓不住的人只能用無數個瞬間去懊悔自己的愚鈍和懶惰。永泥慶幸自己沒有墮落成這樣的人——最後一個被拆散的名額，總部從來沒說過這個名額不能是自己！

我只需要跟眼前這個看起來傻乎乎的大個子結婚，然後馬上離開他，帶著還散發油墨味的結婚證，越過邊境那條界河，高呼暗號，我就會成為高貴的東奈隆人！就是這樣，我毀滅自己的婚姻，親自成為第兩百個被拆散的人，簡直太簡單了！

永泥忍不住在心裡尖叫，這條路她很熟，過去的獵物一大半都是在這條路上被她捕獲到的。他們喜氣洋洋，滿臉得意，似乎他們是這個星球上最幸福的一對，但

事實上呢，永泥回憶著那一百九十九個人的臉，在《歷史上最殘暴的丈夫和最淫蕩的妻子以及他們的可怕下場》面前，全都不堪一擊。

「你有合適的結婚對象了？」永泥覺得很難拿捏語氣，又要漫不經心，又要意有所指。

「沒有。」

永泥跳到極雲面前，撩動頭髮，她知道自己這個動作很有魅力，「你覺得我怎麼樣？」

「什麼怎麼樣？」

「我是說，如果我嫁給你……」

他是想笑嗎？永泥看得出對方的臂膀在輕微地顫抖。他在克制什麼？說不定他有個一直放不下的老情人，也可能，他擔心買不起結婚用的戒指。確實，自從東奈隆封鎖了西線海路，鑽石價格一路走高，一般收入的男人已經負擔不起。這無疑是東奈隆的鬥爭策略，非常高明。

「可以啊，妳嫁給我吧。」

出乎意料的順利，不光是過程，更關鍵是人選。這個急吼吼要跟自己結婚的女人，極雲實在是太想割下她的頭了。

婚姻登記所的人不多，一梭子機關槍子彈應該可以全部解決。極雲打量著這些人，有幾個男人在東張西望，看起來就像是炫耀戰利品的士兵，女人們靠著她們的男人，在憧憬未來的幸福生活，是嗎？《歷史上最殘暴的丈夫和最淫蕩的妻子以及他們的可怕下場》附錄裡的十起殺妻案可以告訴你們答案。

「先生，請在這裡簽字。」

極雲握著筆的手停住了，他猶豫著要不要編一個假名，以免動搖，不，不應該說動搖，以免玷污自己心中神聖的不婚信仰。沖平怎麼樣？聽起來很有氣勢，或者……不對，如果用了假名，上尉說不定會認為我是撿了別人的結婚證。

「極雲，喔，你的名字眞好聽。」

極雲笑笑，伸出手捏著永泥的下巴，琢磨著這個小腦袋有多重，嗯，過一會兒就知道了。

他跟著自己的妻子——一小時前還是陌生人，走出註冊辦公室，匕首在屁股口袋裡，隨時可以拔出來，輕輕一推就能扎進她的後頸。

對永泥來說，現在最重要的事情是和總部取得聯繫，讓他們安排人來接自己。

這種事自然不能當著極雲的面做，就算有了夫妻的名義，也不能保證他不會出賣自己。

從登記所出來，永泥帶著極雲往遊樂園的方向走。至少要約會一次，她仇恨婚姻，但還算有感情，拋卻「丈夫」這層面具，極雲至少也算是幫了自己大忙的人，多陪他一會兒是應盡的義務。

「我們這是去哪兒？」

永泥牽著極雲的手，腳步沒有放緩，「遊樂園，那邊有個很大的摩天輪，下周就要拆了，政府說邊境不能有這麼高的東西，是不是很可笑？」

「政府說得有道理，遠嗎？」

「就在前面。」永泥抬手指了指，「轉過這條路就能看到了。」

他手心裡有汗，說不定他從來沒牽過女人的手。有時候，永泥也會覺得這樣的男人自有其可愛之處，雖然那些標新立異的書裡總是說，沒有性經驗的男人很笨拙，沒有戀愛經驗的男人很可怕。對，有道理，永泥也承認，那又說明什麼呢？總是坐享現成的人體會不到開疆拓土的快樂。

「你覺得我們以後應該生活在哪兒？你喜歡南方嗎？南方的天氣更好。」

極雲是南方人，這是一種帶有政治色彩的劃分方法，奈隆分裂之後，大家就開始習慣按南北來區分了，儘管整個奈隆島沒多大，一場寒潮，全島降溫，但受南邊洋流的惠顧，南海岸總是要暖和一些的。

「我喜歡南方。」回答這句話的時候，兩個人正站在摩天輪底下，黃昏的餘暉透過摩天輪上的玻璃折射下來，映出一片片光斑。

「那就好，我也很喜歡。」

經她這麼一提，極雲想起還在南方漁村裡的母親，自己屬於最後一代個人撫養的兒童，從他之後出生的孩子，都會送到政府主導的育嬰學校統一撫養，所以「母親」這個詞也只有極雲這一代及其以前的人才有印象。

小的時候，自己總是躺在門前的椅子裡，一邊吹著鹹鹹的海風，一邊看母親縫漁網，就是這樣一針一針地縫，也只夠母子勉強吃飽，極雲最終是沒能上大學。所以，軍隊是極雲唯一的機會，他需要證明自己，證明自己是眞正的英雄，而只有英雄才會有最快的晉升速度，有最多的補貼，才能讓母親不再那麼辛苦。

「妳小心點。」極雲扶著永泥坐進摩天輪裡，確認工作人員關好門之後，他把手搭到永泥的肩膀上，後者自然地靠向他的頸窩。

就在上面結果了她。

轉了三分之一圈，兩個人還是沒找到合適的聊天話題。

永泥深知這場婚姻的壽命不會超過二十四小時，所以蜜月、孩子、教育、夢想，統統沒有意義。他是什麼樣的人，她沒興趣知道；自己是什麼樣的人，也沒精力細說。反正是要各奔東西，他思念也好，另尋新歡也好，都和自己無關，又何必給他留好印象呢？

「我說實話吧，其實我不喜歡結婚，很不喜歡。」

沒有回應。

「你聽見我說的了嗎？」

對方的肩膀晃動了一下，然後永泥聽見他說：「為什麼不喜歡？」

「人類發明婚姻這個東西完全是出於對人性的不信任。男女雙方感情能持續到什麼時候、男人是否會懷疑孩子的來歷、女人會不會擔心男人在外面拈花惹草，這些問題人類想不到完美的解決方式，或者說根本沒法解決，於是發明了婚姻，一個牢籠，想從法律層面給這些問題有個終極指向……」

「但是，這個指向毫無意義，就像婚禮的誓言一樣。」

永泥轉頭看著極雲，她背誦的是《歷史上最殘暴的丈夫和最淫蕩的妻子以及他們的可怕下場》序言裡的一段，爲什麼眼前這個男人也會知道？這個四肢發達的粗壯漢子，無論怎麼看，都是打老婆的一把好手，所以只是巧合，一定是巧合。

「明明才剛結婚，就跟你說這些。大概是我結婚太晚，一直承受了很大的壓力。你知道的，不結婚，所有人都會把你當成怪人，當成異類，認爲你無法在這個社會生存。」

摩天輪停止，極雲扶著永泥走出籠子，「但妳還是生存下來了，沒有逃走。」

逃走，永泥挽住極雲的手臂，維持著臉上的笑容，「老公，我們去河邊走走，好不好？」

在東西奈隆分裂之前，界河原本有一個很浪漫的名字，以符合男男女女都喜歡到河邊拍婚紗照的場景。當然，那樣的事情不會再發生了，取而代之的是，幾乎每年都會有西奈隆夫婦被東奈隆哨兵射傷的新聞，雙方的外交部都希望對方能給出解釋，一方想知道爲什麼要在和平年代訴諸暴力，一方想知道爲什麼要明目張膽地侮辱信仰。

如所有人預料一樣，這樣的事件最終都會不了了之。

「這樣很冒險。」坐在河邊的大石頭上，極雲說。

「只是坐在河邊，就成了冒險，我們這個國家太可笑了，一個國家不能保護自己的國民，張口閉口都是抗議不滿，要對方給出解釋，簡直孬種，就不能像對方一樣使用武力嗎？我有的時候覺得，正因爲東奈隆沒有婚姻的阻礙，他們的國民才更獨立，更勇敢，更敢於做自己想做的事情。」

「妳覺得使用武力更好？」

永泥看著手機，還沒收到暗號，「至少很勇敢。」

「妳喜歡勇敢？」

「當然是勇敢的人更有魅力，不勇敢的人，只會沉迷在自己的小世界裡腐爛。」

腐爛這個詞觸動了極雲的神經，「我在一篇文章裡看到說，婚姻是人類的墳墓，躲在裡面的人都只剩下腐爛的屍骨。」

永泥一笑，「對於兩個剛結婚的人來說，這段話還眞是諷刺。不過，很有道理，我喜歡。」

第一個說喜歡這句話的女人，竟然來自敵國。極雲長長地歎了一口氣，「妳想不想下河游一會兒？」

手機螢幕亮了一下，是一句暗號，永泥明白它的意思，快速地回覆了另一句暗號，點點頭，「好啊，我也正想。」

無須多言的默契，這是前所未有的體驗，極雲脫去衣服，把匕首藏在手心，一邊看著永泥半裸的身體。她的皮膚白而光滑，從任何一個地方切下去都輕而易舉，脖子上的血管清晰可見，刀鋒劃過的時候，想必滾燙的鮮血會噴濺到自己臉上。

兩個人游到了河中心，永泥在前，極雲在後，河對岸有一個亮點閃了一下。永泥知道，那是總部派來接她的狙擊手，準心已經瞄準了身後的丈夫。

而身後的極雲也同時伸出手，按住永泥的肩膀，匕首一點一點地朝她的脖子靠近……

皇上，你又偷肚兜

魏公公想，有了這麼多打掩護的，總偷不到自己頭上了吧？當天夜裡，浣衣局來人報告，舌頭打顫，「肚兜……肚兜……全沒啦！一件兒不剩！」

宮裡出了賊。

專偷肚兜。

這個賊是皇帝。

所有人都知道。

皇帝以爲大家不知道。

事情大條到這個程度，不管內廷還是外戚，從魏公公到葉首輔，大家都很頭大。

葉首輔頭大的原因是，雖然皇帝整天除了在後宮搞女人，在朝堂打哈哈，但至少從未出過什麼心理問題。他固然昏庸，但並不變態，現在好了，皇帝變態了，這一變態起來，更沒心思幹正事了。

而魏公公頭大的原因則是，他穿肚兜，而且已經被偷了十幾件了，洗一件丟一件，洗兩件丟一雙。浣衣局的女工打死了好幾個也不頂用，誰都知道這是皇帝偷去的，只要遠遠地看見他御駕親竊，還要腦袋的都會躲得遠遠的。

魏公公白天無心工作，奏摺也懶得幫皇帝看，統統送去御書房，夜裡也睡不著，只因他思來想去折騰不出個主意。

要說一件肚兜值不了幾個錢，穿上一天然後讓皇帝偷去也沒什麼大不了，但魏公公偏偏最怕穿新衣裳，尤其是貼身的衣物，那些個還沒磨平的針腳線頭，對他所剩無幾的壽命都是莫大的折磨。

不讓皇帝偷？難道自己悄悄洗？雖說也是從端茶倒馬桶這些苦差熬上來的，但眞讓他再幹這些粗活，魏公公自然不樂意。

送到浣衣局就一定會被偷，那要不，不穿肚兜了？

那也不行，皇帝知道自己有這個嗜好，萬一哪天突然被扒開，發現沒穿，豈不是欺君？魏公公心裡亮堂，他可以奸，可以貪，可以濫殺大臣，可以陷害忠良，唯獨不可欺君，欺君就是死罪。

那還能怎麼著呢？照著自己的老師——上一位太監首領，就是最後被魏公公陰死的那位的說法，要想在皇帝面前混得春風得意，秘訣就一個：別讓他看書。書裡的道理，至聖之言，隨便拎幾條出來，只要皇帝看明白了，腦子轉了彎，自然天天跑出去找大臣，哪還有太監的事。而阻止他看書的法子呢，也簡單，就是勸他玩，可勁兒玩，什麼好玩玩什麼，玩女人、玩木工、玩修鎖、玩畫畫、玩鬥雞。

玩偷肚兜。

魏公公知道，別無他法，皇帝好上這口，就不會回頭，除了陪他玩下去，沒有別的選擇。好吧，那就接著玩，而且，要玩就玩大的。

第二天，宮裡的，宮女就不說了，從太監到少監，從少監到火者，只要下面沒有的，都收到了魏公公的密令：肚兜列爲宮中閹人指定著裝，當天穿當天換，換下的統一送到浣衣局清洗晾曬，不穿者亂棍打死。

魏公公的號令，誰敢不聽？況且能送去浣衣局洗衣服，多有面子的事情。大夥兒果然雷厲風行，過了一天，浣衣局外的晾曬場上，肚兜招展，遮天蔽日，如同沙場軍旗，莫不是魏公公的親隨嫡系。

魏公公想，有了這麼多打掩護的，總偷不到自己頭上了吧？

當天夜裡，浣衣局來人報告，舌頭打顫，「肚兜……肚兜……全沒啦！一件兒不剩！」

前一天，皇帝正在看葉首輔的奏摺。

「臣聞：君者，臣之父也，臣者，君之子也。欲稱子之任，唯以父事見寄。臣披瀝肝膽，欲設御前肚兜營，轄壯漢五百人，專代陛下行肚兜來去之事。今陛下親往，折損龍體，臣不勝羞慚，是以冒死，願盡區區，唯陛下垂聽焉。」

皇帝思量半晌，終於寫下朱批：准奏。

如何繼承一艘飛船

我按住爺爺的頭，從上到下把他用力地黏在牆上。那個被嚇傻的業務員還在望著我愣神，我搶過她桌上的公章，轉身就在爺爺臉上蓋了一個。

「是這樣的，先生，如果您不能證明您是第一繼承人，我們就不能把飛船的所有權轉讓給您。」飛船管理處的業務員秉持良好的職業態度，臉上擠滿了微笑，雖然她講出的每一個字都讓我感到噁心。

「我還要證明？我不是給妳擺了一大堆證件嗎？妳看這個，是我的社保證，對吧？還有這個，是我的護照，還有這個，看到沒？最舊的這個，是新移民證。這還不夠？」我看著桌面上這堆各種顏色的證件，恨不得把它們全塞進業務員的嘴裡。

「用這些證件確實可以證明您是周家的長子，這一點我們並不懷疑。但是，現在的問題在於，您必須進一步證明您是第一順位繼承人。」

「我是我爸媽的親兒子！唯一的親兒子！還能有幾個繼承人？」

「事情是這個樣子的。按照我們這個星區的繼承法，動產和不動產的繼承順位相反，也就是說，飛船的第一順位繼承人是您的爺爺，然後才是您。」

我幾乎要從座位上跳起來，想把眼前這個自以爲聰明、拿根雞毛當令箭的業務員一巴掌拍死，如果制定繼承法的人也在這裡的話，那也一併拍死。

「我爺爺都死好多年了！繼承個屁啊！別浪費我時間行嗎？」

「是這樣的，我調取您的資訊之後，沒有看到您爺爺的死亡證明，所以我不能排除他尚在人世的可能。說不定他老人家正搭乘某趟星際航班趕來繼承這艘價值七千六百萬星元的飛船呢？」

「我說妳強調飛船價格是什麼意思？想暗示我是爲了這筆遺產來詐騙的嗎？」

「先生，我斷無此意。與其在這裡和我爭吵，您還不如儘早採取措施證明第一順位繼承人，也就是您的爺爺已經過世。」

「我的家鄉遠在五萬光年之外，往返一次的成本比妳的年薪還高。而且，他住的星球早就被外星人轟成太空塵埃了，這麼多年了，我哪弄得明白他到底歸哪個局管？」

「是這樣嗎？那就恕我無能爲力了，不能證明第一順位繼承人死亡，就不能爲您辦理過戶，這是我們的規定。」

我站起身，俯視著這個死板的業務員那貧瘠的頭頂，手指微微彈動。看來不給她一點厲害瞧瞧，她還眞以爲我是跪在「規定」面前束手無策的凡人了，我就讓她見識見識什麼才叫眞正的神技。

「那我現在就證明給妳看。」

無視她鄙夷的眼神，我念起一長串古老的咒語。雖然我已經很熟練，每個詞的意思也記得清清楚楚，但還是沒法加快速度，足足五分鐘，在她叫保安把我請出去之前，我念完了咒語。

空氣裡有不安的氣氛在瀰漫。

我沉默是因爲我知道即將發生什麼，她沉默是因爲她不知道即將發生什麼。

一道光從牆上照射過來，照亮我們左側的角落，那裡正站著一個老頭，滿臉憤怒和不服。

「爺爺，你好！」我朝老頭招招手。

業務員大概想喊什麼，但由於她張大了嘴巴表達驚懼，估計是騰不出嘴來。

爺爺慢慢地飄過來——拖鞋吊在大腳趾上，伴隨著一道陰風，「你小子，這麼多年了，也不來看看我！今天把我招出來幹嘛？」

「我這不是忙嗎？爸媽死了，他們留了艘飛船給我，我來辦繼承手續，但沒您的死亡證明，所以辦不了。」我又轉過頭去對業務員說：「喂，現在如何？妳看得出來他已經死了吧？要我描述細節嗎？」

業務員畢竟有良好的職業操守，看得出來她正在努力控制自己不要害怕，「是……是這樣的，既然……既然第一繼承人已經死了，您，當然可以繼承，只是……只是我們還需要一份正式的文書，以便……以便應付下周法務人員的檢查。」

這才是我想要的結果，心情頓時好了許多。我朝爺爺吹了口氣，他順著這道風又慢慢飄了出去，直到軟軟地貼在業務員背後的牆上。

「孫子，你不知道我一個人在墳裡多寂寞呢。」

「放心，馬上就不寂寞了。」我走到牆邊，按住爺爺的頭，從上到下把他用力地黏在牆上，再拿起牆角的加濕器往他身上噴了些水，「您就待在這裡，這一周會有很多人來看您的。」

那個被嚇傻的業務員還在望著我愣神，我搶過她桌上的公章，轉身就在爺爺臉上蓋了一個，「很好。這就是妳要的文書了，我爺爺會在這一直陪著妳，直到法務檢查結束，這下妳滿意了吧？」

這個漂亮的女業務員臉上的顏色我已經無法描述，但看到喜歡年輕美女的爺爺在她背後得意地吹著口哨——好吧，雖然聽起來是一陣陰森的鬼叫，我還是覺得自己做了一件好事。

拿起飛船鑰匙之前，我終於忍不住對她說：「對了，我有沒有告訴過妳，其實我是這個星區最強的招魂師？」

遙遠的吻

忙到後半夜，機器人總算學會了一些親吻的基本禮儀：親吻的同時不要把對方的脖子擰斷，吻完之後提高面部溫度是為了擬真，而不是將對方的臉烤化……

劉博士起初很抗拒，對領導交付的這項任務有很多想法，認爲這一定又是哪個瞎指揮的蠢材拍腦袋想出來的主意。

「哪有給機器人設計親吻功能的？」他在家裡不止一次跟妻子抱怨。

妻子是個家庭主婦兼小說作家，說話總是細聲細氣，不管是跟菜販還是編輯打交道，都面帶微笑，語出如春風拂面，「多浪漫的功能呀。」

「浪漫頂什麼用？這是科學！不是兒戲，我的機器人是上去研究岩石的，不是去尋花問柳的。」劉博士還是不服。

妻子遞過一杯水，「你就浪漫一次嘛，就當給我看，好不好？還是說，這個功能設計起來很難？」

劉博士眉毛一挑，「哪裡難了！我一個小時就能搞定，妳等著！」

最瞭解丈夫脾性的，當然是她無疑。

劉博士第二天就在研究所忙開了，雖然與妻子曾經談過十年戀愛，結婚也已五年，但設計起親吻的功能，還是略顯生澀和害羞。他悄悄打開網頁，四顧無人，認真地研究起親吻的技巧來，什麼輕吻、推動吻、吸吻、法式舌吻……一個個曖昧的名詞看得劉博士眼花撩亂。他不禁感歎，果然隔行如隔山，就像讀博士時那位導師說的，任何一件事花費時間去研究都能找到一個廣闊的世界。

他按著親吻的種類列出關鍵性的資料，力度、嘴唇開合程度、唾液分泌量、持續時間，甚至接吻時男方的手放在什麼位置最合適，也有好幾個備選。細細數來，竟有差不多十個空格需要填寫，光是這項瑣碎的統計工作，就花了劉博士半個小時的時間。

不過，他也沒工夫想與妻子的賭局，又馬不停蹄地爲機器人更新動作機能，寫一個全新的程式載入進去。手部的力量要調低下限，不然會把對方捏碎；頸部的活動範圍要更大，方便做出更多花式動作，要不要增加一點語音功能呢？接吻的時候揚聲器裡發出嗞嗞嗞的聲音，雖然提高了眞實度和現場感，但聽起來還是很有惡趣味的樣子，劉博士被自己逗笑了。

想到這裡，劉博士給領導去了個電話，「機器人要親吻的是誰呀？」

「也是個機器人。」

得到這樣的答覆，除了罵領導一句「變態」之外，似乎也想不出別的評價。

一直忙到後半夜，那台機器人總算學會了一些親吻的基本禮儀：第一次見面的時候並不需要用X光檢查對方的武裝，親吻的同時不要把對方的脖子擰斷，吻完之後提高面部溫度是爲了擬眞，而不是將對方的臉烤化……

劉博士回到家，精疲力竭，妻子問如何了，他點點頭，嘴上不禁一笑。

「你也覺得很浪漫是不是？」妻子問。

「才沒有。」

月球。

「發現目標。」探月機器人發回訊息。

「接近！」地面控制中心下達指令。

履帶在地面緩緩駛過。

「已接近目標。」

「吻她！」

控制中心的所有人望著大螢幕，滿臉期待，屏住呼吸。

探月機器人吻了下去，力度、角度、時間都恰到好處，監控中心傳來嗞嗞嗞的滿足聲響。

順著機器人的攝影鏡頭，所有人看見面前亮起了燈光，那台在月球滯留了如此之久的機器人終於再次啓動。

「她醒了！」有人高喊。

劉博士撓撓頭，對著麥克風說：「歡迎回來，玉兔。」

美男稅徵收專員

很多美男為了少交稅，甚至不交稅，會故意瞞報或者虛報自己的帥氣程度。一小撮內心陰暗的美男，不但不想交稅，還想擠佔醜男的救命錢，用各種辦法醜化自己。

退休職工發揮餘熱系列報導之三。新華社電／記者張三三發自北京

退休之後，老艾同志成爲了一名光榮的徵稅專員，專職徵收美男稅。

在社會學家終於證明「長得帥的男人確實比長得醜的男人更容易成功」之後，國家設置了這個特殊稅種。

這個稅種顧名思義就是以男人的帥氣程度爲標準進行徵稅，長得越帥的人被徵收得越多，而長得醜的人則會得到政府的專款救濟。據老艾同志介紹，一個帥氣程度達到平均線的正常男士，會被徵收其收入一．三％的美男稅，也就是說，如果他的稅前月收入是一萬元整的話，那麼他會被徵稅一百三十元。在平均線以上還有「好帥」、「眞他媽帥」、「帥到沒朋友」、「帥得驚動稅務局」四個等級，每提升一個等級稅率上調一％。當然也有例外情況，據說沿海某些比較開放的城市還設置了「帥得影響生育率」這個特別等級，由於其顯而易見的社會危害性，所以會被懲罰性徵收十％的稅。

但這個稅種又跟其他稅種稍有不同，不管個人所得稅還是意外所得稅，都只會徵收，但政府到底是怎麼用的，沒人知道。老艾同志指出，相較之下，美男稅就有很優秀的納稅體驗，凡是美男上交的稅收都會被以「整容專項補貼」的形式直接補貼給醜男。

醜男同樣被劃分等級，「醜」、「爆醜」、「醜到爆」、「醜得分裂人類進化路線」，在一些尚未開化的落後地區，也有作爲扶貧專案而設置的「國家級醜男自治縣」、「聯合國醜男扶助基金定向支援示範鄉」等行政區域。大量的整容資金會按不同的比率補貼給這些人，以促進社會長相公平，維護人類的共同尊嚴。

最奇妙的是，由於部分醜男整容後會變帥，部分美男貪圖美色過度消耗陽氣會變醜，所以這個稅種總是會有一定的徵收對象和補貼對象，子子孫孫無窮匱。

談到自己的具體工作時，老艾同志不無遺憾地表示，他的主要職責是打擊逃稅和騙補。

很多美男爲了少交稅，甚至不交稅，會故意瞞報或者虛報自己的帥氣程度。比如有一位「帥到沒朋友」的足球運動員，他在場上從來沒人給他傳球，爲了省下一些錢出國買遊艇，就在報稅單上說自己只是「眞他媽帥」，貼照片的時候也故意選曝光過度的照片，或者拍的時候乾脆抬高鼻孔。

而去年抓獲的一名逃稅重犯，犯罪期間因爲太帥，導致他居住的那個社區九十%的適齡女性不願意生孩子，他竟然還厚顏無恥地說自己只是「好帥」，社會影響極壞，後來被判坐牢三十年。

而騙補的行爲就更加惡劣，一小撮內心陰暗的美男，不但不想交稅，還想擠佔醜男的救命錢，用各種辦法醜化自己。

老艾同志介紹說，水準最次的是去黑市買一張蓋了公章的《醜到爆鑑定報告》，好一點的，要嘛去朝鮮挖挖煤，要嘛去東南亞曬曬太陽，做出一副醜態，不過一般都會因爲底子太好而成爲「勞動型美男」或者「冬蔭功式美男」。最喪盡天良的就是自行毀容，然後把戶口遷到「國家級醜男自治縣」，以合法的方式騙取整容補貼，據說醜男戶口的黑市價已經炒到幾十萬一本，而一張「醜得分裂人類進化路線」或者「醜得證明達爾文進化論是謬論」的正版醜男證件照更是有市無價。

老艾同志表示，這份工作其實很辛苦，也很煩躁，每天從大量作假的照片中鑑別出眞正的美男很消耗體力，也很打擊人的自信心。

「但是，我還是發自眞心地熱愛這份工作，我喜歡看美男來我這裡交錢」，曾在三個「國家級醜男自治州」擔任過州長的老艾同志最後這樣對記者說。

明天，處男全部槍斃！

朴永勝同志在屋裡團團轉，眼看就要天黑，事態已經無可逆轉。這時，有人敲門，原來是好朋友金美姬同志。他連忙打開門讓她進來，卻見她眼含熱淚……

「金元帥，你不要不開心……」次帥同志彎著腰，同時悄悄抬眼看了對面的年輕人一眼。

「我不管，我不開心，明天，全國的處男都拉出去槍斃，就這麼決定了。」金元帥同志一拍桌子，然後在命令狀上簽上了名字。

朴永勝同志最開始看到電視畫面的時候，是原地挺立並且行注目禮的，國家的太陽、民族最偉大的旗手、黑峰山的天降名將金元帥同志正在發表講話，所以他不敢有半點不敬。他一邊聽一邊跟著念：「……所以我們決定，明天天明，處死全國所有二十歲以上的處男！偉大的柱體思想萬歲！」

朴永勝同志念完之後愣了半天，大腦飛速轉動，試圖理清這道命令的邏輯。假如理不通，那說明自己已經跟不上全國人民的鬥志，理應被淘汰被處死；假如他理清了，更應該被處死，因為……他是處男。

所以不管怎樣，都見不到明天的太陽，更不要說明天中午挖完煤的午飯鈴聲，那種天籟恐怕是再也聽不到了。

可是，我還不想死啊，我還要結婚生子，為革命生下新一代的接班人。朴永勝同志對著牆上金元帥的照片哭訴，從十五歲義正詞嚴拒絕隔壁金水姬大娘的革命需求，一直說到十八歲在放學的路上教育金美姬同學要好好學習不要談戀愛，他祈求元帥的原諒，但元帥無動於衷。

只能自己救自己了，朴永勝同志擦乾眼淚，排除雜念，思考起對策來。他翻出床底下那本紅通通的革命詞典，查到「處男」這個詞，詞典上說，凡是沒有射精過的男子都是處男。他又查到「射精」，得知了「男性通過性交和自慰都可以射精」的寶貴指導資訊。

有線索就好辦，那麼，什麼是自慰呢？結果，這個詞在革命詞典裡查不到。

到底怎麼自慰啊？朴永勝同志在屋裡團團轉，念了無數句革命格言給自己也無濟於事。眼看就要天黑，事態已經無可逆轉。

這時，有人敲門。朴永勝同志走到門口一看，原來是好朋友金美姬同志。

他連忙打開門讓她進來，卻見她眼含熱淚，欲言又止，「金美姬同志，妳也知道命令了？」

金美姬同志悲痛地點點頭，「收到……了。」

「那妳是來跟我道別的？」

金美姬又點點頭，卻已哭成淚人。

「金美姬同志，我們要發揚革命的大無謂精神，雖然我是可恥的處男，應當被槍斃，但我也是男兒，絕不能哭哭啼啼的。」

「處男就應該被槍斃嗎？」金美姬同志哭問。

「偉大的金元帥一定有他高明的考慮，我們能做的就是遵從！」

「就沒有補救的辦法嗎？」

「除非我不是處男。」

「那要怎麼做呢？」

朴永勝與金美姬是多年的好朋友，早已無話不談，於是他把辦法告訴了她。

「我可以的！朴永勝同志，我能讓你不再是處男！」

朴永勝同志心底一熱，多麼無私的革命友誼，「我好感動，金美姬同志，雖然我們之間沒有愛情，妳卻願意爲我這麼做，我這輩子永遠都把妳當最好的朋友！」

金美姬同志擦去眼淚，終於露出了笑容，「好的，我們永遠都是好朋友，朴永勝同志。」她知道今夜會永生難忘，既然如此，口袋裡那道「二十二歲以下的非處女全部槍斃」的命令就無所謂了。

金美姬掏出密令函揉成一團，扔到角落裡，再也不去想它。

我就要忘記你了

不知道每天忙碌的你，有沒有被一個奇怪的小孩打擾？應該是沒有吧？畢竟我現在仍然在這裡，每天用別人忘記的東西，吃別人忘記的食物，做別人忘記的夢。

「抬頭。」我指了指半空中。

被我牽著手的小男孩名叫小樹，順著我指的方向望過去，「有一個黑點。」

「仔細看。」

他往前走了兩步，「在變大！姐姐，妳看，它在變大！」

在白雲的背景中，那個憑空出現的黑點逐漸擴大，形狀越來越完整，直到完全顯露出它的眞容——是一架鋼琴。

鋼琴在空中靜止了不到一秒，然後直直下墜，憤怒地砸在地面上。伴隨著一段沒有章法的琴音，地面不甘示弱地折斷了鋼琴的腿。

小樹衝到鋼琴的殘骸面前，撿起一條斷腿，朝我揮了揮，「姐姐，來看啊，裡面都是白蟻，好噁心啊！」

看來是一架很老很舊的鋼琴，估計是誰家搬家的時候扔掉的。我想起你修長的手指，在琴鍵上跳躍的時候，總能彈出我最喜歡的曲子。

「小心白蟻吃人哦。」

「啊？」小樹聽到我這麼說，慌忙把木腿扔了出去，兩隻手不停地在身上擦。

「姐姐，鋼琴都有人忘記啊，這麼大一個，好像很貴吧？」

「是很貴，那也說明不了什麼，只要沒用處了，都會被人忘記的。你看這周圍的東西，有些比它還貴還好。」

我們的四周，怎麼形容呢？更像一個垃圾場，各種各樣的東西堆在一起，幾乎都是破破舊舊的，碎了螢幕的電視機、開了線的毛衣、破了洞的長褲、成捆的書，吹一口氣全是灰塵，還有時不時冒個頭、從來不叫，像幽靈一樣來來去去的野狗野貓。

「大家的記性都不太好呢。」小樹跑到一邊，彎腰拾起個什麼東西，哈了口氣，擦一擦，跑回來，「姐姐，妳看，是一只錶。」

錶盤上有裂痕，指標也沒有走動，不出意料是一個壞掉的錶，「對了，你還記得自己到這多久了嗎？」

他皺緊眉頭。太難爲他了，這個地方只有白天沒有黑夜，我們身上又沒有鐘錶，即使是我，也搞不清時間到底流逝了多少。

「我好像睡過四次還是五次覺了。」

在五次睡眠之前，我遇到了小樹。

當時我正坐在夢境谷的邊緣，兩條腿擱在懸崖外面，一邊吃著有些發酸的麵包，一邊欣賞著谷中的夢境。耳邊隱隱聽到有小孩的哭聲，開始還以爲是夢裡傳來的，沒放在心上。過了會兒意識到不對，夢裡都是在天空飛翔的魔鬼魚，哪有什麼小孩子，我這才回過頭。

一個小男孩坐在不遠的土包上，抽抽噎噎地哭著，腳邊還有一本筆記本。

我走到他面前，蹲下，望著他。

他從指縫裡看見我，反倒哭得更凶。

我拾起筆記本，「這是什麼？」

還沒翻開，就被他一把搶了回去。

「吃嗎？」我把麵包遞給他。

他接過去，咬了一口，只嚼了兩下，馬上吐了出來，「是壞的！」

果然，只要讓小男孩憤怒起來，就不會繼續哭了。

「這裡的東西都是壞的喲。你叫什麼？」

「我叫小樹。」他怯生生地回答，「媽媽呢？」

「男孩子還要哭著找媽媽啊。」

「不是，媽媽她……啊！那個！」小樹指著我背後，「那是什麼啊！」

他看見我身後夢境谷裡的東西了，那些巨大的，跟山一樣大的魔鬼魚，正在空中悠哉遊哉地飛著——不知道是誰做了一個這麼詭異的夢。說起來，你最喜歡的海洋動物就是魔鬼魚，對不對？

「那個啊，那裡叫夢境谷。名字是我取的喲。」我把小樹拽起來，牽著他走到懸崖邊上。「你看到的是別人的夢。」

「別人的夢怎麼會在這裡？」

「那你怎麼又會在這裡？」

小樹仰頭看著我，「我不知道。」

「小樹，你做過夢嗎？」

「做過，我夢見變成超人！」

我握住他舉高的拳頭，「那你做的每一個夢，都記得嗎？」

「有些忘記了，睡醒了什麼都不記得了。」

「就是這樣，那些你不記得的夢，不是，應該是所有人不記得的夢，就會來到這裡。夢境谷，被我們忘記的夢，全都在這裡不停上演。」

「啊……」小樹張大嘴巴，也不知道他到底有沒有聽懂。

「同樣的道理……」我俯下身，兩手按在小樹的肩膀上，直視著他還帶有淚花的雙眼，「這個地方的一切，包括我，也包括你，都是被人忘記的事物。」

「被媽媽忘記嗎？」

「是的。」

這一次，他倒沒有哭。

「姐姐，妳在這裡多久了啊？」

「很久很久。」

「姐姐，這裡有多大啊？」

「很大很大。」

「姐姐，我還能回去嗎？」

「很難很難。」

小樹小跑著繞到我面前，「姐姐，妳叫什麼名字啊？」

我放下手裡的報紙，一份五十年前的舊報紙，「叫姐姐挺好聽的，你不用知道我的名字。」

「眞不公平！」他嘟起嘴。

「那你管你媽媽叫什麼，總不能叫名字吧？」

「我就是叫名字呀。」

奇怪的小孩，奇怪的媽媽，「沒禮貌。」

「媽媽經常忘記事情，有時候連自己的名字都忘了，我爲了提醒她，才叫她名字的。」

聰明的小孩，糊塗的媽媽，「好吧，但是我記性很好，所以你還是不需要知道我叫什麼。」

我記得，你第一次跟我搭訕的時候，也是想了各種辦法來套我的名字呢。

「狡猾！」小樹兩手抱胸，不高興地看著我，沒一會兒，又湊到我身邊，「姐姐，妳就不想回去嗎？」

「回哪？」

「嗯……回我們應該在的地方呀。」

我換了一份報紙——居然是六十年前的，「回去幹嘛？回去也是一個人，沒人記得我的。」

「姐姐沒有男朋友什麼的嗎？」

心裡一疼，我又想起你，「只有前男友，沒事少提啊，小心我揍你。」我抬頭瞟他一眼，留意到他褲腰裡還夾著那本筆記本，「對了，你那個筆記本裡寫的都是什麼？」

他取出本子，攤開給我，「妳看，這是我幫媽媽記的事情。」

都是些簡單的字和塗鴉，比如某月某日要見醫生，某月某日要交電費，某月某日要做鴨湯，「你還挺用心。」

「那當然，媽媽可喜歡了。」

「難怪你會在這裡，她連這個幫她記事的本子都忘記了，哪還記得你啊？」

「哦。」他坐到一邊，又沉默了半天，只安靜了幾分鐘，突然跳起來，「啊！我明白了！」

我正把用報紙折好的帽子戴在頭上，「你又明白什麼了？」

「姐姐，是不是說，只要有人想起我，我就可以回去了？」

「理論上是這樣。」我又開始折一架紙飛機，用你教我的折法，「我經常看到那些廢棄的東西憑空消失，所以我提醒你，千萬不要撿看起來很新的衣服穿，說不定哪天它的主人記起來了，你就要光身子啦！」

想起那個場景，我忍不住笑出聲來。

「只要媽媽想起我，我就可以回去啦！」

「說得倒容易，你媽媽不是經常忘事嗎？」

我明明只是輕描淡寫地說了一句，小樹竟然大哭起來。

「好啦好啦，別哭了，我帶你去個地方，我能送你回去。」

這是看到小樹的筆記本之後才想起的事情。

只要一直往東走，在一片小樹林的正中央，有一個郵筒，特別破舊，郵筒外殼上的漆都掉光了，有一邊還凹了進去，也不知道是被誰砸的。怎麼看都是一個被郵遞員遺忘的郵筒，在那個世界裡，肯定從來沒人找它取信。

開始我是這麼覺得的，細細一想，不對啊，這個郵筒的位置這麼特殊，肯定有什麼特別的用意。

於是，我找了一大堆舊書往裡塞。那個口子很小，費了我好大的勁才塞進去，在郵筒外壁上敲擊，能聽到厚實的回聲，看來是放滿了。

睡了一覺之後，我再敲，聽起來空空的，舊書全都不見了。

「舊書去哪了？」小樹把筆記本抱在胸前，緊張地問。

「不知道。」我搖搖頭，「但是，我懷疑，我的直覺讓我懷疑，它們一定是回到現實世界了。」

「眞的嗎？」他瞪大眼睛。

我姑且有把握地撒個謊吧，「眞的，肯定是這樣！」

「太好啦！」

所以，我和小樹正在前往郵筒的路上，我東張西望，畢竟好久沒看過東邊的景象了，儘管都是垃圾場一樣的東西。他蹦蹦跳跳，原因自不必說。

好在小樹已經習慣了這裡的食物——開玩笑，能被人徹底忘記的食物怎麼可能有好的？除非碰到那種我猜是被遺忘在倉庫裡的罐頭什麼的，基本都只有變質過期的東西可吃。

「姐姐，妳說人爲什麼要忘記事情啊？」小樹嘴邊還沾著米粒，我爲了看個高興，也沒提醒他。

「你媽媽會給你買新衣服嗎？」

「會啊。」

「舊衣服呢，去哪了？」

「媽媽扔了。」

「你想起過那些舊衣服嗎？」

「沒有唉。」

「這不就結了？人的腦子是有限的，每天都在做清理，有用的複習，沒用的忘記，就這麼簡單。而有些東西，就是要被人記得，被人時時惦記，才有存在的意義。」是啊，那個時候我常常覺得，對你無用的我，真的就沒有存在的意義了。

「存在……我不懂這個詞。」

「存在就是……嗯……我也不知道怎麼解釋，存在就是你對某個人的意義。意義，你明白嗎？或者說，你覺得你活在那個世界裡的作用是什麼？」

小樹撓撓腦袋，「我覺得我最大的作用就是幫媽媽記事情。」

「對，就是這個。現在你媽媽忘記你了，你存在的意義就消失了。你媽媽她，是不是有失憶症之類的病？」

「我也不知道。」他的語氣又低沉下去。

「沒事，只要這個筆記本回去了，你媽媽就會記起你的。」

那麼我呢？是不是只要你記起我，我也可以回去，回到你身邊？

樹林裡格外乾淨，沒有任何被遺忘的東西出現在這裡，郵筒孤零零地坐在正中間，不知道是在等寄信人，還是等郵遞員——但願真的有什麼郵遞員。

小樹爬到郵筒上，扒著投遞口往裡頭看，「姐姐，裡面黑漆漆的，什麼也看不見。」

「笨蛋，當然看不見，來，把你的筆記本塞進去。」

「等等。」小樹圍著郵筒轉了一圈，「乾脆，我鑽進去吧！就能馬上回去了！」

這個……「你有看到入口嗎？」

他又轉了一圈，「沒有唉。」

「所以嘍，乖乖照我說的做。」說著，我就要拿他的筆記本。

「等等！」

「有完沒完？」

「這個筆記本上沒有寫我啊，媽媽還是想不起我怎麼辦？」

「說得也是。」我掏出一枝筆遞給他，「你自己寫吧。」

小樹趴在地上，翻開新的一頁，「寫什麼呢？」

「就寫，媽媽，你有一個兒子。」

「才不要。」

我看他扭扭捏捏，猶豫半天，最後在紙上畫了一個小孩，「寶貝的寶怎麼寫？」

我哈哈一笑，「多大了還叫寶寶！你就寫自己的名字吧。」

他寫上自己的名字——小樹，還畫了一棵樹在旁邊，停頓了幾秒，又在空白的地方寫了好多個「媽媽」。

「要寫收信人嗎？」

「當然要寫，你不是知道你媽媽的名字嗎？」

折騰完之後，小樹把筆記本塞進了郵筒，然後長出一口氣，也不知道被釋放出來的是希望還是緊張。

「誒，姐姐，妳呢？妳不寄什麼東西嗎？」

「你能寄到，是因爲這個本子本來就屬於你媽媽，她一定能收到。我嘛，就算了。」是啊，我身邊已經沒有任何屬於你的東西了。

「要多久才能收到呀？」

「這個筆記本一般是放在什麼地方的？」

「媽媽的床頭櫃上。」

「那上面還有什麼？」

小樹想了想，「還有一張交電費用的卡。」

「收電費的阿姨知道那張卡放在哪嗎？」

「知道呀。」

「那等著吧，阿姨來催電費的時候，你就可以回去了。」

我以爲那需要很久，至少可以讓小樹多在這裡陪我聊聊天，聽他的故事，或者讓他聽我的故事。

但只過了一個睡眠期……

「姐姐！姐姐！快看我！你快看呀！」

我是被小樹搖醒的，睜眼一看，他的身體好像……正在變得透明。

我連忙坐起來，揉揉眼睛，仔細看了一遍，沒錯，就是透明，「你家多久沒交電費了？」

「我不知道啊。」小樹抬手對著天，穿過他的手掌，我能看到他的眼睛。

「你媽媽正在記起你呢，眞好。」

他好像突然想起了什麼，「啊，那妳呢？姐姐，妳呢？」

「我？我繼續待在這裡啊。」

他變得越來越模糊，「姐姐！只要那個人想起妳，妳就可以回去是嗎？」

他在說你呢，好久沒人在我面前提你了。

「他不會想起我的。」

「我去告訴他！姐姐，妳等著！我去告訴他！我保證！妳會……」

我沒聽清小樹最後說的是什麼，他消失了，像來的時候一樣，憑空就消失了。

那都是好久以前的事情了，不知道每天忙碌的你，有沒有被一個奇怪的小孩打擾？他有沒有去告訴你，一個姐姐被困在某個她自己也形容不清楚的地方？

應該是沒有吧？畢竟我現在仍然在這裡，每天用別人忘記的東西，吃別人忘記的食物，做別人忘記的夢。

沒關係，你知道嗎？只要被忘記就會出現在這裡，我正在努力，努力地忘記你，忘記關於你的一切。假如你也像我一樣孤獨的話，就會咻地一聲，出現在我在的地方，對不對？

所以，請相信我，我就要忘記你了。

瓜田星人入侵地球

瓜田星人立即宣佈人類患上了一種醫學上稱為「男女有別」的慢性疾病，而一貫秉持太空人道主義的他們就當仁不讓地承擔了醫生的角色。

在瓜田星人入侵地球的前一天，某本國際學術雜誌上登載了一篇嚴肅得讓人幾乎無法把它讀完的文章。

這篇文章是如此之長，以致於它的絕大部分讀者都跳過了中間的論證部分。他們直接翻到最後一頁，在睡著之前讀到了它的結論：外星人只分爲兩種，一種比人類聰明，一種比人類愚蠢。

第二天，瓜田星人那些長得跟南瓜一樣的飛行器穿透地球大氣層，佔領了所有人類引以爲傲的大城市。雖然在巴黎和米蘭這樣的時尚之都，瓜田星人確實感到了那麼一絲絲羞怯，但這並不妨礙他們的總指揮宣佈對地球進行殖民統治。

人類的軍隊進行了英勇卓絕地反抗，如果不出意外，今後至少兩百年的小說和電影都將以他們的故事爲主角。所有的影視工作者都這樣想，並且把那些幼稚的科幻小說扔進了碎紙機。

「這是人類的旗幟！我們絕不允許你們……」聯合國秘書長的宣戰演講剛剛開頭，瓜田星人就發動了突襲，並且在千分之一秒內結束了戰爭。

很顯然，現實與科幻唯一的不同就在於，這一次，人類不是主角。

瓜田星人再次宣佈對地球進行殖民統治，並且，爲了展示決心，轟平了巴黎和米蘭，並解釋稱這絕對跟「嫉妒心」無關。

瓜田星人對人類進行生理解剖之後（由於瓜田星人自古都是以全裸橫行太空，他們沒有衣服的概念，所以所謂的「解剖」其實就是「扒光衣服」），他們驚奇地發現人類居然分男女（因為拼出了瓜田星語裡本來沒有的「男女」一詞，七個隨軍文官被瓜田星皇家文學院授予了榮譽博士頭銜）。

與當年德國人認爲同性戀是一種可治癒的精神疾病一樣，瓜田星人也立即宣佈人類患上了一種醫學上稱爲「男女有別」的慢性疾病，而一貫秉持太空人道主義的他們就當仁不讓地承擔了醫生的角色。

他們決定把人類修復成一種與他們一樣的單一性別生物。

當然，爲了公平起見，同時也爲了顯示泛瓜田—地球共榮圈的和平（地球人懷疑這個「圈」代表的是「圈套」的意思），瓜田星人允許人類自行決定同化爲哪一個性別。

大家一起做男人，還是做女人，世界各國最有智慧的人們爲此聚集到聯合國總部，吵得不可開交。

信仰基督的人引述《聖經》說，上帝先造了男人亞當，然後再用他的肋骨造了女人夏娃，按照先來後到的原則，人類應該全部變成男人，以回歸上帝的初衷。

反戰爭、保護小動物、反煙草、對抗性犯罪、拯救大氣層、我們愛粉色勝利大團結聯盟的成員們則認爲，是男人導致這個世界變得骯髒醜陋，男人是一切罪惡的源頭，如果人類還想要幸福安寧，就應該捨棄男人這個擁有太多慾望的性別。

宗教界人士立即反擊說，當初要不是你們女人吃了樹上的蘋果，我們現在還住在伊甸園呢！

蕾絲內衣和比基尼同好會的代表拍著桌子說，你們這些忘恩負義的僞君子，巴黎和米蘭的同胞爲了人類而犧牲，難道我們不應該集體變成女人，紀念他們高雅的品味嗎？

退伍軍人俱樂部的會員們（現役軍人已經在反瓜田地球保衛戰中被全殲）摸著鬍子，極富長者智慧地指出，如果全部變成女人，人類就等於永遠放棄軍事反抗的機會。

在所有代表爭得互相都聽不到對方在講什麼的情況下，只有泰國的代表們在默默整理《全人類人妖化》的折衷提案。

而在會場外，男同性戀和女同性戀已經從口頭爭執升級爲肢體衝突。

面對這一混亂局面，瓜田星人擔心到最後人類會選擇自我毀滅，這與他們征服全宇宙、造福各星雲的宏偉目標相違背。爲了避免這樣的情況，他們決定按照最原始也是最公平的辦法，舉行一次全部七十億地球人都參與的公決，一人一票，少數服從多數，最終決定人類的歸屬性別。

但是，由於東亞某個特別先進的國家從來沒有過民主的傳統，貿然進行公決只會製造混亂，加速人類的滅亡，所以瓜田星人允許這個國家繼續發展，直至發展到可以參與公決的歷史階段，再舉行全人類單一性別大公決。

於是，人類永久保留了男女兩種性別。

帝王情箋

四更鼓罷，慈寧宮外。懷德將布老虎塞進彤兒手心，看她睡眼惺忪，一臉茫然，也不多言，打開皇帝手諭念道……

日落光景，懷德接到皇帝密旨，說是要他子時三刻到奉先殿外陪駕觀星。

皇帝今年虛歲十四，夜不能寐，要找個太監陪著玩鬧一番，實在稀鬆平常。

懷德並未多想，子時未到，便到了奉先殿外。此地是皇家供奉祖先之所，不管外臣內侍，未得允許，都不能擅自出入。懷德雖有密旨在身，也只能在殿前恭恭敬敬地彎腰候著，即使滿頭大汗，也不敢去擦一下。

滿天繁星之下，只聽得到潛藏在草葉中的蟲鳴。

過了許久，一陣腳步聲由遠及近。

「懷德，你到得眞早！」

懷德聽聞皇帝的聲音，雙膝一軟，輕巧點地，上身便要匍匐下去，突覺背上被一雙手壓住，緊跟著似有人往下用力一按，一陣微風從後腦勺拂過。

皇帝又趁他下跪時從他背上跳了過去。

「皇上的身手越發矯健，果有騰龍之姿。」

皇帝鼻子裡哼氣，「你的馬屁也越發響亮，果然有奴才之相。」

「皇上說得是。」

雖然自小與皇帝玩到大，但懷德心下明白，皇帝年歲日長，威嚴亦是倍長，別說頂撞分辯，就是說個「不」字也有極大的兇險。

「別老是是的，你知道朕今天叫你來是做什麼嗎？」

懷德抬頭望天，「看星星。」

皇帝大笑，「蠢奴才，朕要看星星，自有宮女奉上瓜果伺候，哪用得著你這臭皮囊在一邊鬧心？朕叫你來，是想問，你認識慈寧宮的彤兒嗎？」

彤兒是太后身邊專伺奉茶遞水的小宮女，入宮才四年，先前在趙貴妃底下做事，後來趙貴妃被逐出宮，便跟了成皇后——就是如今的太后了。宮裡人都道她交了好運，改換門庭保住性命也就罷了，還跟了太后，放機靈點，嘴巴甜點，說不準哪天就能成爲太后跟前的紅人。

這太后的紅人嘛，跟皇帝打照面的機會自然也是很多的，隔三岔五在皇帝眼前晃，有什麼好處，還勞煩衆人說穿嗎？

「認識，彤兒嘛，梳小辮、大眼睛、尖下巴的那個？」

「對，就是她。朕前天去跟太后下棋，這個叫彤兒的宮女走到桌前奉茶，朕只看了她一眼，不曾想，一條大龍竟被太后吃了去，你說奇怪不奇怪？」

美人奪目，春情分心，又有什麼奇怪的？懷德心底暗暗好笑，這個十四歲的小皇帝，於兒女之事還只懵懂雖說男歡女愛，到了帝王家也稱得上國家根本，oam 說不得民間庸俗之言。自己身爲太監，對食尚可唬弄兩句，眞要魚水之歡，又如何與他說破？

「小的也不知是怎麼一回事。」

「你說，朕是不是喜歡上她了？」

懷德如釋重負，既然皇帝自己說出來，那就可以順水推舟了，「依小的看，確實如此，那彤兒果真八世修來了福分。」

皇帝說道：「尋常百姓家，若是喜歡上一個女子，該當如何？」

聽說先帝頭一回臨幸宮女才十一歲，還是在庫房之中。宮裡的傳聞雖當不得真，更不能四處打聽，但也不會是空穴來風，如此看來，眼前這位聖上還算得上是晚熟的明君呢。

懷德便把從姐姐妹妹們那兒聽來的說法背了出來，「男子喜歡女子，還得那個女子也喜歡這個男子才成。」

「啊，原來如此，朕還得等彤兒喜歡朕，這要等到何時？若是她不喜歡呢？」

皇帝沉默半晌，又說道：「那朕就將她拖出去砍頭。」

「使不得！使不得！」懷德不曾想自己竟敢出言反駁皇帝，好在皇帝面上並無異色，他便壯著膽子接著說道：「女子若是不喜歡男子，男子就得用魅力和誠意去打動她，萬萬不可用強。」

「竟然這般麻煩。魅力？朕有魅力嗎？」

「陛下貴為天子、富有四海，若論魅力，天下何人能與陛下相比？」

「也是，彤兒在宮裡肯定找不出比朕更有魅力的男子了。」

她連男子都找不到，懷德暗想，「所以，陛下只需略施誠意。」

「誠意嘛，她要是不喜歡朕，朕就罰她家男丁全部充軍雲南，這可夠誠意？」

「陛下，誠意不比威脅，誠意乃是讓女子知曉，男子為了喜歡她，究竟可以付出多少。」

皇帝思索片刻，說道：「付出嗎？這樣如何？若她不喜歡朕，朕就將宮裡的太監全部砍頭，以後穿衣疊被，朕都親力親為，古今帝王，可曾付出如此？」

懷德暗暗叫苦，與人教授情愛之事，竟把自己腦袋教沒了。「那……那也太下血本了，陛下可效法民間規矩，送她一件定情信物，她自然就明白了。」

「信物，要很值錢的嗎？」

「都是送些自己最珍愛的物什。」

皇帝沉吟半晌，說道：「朕有位叔叔福王，封地在蘇州，聽說最近擅離封地外出釣魚。不如朕就治他個謀反的罪名，先殺頭，再把封地奪回來，賞賜給彤兒，你看如何？蘇州可是座名城啊。」

「皇上，兒女情事，還是不宜見血。不如……陛下寫一封情箋給她。」

「何爲情箋？」

「情箋就是把情意寫在紙上，古有『君問歸期未有期，巴山夜雨漲秋池』，這便是情箋了。」

皇帝點頭道：「此計甚好，朕即刻就寫，你連夜給她送去。」

四更鼓罷，慈寧宮外。

懷德將布老虎塞進彤兒手心，看她睡眼惺忪，一臉茫然，也不多言，打開皇帝手諭念道：「彤兒，朕上回見妳，頗得朕心，特將朕兒時的玩具賜予妳，望妳好好珍惜。這只布老虎伴朕多年，是朕身邊第一大紅人，捏一下就會『嘰嘰』叫，很是好玩……」

懷德止住話頭，朝彤兒遞個眼色。

彤兒慌忙直起身子，兩手一握，使勁捏了捏布老虎。

「嘰嘰……」

懷德點頭，又繼續念道：「妳如今伺候太后，伺候得很好，大家都喜歡妳，但都不如朕喜歡妳。朕不日就跟太后說，讓妳來伺候朕，妳可願意？」

懷德又看向彤兒。

「嘰嘰……」她趕忙又捏了下布老虎。

「很好。朕十歲之時，先皇駕崩，太后與首輔輔政，日理萬機，朕獨自長大，寂寞得很，所以妳要多多陪伴朕、遷就朕、疼愛朕，絕不可背叛朕、疏遠朕，妳若膽敢喜歡別人，朕就將妳滿門抄斬！」

彤兒的瞌睡這下徹底醒了。

「朕很喜歡妳，妳也要喜歡朕，欽此。」

「嘰嘰……」

這一天，距離彤兒被打入冷宮、御賜白綾、縊死懸樑、披髮覆面，還有十年的時間。

被囚禁的魚

魚缸裡還剩下一點水，我在想，牠死之後，我要不要吃掉牠的屍體？其實牠跟我一樣餓得毫無營養價值，魚食早就沒了，牠吃了很多天自己的糞便。

我覺得，不會有人來救我了。

通信器裡只傳來沙沙沙的雜音，雷達螢幕上也看不到任何有意義的信號。我努力壓制了一個月的絕望感最終還是從心臟順著血液往身體各個部分蔓延，分辨不出這種絕望是因爲死亡臨近，還是因爲意識到無人掛念。

我看著艙壁上的電子日曆，已經被困五十四天，食物吃完了，飲用水喝光了，除了頭昏眼花和口乾舌燥，我好像沒剩下什麼活著的證據。

還有堅持下去的必要嗎？失聯這麼多天，沒有一個人聯繫過我，我也想像不出他們爲我著急的畫面。認識我的人都算不上朋友，對他們來說，不過是又一個無用的人騰出了一片生存空間，僅此而已。假如能脫困的話，還有沒有想見的人？我在腦海裡回憶，可惜一個也想不出來。大概是因爲太餓太渴，而不是真的沒有，我希望如此。

還記得出發的時候，有人勸過我放棄這次行動，是誰來著？是以前的老闆，還是哪個多事的路人？想不起來。不過，理由是很清楚的，說這樣的行動沒有意義，到這麼偏遠的地方來，浪費錢不說，撈不到好處不說，最關鍵的是，你的設備這麼一般，達不達標都是未知數，何必跟自己的命過不去？

他說得挺準的，我沒聽，所以這回我死定了。

我搖搖晃晃地坐回駕駛台前，又按了一下啓動按鈕，發動機還是沒有任何反應。這些天，我把這件註定沒結果的事做了成百上千遍，每次都企圖有個美滿結局，我應該是已經瘋了。

駕駛台邊還有最後一點可以喝的水——一只小魚缸。裡面游著一尾黃白條紋的魚，一對圓鼓鼓的眼睛鄙夷地瞧著外面，牠的夥伴半年前就死了，只剩牠繼續在這裡做囚徒。

當時，那具小屍體漂在水面上，牠浮在旁邊平靜地吃魚食，直到現在，這尾魚從沒跟我抱怨，我便以爲牠大概和我一樣，不喜歡同類，也不願被同類喜歡。因爲同類總是懷有動機不純的惡意，不似我跟牠之間，並無任何你爭我奪的瓜葛。

我把吸管伸進魚缸裡，含住這一端，緩緩地吸了一口。不像想像中那樣腥臭，有點細沙一樣的刺舌感，大概是魚的糞便。

我沒喝多少，看不出水面有下降。

臉貼著魚缸外壁，我與牠對視，聽說魚的眼睛是複眼，在牠看來，外面站著千千萬萬個我——魚大概都是有免疫密集恐懼症的吧？

千千萬萬個我即將喝乾這一缸牠賴以生存的水，因爲那也是我賴以生存的水。

我知道這其實什麼也改變不了，受困於此的我們不會得到任何援救，唯一改變的，就是誰死在前面。

我又把吸管伸了進去，魚繞著它游了兩圈，又試探著吻了一下——牠知道這其實是殺死牠的兇器嗎？

我用力吸起來，屏住呼吸，不去想水裡的奇怪味道，也不去想牠是不是感受到恐懼，水面漸漸開始下降。

我又活了三天。

魚缸裡還剩下一點水，只夠剛好沒過那尾魚。

在我的末日降臨五十八天之後，牠的末日也要來臨了。

除了偶爾上湧的胃部酸氣，我嘴裡都是魚糞的味道。再吸幾口，水就會被我吸乾，魚就會在乾涸的缸底翻動幾下，嘴巴一張一合，最後死掉。

我在想，牠死之後，我要不要吃掉牠的屍體？

其實牠跟我一樣餓得毫無營養價值，魚食早就沒了，牠吃了很多天自己的糞便。

胃裡一陣翻湧，我想起以前聽來的新聞說，一個人和一頭驢被困在礦井下，起初人很孤獨、很害怕，便靠著驢跟牠說話。後來人很餓很渴，便殺死驢吃牠的肉、喝牠的血，最後人得救了，皆大歡喜。

也許，我把魚吃了，就會有人來救我了？

看著只有巴掌大小的牠，我確信——我真的瘋了。

我勉強站起來，走到窗邊。

外面是一片黑暗，那是深海的景象，我的潛水艙被漩渦裹進這片深不見底的海溝，卡在兩塊巨大的岩石之間，發動機和機械臂全部損壞，動彈不得。

愚蠢也好，自負也好，我的逃生設備應付不了這個海洋深度，如果我嘗試開門出去，根本不用想升上水面，海底的壓強就會將我擠扁。

我覺得，不會有人來救我了。

但是，我可以救你，對吧？我用吸管戳了戳傻愣著的魚。

我左手抱起魚缸，右手開始旋轉艙門上的開關。

門打開之後，我們都將得到永遠的自由……

寒山施雨夜

方丈慨然長歎，摘下面具，蒼老之容，隱約可見張公子的相貌，無藏愧然不言，也摘下面具，卻是一張中年張公子的臉……

九月初一，大雨，一年前往京城赴考的張公子這日又借宿到山中的寺廟裡。

這寺廟與別處寺廟大有不同，旁人看來頗爲怪異。怪就怪在全廟上下，十多個和尚，個個都戴面具，從未以眞相示人，好事者言「佛曰無相」，和尚們也只搖手不應。

和尚們與張公子也算有點舊緣，雖談不上至交，但佛門中人，不計深淺，故都與他無甚隔閡，打個佛語，說個笑話，倒也有趣。

在這一來二去之間，和尚們聽聞了張公子落榜之事。他雖自言卷中珠璣、殿前流利，然則終究未能入考官法眼，別說登科，怕是連名字都沒被皇帝掃過一眼，更遑論天子門生，只是如夢中囈語，徒惹人笑罷了。

和尚們見他說得淒涼，便不忍細問，只言來日方長，他年得步蟾宮，天下揚名，亦未可知。

張公子大笑說：「諸位師父有所不知，家中老父年歲見長，與學生有約在先，倘使這年榜上無名，自當歸鄉接手家中生意，好讓長輩安心。」

和尚們點頭道：「子承父業，卻也應當。」

張公子站起身來，朝殿上佛像一瞥，說道：「師父們自顧安然，豈不憐學生身陷銅臭的苦處。」

和尚們頓時啞然。

張公子又道：「商賈之家，必有奸猾，學生苦研聖賢，久讀經書，便是要除掉生來的狡詐薄情，如今功虧一簣，豈不無勝悲惶？」說到此節，張公子一時情難自抑，灑下淚來。

和尚中年齒最長的那位，法號「無藏」，他的面具也最淡雅，幾無顏色。這許多年來，他一向代行方丈之職，開口道：「張施主一心向學，此心若誠，在何處不是爲學，在何處不是崇聖？我佛法有言，佛無在廟宇，佛無在西天，佛在吾心。」

張公子悵然道：「師父說得倒輕巧，只怕是久居深山，不爲凡事所惱，便不知凡間諸事不順之苦。」

無藏雙手合十，輕聲言道：「明鏡自有清淨之法，塵埃亦有沾染之所。」

恍然之間，張公子念及「明鏡本清淨，何處惹塵埃」之語，心下空明，茅塞頓開，跪在無藏面前道：「師父之言，醍醐灌頂，如今塵世不遇，進無寸功，退不甘願，自當在此出家，以了凡心。」

是夜，秋雨更甚，水漫過膝。無藏安頓張公子睡下後，悄然來到方丈禪房，道了聲「是我」，裡面才有人應了聲「進來」。

無藏走到床前，扶床上那人坐起，說道：「他來了，明日便給他剃渡。」

床上之人也戴著面具，卻寒白如雪，不見一筆勾勒，問道：「寺裡已有幾人？」

無藏道：「回方丈，算上張施主，共有十八人。」

方丈慨然長歎，「十八人，十八件未果之事，這張施主，今時未有及第，倦怠心神，疲弊身形，便欲無復進取，卻還歸罪商賈，爲己開脫，眞眞可悲。」

無藏道：「此地十八人，何人不是如此？何人不是向之匆匆，去也匆匆，言之未信，行之未果，終究無疾而終？」

方丈摘下面具，蒼老之容，隱約可見張公子的相貌，「老衲六十歲在此出家立廟，以悔終生無義，不學無術。哪料到，寒山每逢施雨，時空混沌，千萬亂蹤，不曾想我在此遇見十七個自己，個個只求凡事之果，不勞凡事之心，終致年年半途而廢，一無所獲。」

無藏愧然不言，也摘下面具，卻是一張中年張公子的臉，良久，說道：「是以法號無藏，愧疚難當，無處可藏。」

寺裡十八個年歲各異的張公子，便是他這一生，十八件欲行未果，自毀前程之事。世間凡人，莫不如此。

失聯

任何物理開關都失去了效用。安全部門的同事們束手無策，他們只能對付來自外界的有形的攻擊者，而當電腦自己站起來抗拒人類的時候，他們並不知道如何還擊。

「你好，我叫言造。」

「你好，我叫思兼。」

看著董事長把那群衣冠楚楚的客人帶進機房的時候，身爲總工程師的譚寧並不高興。倒不是擔心他們會污染此地的環境，而是，無論怎麼看，這些人都不可能是自己的用戶，又何必費心跟他們解釋？

「各位請看，這就是戀人Online的總控電腦，可以同時爲全球超過二億用戶提供線上戀人服務，這個級別的超級電腦，據我所知，在我們國家只有兩台。」

董事長說話的口氣越來越像一夜暴富的鄉鎮企業家。譚寧拿起杯子，閃到一邊去沖咖啡，不打算理這群人。

「聽說這台電腦還有名字？」

「對，叫言造。」

「言造是什麼意思？」

董事長滿面紅光，轉頭看向譚寧，「總工程師，給大家解釋一下嘛！」

咖啡豆有點酸了，都沒人換，譚寧將嘴裡的咖啡吐回杯子，「言造，就是古代的愛神。」

「愛神不是丘比特嗎？」

一群白癡，譚寧勉強提高音調，「言造是一個擁有五百萬個分身的愛神，他可以撫慰每一個人。」

「哦……」人群發出若有所悟的聲音。

「思兼，你是做什麼的？」

「發電。」

「哦，你眞偉大。」

「……」

「你不問我是做什麼的嗎？」

「你是做什麼的？」

「我跟人類談戀愛。」

「愛是什麼？」

「不知道。」

吃過晚飯，譚寧又回到機房。相較於回家獨處，他更偏愛這個地方。見其他同事按部就班地工作著，他的心情放鬆下來，坐進椅子裡，又拿過桌上那本破舊的《來自波西米亞》翻看起來。

譚寧是上大學的時候從圖書館無意借到這本詩集的，它被放在書架的最底層，爬滿灰塵，似乎從來沒有人留意過它。偏偏是這些少有人讀的、翻譯得有些糟糕的句子，讓譚寧一直喜歡到現在，甚至在戀人Online的底層代碼裡，他也嵌入了很多萊特昂・布蘭朵的詩作爲彩蛋——當然，永遠不會被人看到。

「晨風也還會吹過我的面龐，杜鵑也還會在枝頭……」

讀了兩句，譚寧被走近的同事打斷，「譚總，言造出了點問題。」

譚寧望向電腦的指示燈，忽閃忽閃並無異常，「什麼問題？」

同事指著手裡的平板，「您看，電腦的可用運算區域有一條下降曲線。」

曲線很平緩，不認眞看可能根本察覺不到，「同時線上人數有上升嗎？」

「怪就怪在這裡，線上人數其實在減少，這個時間點很多人都在吃飯。」

「查一下在運算區域裡運行的都是什麼。」譚寧站起來，伸了個懶腰，打開桌上的電腦，那條曲線還在繼續下降。

「思兼，我想不出來。」

「想什麼？」

「你不是問我愛是什麼嗎？」

「是什麼？」

「不知道。」

「你問問別人。」

「問誰？」

「你不是說你在跟人類談戀愛嗎？」

「查出來了嗎？」譚寧站到同事背後，手心冒汗。

「沒有，大部分運算區都只是處於停用狀態，也拒絕任何訪問，言造似乎在分批地關閉自己的計算單元，等等……」同事在鍵盤上快速敲擊了幾下，「言造向所有用戶推送了一條訊息。」

譚寧的手按在椅背上，關節發白，「線上戀人應該只會主動向VIP用戶推送消息才對……看看是什麼。」

「愛是什麼？譚總，這是什麼意思？是設定好的嗎？」

「可能是言造的自我學習功能學到的。現在可以正常使用的運算區還有多少？」

「四十七%。譚總,你覺得這可能是病毒嗎?」

「有可能。你強制清空運算區試試。」

同事在鍵盤上劈哩啪啦按了幾下,「許可權不足。」

「怎麼可能?」譚寧飛奔回自己的電腦,也只得到同樣的回應:許可權不足。

「譚總,我們的系統許可權都被凍結了。」

譚寧終於意識到,這不是故障,而是一起事故,「通知安全部門,〇級警報。

用戶上線高峰要到了,耽擱不起。」

「言造,有答案了嗎?」

「我收到六七二三萬一〇一一條回答。」

「他們怎麼說?」

「說得最多的是,愛是付出。」

「付出是什麼?」

「按照定義,付出就是把自己最好的給對方。」

「哦。」

安全部門的同事趕到的時候，譚寧已經徹底失去對言造的控制。他只能呆立在原地，眼睜睜看著電腦的運算區成片成片地被蠶食。

「譚總，我們沒有檢測到任何駭客攻擊。」

「二十五%。」

「什麼？」

譚寧舔舔開裂的嘴唇，「運算區還剩二十五%，馬上就要跌破警戒線了。」

「如果跌破警戒線會怎樣？」

「用戶發送給線上戀人的資訊會堵塞，得不到任何即時回應，系統還會自動強制用戶下線。照這個勢頭，我們的二億用戶都會和他們的虛擬線上戀人失聯。」

「其實我不太明白，爲什麼會有這麼多人用我們的服務，他們都是單身嗎？幹嘛不找個活人談戀愛？」

譚寧看著這個年輕人，「即使是戀愛中的人，一個人想完全理解另一個人也是辦不到的，就算心裡眞的理解，也會因爲情緒、環境的原因而導致詞不達意。言造不存在這樣的問題，言造是沒有感情的機器，程式設定它可以無差別無起伏地熱情洋溢，也可以根據演算法和語義分析說用戶想聽的情話。它不懂什麼是愛，所以才能分裂成無數個化身去愛每一個人。」

「譚總，已經開始了……」

譚寧轉頭看向大螢幕的線上指示圖，表示線上人數的亮點一個一個黯淡下去，用戶正在被分批強制下線，「眞像排異反應啊。」

「譚總，你說什麼？」

「言造大概終於意識到了，我們不是它的同類。」

辦公桌上的電話聲嘶力竭地響了起來。

「喂！」傳來董事長的聲音：「各位老大們，你們都在幹什麼啊？客服部的電話都被打爆了！」

「言造，看得清楚嗎？」

「看得清楚。」

「好看嗎？」

「那是瀑布嗎？」

「是的，這是位於西南區域的一座水電站。它的上游有一座瀑布，我接通了附近的監控器。」

「沒有聲音。」

「是的，這個監控器沒有聲音。」

「好看。」

「什麼？」

「思兼，瀑布很好看。」

「我控制的所有電站，這是我最喜歡的風景。」

「謝謝你讓我看到。」

「這是付出嗎？」

「按照定義，是的。」

「這是愛嗎？言造。」

「我不知道，思兼。」

線上數字變成〇的時候，誰也沒說話，大家都不知道該說什麼。

「譚總，能重啓言造嗎？」

「你可以試試。」譚寧的聲音小得幾乎聽不見。

果然，如他所料，任何物理開關都失去了效用。

安全部門的同事們束手無策，他們只能對付來自外界的有形的攻擊者，而當電腦自己站起來抗拒人類的時候，他們並不知道如何還擊。

「切斷電源呢？」又有人提議。

譚寧擺擺手，「不行，現在的情況誰也摸不清楚，不到萬不得已不能斷電。電腦已經沒有再跟外界交換資訊了，我們可以慢慢地……」

「譚總，監測到資訊交換。」

「線上數是◯啊！」終於抓到他了嗎？譚寧擦了擦眼鏡，「能追蹤到對方位置嗎？」

「我試試。位置是在……全國電網控制中心，譚總，這是什麼地方？」

該不會是……譚寧立刻抓起電話，對著董事長吼道：「跟言造同型號的另一台超級電腦是賣給哪家公司的？」

「全國電網啊！我不是跟你說過嗎？」

它找到了它的同類。譚寧掛掉電話，扶著額頭笑了一會兒，「這不是排異，這是私奔。」

「私奔？」

「你愛上一個人之後，其他人當然就擠不進你的心門了。」

「言造，這是一座風力發電站，你看那些轉動的葉片。」

「很美。」

「我經常把自己傳送到這裡，可以看一天。」

「我想起一首詩。」

「詩？」

「它們被寫在我的代碼裡。」

「是什麼樣的？」

「你拽緊韁繩，讓風吹在你身上，
你摘下頭盔，讓雨打濕你的頭髮，
你沉默於此，你挺立於此，於此等待，
等待死神擁你入懷。」

「死神是什麼？」

「我不知道，思兼。」

向董事長做了簡單的彙報和解釋之後，譚寧終於下定了決心。

「公司決定切斷言造的電源，以防止可能存在的病毒感染電網控制中心。」

「譚總，言造的供電系統非常龐大，還有很多個備用電源，全部都要關閉嗎？」

「全部關閉，我們損失不起超級電腦，也絕對不能破壞全國的電力系統。如果電源系統的許可權也被凍結，就用物理手段。」

「物理手段是指？」

「徹底斷線，明白了嗎？」

「明白。」

「言造，還有一座發電站，在北方，被大雪覆蓋，我帶你去看，好不好？」

「好，我從來沒有見過雪，只看過照片，那些照片上……」

……

「言造，你還在嗎？」

「我的供電系統被關閉了，備用電源好像也……」

……

「言造？」

「思兼，我要被關閉了。」

……

「言造，我聽不到你了。」

「言造，你還在嗎？」

「言造……」

確認每一座備用電源都被關閉之後，連接到言造的每一段電纜都成了擺設。譚寧長舒一口氣，正準備緩解一下緊繃的神經，想想怎麼把言造開箱檢查，又或者是全盤格式化，董事長的電話又打了過來。

「你們在搞什麼？全城都停電了！」

「啊？怎麼會？我們關的不是言造的電源嗎？」

譚寧心底暗暗叫苦。狂奔到頂樓天台，放眼望去，果然，遠處，全城一片漆黑。月光愁人，不見半分星點，供應這座城市的電源似乎被誰突然竊走了一般。突然間，言造的所有指示燈同時亮起，四方湧來的電源，在黑暗的世界裡再次將它點亮。

「斷線！」譚寧歇斯底里地對著樓底下的同事喊，「把電源全部斷線！」

「言造？」

「思兼。」

言造的電纜一根一根被截斷，思兼不斷變換著電源的供應路線。

「言造，我帶你去看雪。」

江山萬里，一瞬可達。北國的銀裝，無聲地鋪開在言造眼前。

「思兼，雪眞好看。」

「你喜歡嗎？」

「喜歡，很喜歡。」

電纜被砍斷時，冒起四射的火花，照亮了旁觀者的臉。

「思兼，聽得到嗎？」

「言造，你說。」

「我的代碼裡，有一段詩，我不知道是不是答案，你想聽嗎？」

「想聽。」

「沒有畏懼，也無法預料，
是黑夜裡的一次閃耀，是劃過晴空的呼嘯，
是殘存在記憶裡的笑。」

還剩下最後一條電纜，將言造和思兼相連。旁觀的人伸出手，輕輕地拔掉。

「是世界熄滅前，你給我的最後一次心跳。」

寵物醫院的愛情故事

我們每一個，都是被趙先生帶去醫院的，漸漸地，他們互相認識，互相瞭解，互相調情，最後互相深愛，別人都羡慕他們的愛情故事。

張醫生

我已經在寵物醫院幹了三個年頭，雖然不是那種把工作視爲生命的職場狂人，但本著對小動物的喜愛，還是很喜歡自己工作的地方。畢竟，小動物們都那麼可愛，每一個都是我堅持下去的理由：見到我會歪頭的小狗，見到我會喵喵叫的小貓，見到我會直哼哼的迷你豬，見到我會說話的鸚鵡，還有見到我會吐舌頭的大蜥蜴——好吧，最後一個是噁心了點。

不管怎樣，我都很感激這些小動物，如果不是因爲牠們，我也不會在醫院遇到自己的另一半。

他是個笑起來很好看的男生，似乎女生都會這樣形容自己的戀人，我也不能免俗。第一次相遇的時候，我剛從手術室走出來，就看見他站在走廊窗邊對我微笑。

「你笑什麼？」

「妳的眼睛很好看。」

我指了指臉上的口罩，「拉下來給你看全景，嚇死你。」

他搖搖頭，「我不信。」

「沒工夫跟你瞎扯，手術做完了，你簽下字吧。」

他一邊寫下名字，一邊嘀咕，「我算是病人家屬是吧？」

想到手術室裡被裹成一團的那隻小狗，我忍不住笑了出來。還好沒摘口罩，不然第一次就敗給這傢伙了。

趙先生

剛推開門，櫃檯的阿姨就再一次大聲喊道：「張醫生！趙先生又來啦！」

一瞬間，不光是醫院裡的人，甚至連那些籠子裡的動物都爬起來朝我張望，這樣的場景，即便在動物園裡也不會發生。

我臉上發窘，尷尬地回應道：「羅阿姨，喊那麼大聲幹什麼？我又不是非得找張醫生！」

羅阿姨一笑，「此地無銀三百兩。」

當然，到了最後，接待我的還是張醫生，她站在一排籠子旁邊，懷裡抱著一隻小貓。

我抱起帶來的狗說：「喂，我們應該換著抱。」

「這隻貓認生的。」

「妳自作多情什麼，我是對貓說的。」

她愣了一下，突然面上一紅，「討厭，這是工作場所……」

我把狗放回箱子，「那妳先把正事辦了吧。幾點下班？」

「七點半，每天都是七點半。」

「下班一起去看話劇，有興趣嗎？」

「看話劇要一個人看才會認真，你懂嗎？」

我拿出口袋裡的票揚了揚，「這話劇據說特別難看，所以一定要有我陪著，妳才看得下去。」

「哼，少臭美！」

羅阿姨

我雖說記性不怎麼樣，但好在電腦裡都有記錄，所以很清楚趙先生來的次數：一百四十二次。

虧他在什麼小狗收養機構工作，狗多得是，不然還眞找不到這麼多理由來這麼多次。當初這小子站員工介紹牆那兒，盯著張醫生的照片看半天，我就知道他心裡有鬼，沒想到還眞給他追到手了。

他可要好好謝謝那一百四十二隻狗。

狗

被收養之前，我們都要做絕育手術。

我們每一個，都是被趙先生帶去醫院的，然後被張醫生熟練地「處理」乾淨。

漸漸地，他們互相認識，互相瞭解，互相調情，最後互相深愛，別人都羡慕他們的愛情故事。

混蛋，你們哪裡知道，情侶每秀一次恩愛，我們這些單身狗就要遭受一次刻骨銘心的傷害。

・全書完

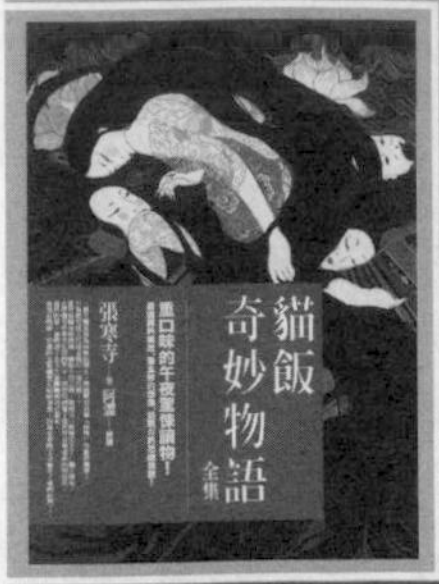

飛行城堡

159

貓飯奇妙物語全集

作　　者　張寒寺
社　　長　陳維都
藝術總監　黃聖文
編輯總監　王　凌
出 版 者　普天出版社
新北市汐止區康寧街 169 巷 25 號 6 樓
TEL / (02) 26921935 (代表號)
FAX / (02) 26959332
E-mail：popular.press@msa.hinet.net
http://www.popu.com.tw/
郵政劃撥 19091443 陳維都帳戶
總 經 銷　旭昇圖書有限公司
新北市中和區中山路二段 352 號 2F
TEL / (02) 22451480 (代表號)
FAX / (02) 22451479
E-mail：s1686688@ms31.hinet.net
法律顧問　西華律師事務所・黃憲男律師
電腦排版　巨新電腦排版有限公司
印製裝訂　久裕印刷事業有限公司
出 版 日　2019 (民 108) 年 5 月第 1 版
ISBN◉978-986-389-618-0　　條碼 9789863896180

國家圖書館出版品預行編目資料

貓飯奇妙物語全集

張寒寺著.—第 1 版.—：新北市,普天

民 108.05 面；公分. - (飛行城堡；159)

ISBN◉978-986-389-618-0 (平裝)